AF404427

Natascha Uhrmann wurde 1971 in Niederbayern geboren und zog mit knapp 40 Jahren der Liebe wegen zu ihrem Mann in die Nähe von Wien. Sie hört Heavy Metal, spielt gerne MMORPGs und liest hauptsächlich Fantasy- oder Liebesromane. Außerdem mag sie Hunde, je größer, umso lieber. Mit ihrem Debüt-Roman „Nicht jeder Frosch ist gleich (m)ein Prinz" hat sie 2022 den zweiten Platz im Schreibwettbewerb „Loud-like-Love" vom Bookspot-Verlag belegt. Dieser ist 2023 als E-Book bei BC-Publications erschienen.

NATASCHA UHRMANN

Orangensommernächte

Erstausgabe Mai 2025

Copyright © 2025 dp Verlag, ein Imprint der
dp DIGITAL PUBLISHERS GmbH
Made in Stuttgart with ♥
Alle Rechte vorbehalten

Orangensommernächte

ISBN 978-3-98998-625-1
E-Book-ISBN 978-3-98998-616-9

Covergestaltung: Nadine Most
Umschlaggestaltung: ArtC.ore Design
Unter Verwendung von Abbildungen von
shutterstock.com: © Anatolii Davydenko, © Ralf Geithe,
© Soleina M, © Robby Cyron Photography, © Pixel-Shot,
© Svetlana Zhukova
Lektorat: Daniela Pusch

Satz: dp DIGITAL PUBLISHERS GmbH
Druck und Bindung: Books on Demand GmbH, Norderstedt

Das Werk darf – auch teilweise – nur mit
Genehmigung des Verlages wiedergegeben werden.

»Wenn man immer nur zurückblickt, dann verpasst man, was vor einem liegt.«

Zitat aus Ratatouille

1.
Ankunft auf Korfu

Sophie drückte sich die Nase an ihrem Fensterplatz platt, um einen Blick auf die Landmasse unter ihr zu erhaschen. Die letzte Stunde war, außer blauem Himmel oben und einer geschlossenen Wolkendecke darunter, nichts zu sehen gewesen. Florian, ihr Lebensgefährte, las in seinem E-Reader, welchen er zu Hause mit unzähligen neuen E-Books gefüttert hatte. Wieso hatte sie nicht daran gedacht, sich ihr Taschenbuch in die Handtasche zu stecken? Knapp drei Stunden im Flieger zu sitzen war extrem öde, wenn es nichts zu sehen gab. Ihr Handyakku hatte nach einer halben Stunde, in der sie Solitär gespielt hatte, den Geist aufgegeben. Sie seufzte leise.

»Was ist?«, erkundigte sich Flo und löste kurzzeitig den Blick vom Display.

»Nichts. Mir ist nur langweilig.«

»Selber schuld«, antwortete er trocken. »Du wusstest, wie lange der Flug dauert. Wieso hast du dein Handy gestern nicht mehr aufgeladen?«

»Ich hatte das Ladekabel schon in den Koffer gepackt, und ich wollte den nicht noch mal ausräumen.«

Florian blickte auf seine Armbanduhr. »Wir haben's gleich geschafft, Krümel«, versuchte er sie zu trösten, bevor er sich wieder in seiner Lektüre vergrub.

»Hoffentlich«, erwiderte sie und ein leichtes Lächeln huschte über ihr Gesicht.

Krümel – so hatte er sie schon lange nicht mehr genannt. Allerdings konnte sie sich auch nicht daran erinnern, wann sie überhaupt das letzte Mal einen Kosenamen aus seinem Mund gehört hatte.

Sie freute sich sehr auf die Tage in Griechenland. Endlich dem Alltag entfliehen, in dem sie sich fühlte, als wäre sie seit dreißig Jahren verheiratet, dabei war sie erst neunundzwanzig Jahre alt. Wie bei einem alten Ehepaar hatten sie sich nicht mehr viel zu erzählen. Was auch? Sie gingen selten aus, denn Flo war gerne zu Hause und lud lieber Freunde ein, statt etwas zu unternehmen. Und wenn sie eine Radtour entlang der Donau machten oder spazieren gingen, unterhielten sie sich höchstens über einen Film, den sie zusammen gesehen hatten. Meist drehten sich die Gespräche um die Arbeit oder das aktuelle Tagesgeschehen in den Nachrichten.

Irgendwie war die Luft raus, auch wenn sie Flo nach wie vor liebte. Es wäre schön, dieses berühmte Kribbeln im Bauch wieder zu spüren, wie es am Anfang einmal gewesen war. Aber verschwand das nicht ohnehin in jeder Beziehung über kurz oder lang? Gleiches galt beim Sex – diese Gier aufeinander, das Gefühl, nicht genug von dem anderen zu bekommen. Mittendrin hatte man das Kamasutra durch und seine Lieblingsstellung gefunden. Man wusste, was dem anderen gefiel. Einmal unter der Woche, einmal am Wochenende und je nach

Tagesverfassung mit mehr oder weniger Lust. Schema F. Die Spontanität ging im Alltag verloren, zumal man jederzeit übereinander herfallen konnte, wenn man denn wollte. Sie waren ein eingespieltes Team, verstanden sich blind und teilten die gleichen Ansichten. Sophie machte sich nichts vor: Nach so langer Zeit war das völlig normal. Sie wohnten seit fünf Jahren zusammen, seit etwas über sechs Jahren waren sie ein Paar. Aber nun lagen zehn Tage Korfu vor ihnen, eine traumhaft schöne Insel, die so viel zu bieten hatte, dass es bestimmt nicht langweilig werden würde. Vielleicht brachte das ja frischen Schwung in ihre Beziehung. Nun, träumen durfte man wohl.

Der Pilot legte die Maschine in eine steile Linkskurve, um die Insel vom Süden anzufliegen. Sie konnte die Landebahn sehen, die fast gänzlich von Wasser umgeben war und zwischen zwei Hügeln lag. Sophies Hände waren schweißnass, nicht vor Angst, sondern voller Vorfreude. Sie hatte Hummeln im Hintern und wäre am liebsten schon jetzt auf ihrem Hotelzimmer gewesen, um sich ihren Bikini anzuziehen und sich in die Fluten zu stürzen.

Als hätte Flo ihre Gedanken erraten, sagte er, während er seinen Reader ausschaltete: »Ich freu mich aufs Meer. Bin gespannt, wie lange wir zum Hotel brauchen. Oh wow, das ist aber eine verdammt kurze Landebahn«, fügte er hinzu, als er einen Blick aus dem kleinen ovalen Fenster erhaschte.

»Ja, hoffentlich funktionieren die Bremsen«, schmunzelte Sophie. »Sonst knallen wir mit vollem Karacho gegen die Burgmauer.«

Kaum hatte sie den Satz beendet, setzte der Flieger auf dem Rollfeld auf. Sophie sah, wie die Landeklappen nach oben gingen, und spürte die Schubumkehr der Maschine. Kurz darauf war der Spuk vorbei und das Flugzeug rollte langsam zur Parkposition.

»Meine Güte, bleibt doch sitzen«, murmelte Flo und schüttelte den Kopf, als er das Gedränge im Gang sah. »Wenn alle gleichzeitig aufstehen, geht's auch nicht schneller. Zum Glück werden beide Türen aufgemacht. Wir gehen hinten raus, das ist kürzer.«

***

Als sie die Gepäckausgabe verließen, wurden sie bereits erwartet. Ein älterer Herr hielt Tafeln mit ihren Namen darauf in die Höhe. Die Fahrt zum Hotel, welches etwa fünfzehn Kilometer vom Flughafen entfernt lag, dauerte keine halbe Stunde. Neugierig blickte Sophie auf die vorüberziehenden Häuser und war enttäuscht, dass sie weder die alte Festung, noch das urige Flair der Altstadt zu Gesicht bekam. Dafür begann sie zu strahlen, als die Straße am Meer entlangführte. Ihr Chauffeur klärte sie auf, dass sie gleich den Jachthafen Gouvia umfahren würden, der einen Besuch wert sei. Wenig später setzte er den Blinker und bog rechts ab. Nun schlängelte sich die Fahrt leicht bergauf zwischen exklusiven Villen, Nadelbäumen und Olivenhainen hindurch, bis in einer breiten Linkskurve der Parkplatz ihrer Unterkunft auftauchte.

»Wow«, entfuhr es Sophie, als sie ausstieg und sich umblickte. »Hier sind wohl die Reichen und Schönen untergebracht?«

Florian lachte und fuhr mit den Fingern durch seine leicht gewellten, dunkelblonden Haare. »Na ja, so reich auch wieder nicht. Ich zähle uns jetzt nicht zu den Großverdienern, und wir können es uns trotzdem leisten.«

Das Hotel thronte auf einem Hügel der Halbinsel Kommeno, inmitten von Zypressen und Olivenbäumen. Tief sog sie die Luft in die Lungen.

»Ich kann das Meer riechen! Aber der Strand ist doof zu erreichen«, bemerkte sie. »Ich hoffe zumindest, dass diese Schirme dort unten zum Hotel gehören.«

»Wir werden sehen«, kommentierte Florian ihre Aussage und griff nach ihren Koffern, die ihm jedoch von einem Hotelpagen, der wie aus dem Nichts vor ihnen auftauchte, abgenommen wurden. »Dafür ist der Pool riesig. Und jetzt komm, ich will endlich aus der Jeans raus. Es ist irre heiß.«

»Wem sagst du das«, brummte Sophie und wischte mit dem Handrücken über ihre Stirn, auf der einige Haarsträhnen klebten. »Außerdem muss ich langsam aufs Klo.«

Kurze Zeit später öffneten sie die Tür zu ihrem Zimmer.

»O mein Gott, ist das herzig«, stieß Sophie aus und ließ sich jauchzend auf die Matratze des Bettes fallen, die prompt nachfederte. »Das Bett ist urbequem.« Sie rappelte sich wieder auf, während Flo ihr einen belustigten Blick zuwarf und die Balkontür öffnete.

»Kindskopf«, meinte er. »Aber es stimmt, es ist wirklich sehr hübsch eingerichtet. Der Ausblick ist übrigens grandios, das solltest du dir ansehen.«

»Komme!«, erwiderte Sophie und trat neben ihn auf den Balkon. »Wahnsinn. Guck doch, die hübschen Küstendörfer und die kleinen Inseln zwischen Korfu und dem Festland. Und die Aussicht auf das Meer, rund um die Halbinsel. Einfach überwältigend.«

Flo nickte. »Ja, das hat was. Jetzt weiß ich, wieso im Prospekt Zimmer mit Panoramablick stand. Ich freu mich schon, mit dir hier abends zu sitzen und ein Glas Wein zu trinken. Stell dir vor, wenn nachts der Poolbereich beleuchtet ist ... Eigentlich unfassbar, dass wir zuvor nie im Sommer weggeflogen sind.«

»Das haben wir uns dafür verdient«, sagte Sophie im Brustton der Überzeugung. »Du willst sicher erst die Koffer auspacken, bevor wir an den Pool gehen?«

»Richtig. Wenn wir das gleich erledigen, können wir anschließend tun und lassen, was wir wollen.«

Er hatte leicht reden, denn er hatte weniger eingepackt als sie. Wo er seine Turnschuhe angezogen und ein paar Badelatschen und Sandalen eingepackt hatte, war Sophies Trolley mit Schuhen voll. Angefangen mit drei verschiedenfarbigen Ballerinas über zwei Paar High Heels, Badeschuhen und Flip-Flops, befanden sich noch weiße Turnschuhe und diverse Riemchenschuhe darin. Die schwarzen Sneakers hatte sie während des Flugs getragen und sich von den Füßen gestreift, als sie das Bett inspiziert hatte.

Zweifelnd ließ er den Blick über die Ansammlung wandern. »Wann willst du die denn alle anziehen?«, wunderte er sich.

»Wenn wir abends ausgehen, zum Beispiel ...«, antwortete Sophie und räumte ihre Unterwäsche in die Lade des weiß lackierten Nachtkästchens. Zwischen Slips und BHs fand sie das Ladekabel für ihr Handy, welches sie sofort anschloss. »... werde ich andere Schuhe brauchen, wie tagsüber am Strand«, führte sie ihren abgebrochenen Satz zu Ende.

»Aha.« Flo legte seine T-Shirts akkurat übereinander, bevor die Socken in einer Schublade verschwanden. »Ich bin fertig«, verkündete er. »Wenn es dir nichts ausmacht, schwing' ich mich unter die Dusche.«

»Mach ruhig«, erwiderte sie und hängte ein geblümtes, gelbes Kleid auf den Bügel. Sicher hatte sie viel zu viel eingepackt. Aber lieber zu viel als zu wenig, dachte sie sich. Die Vorstellung, plötzlich ohne Kleiderauswahl dazustehen, war der blanke Horror. Woher sollte sie vorher wissen, auf welchen Look sie gerade Lust hatte? Lieber schleppte sie die Hälfte ihres Kleiderschranks umsonst mit. Endlich war ihr Koffer leer, bis auf die Kosmetiktasche, deren Inhalt großteils im Bad verstaut werden musste. Was sie daran erinnerte, dass sie seit einer halben Ewigkeit auf die Toilette wollte.

Das Badezimmer dämpfte ihre Freude über das tolle Ambiente ihrer Unterkunft ein kleines bisschen. Die beiden Waschbecken waren riesig, boten aber kaum Abstellfläche. Wo sollte sie ihre Make-up-Utensilien unterbringen? Die musste sie wohl doch im Schlafzimmer deponieren. Statt einer Dusche gab es eine Badewanne mit Duschvorhang, den Flo zugezogen hatte. Auf der Stirnseite zwischen Waschbecken und Wanne stand das Klo. Darüber war ein Hinweis angebracht, dass man weder Toilettenpapier noch Hygieneartikel ins WC werfen sollte.

»Soph, bringst du mir bitte ein Handtuch? Ich will den Boden nicht nasstropfen«, rief Flo und zog den Vorhang zurück. »Huch, du bist ja eh hier«, stellte er fest. »Da hätte ich ja gar nicht so schreien müssen.«

Sophie reichte ihm ein großes, flauschiges Duschtuch, welches an einer Stange hing.

»Danke. Es dauert ein wenig, bis das Wasser warm ist«, klärte er sie auf. »Und der Vorhang ist gewöhnungsbedürftig. Aber ich konnte mich erfolgreich gegen eine heimtückische Einwicklungsattacke wehren.« Er zwinkerte ihr zu und rubbelte sich trocken.

Sophies Blick glitt über seine Figur, die noch immer tadellos war, wenngleich nicht mehr ganz so schlank wie zu der Zeit, als sie sich kennengelernt hatten. Aber auch bei ihr war in den letzten Jahren ein bisschen Hüftgold dazugekommen. Sie grinste innerlich, denn Flo sagte oft, so sei sie ihm lieber, denn da brauche er keine Angst zu haben, sich beim Sex blaue Flecken zu holen. Und sie fand, dass er in den letzten Jahren attraktiver geworden war – irgendwie männlicher.

»Diesen Blick kenne ich«, sagte er grinsend, stieg aus der Wanne und zog sie in seine Arme. »Wollen wir erst noch das Bett testen, bevor wir nach unten gehen?«

»Genau das habe ich auch soeben gedacht.«

Sie strich mit ihrem Daumen über seine Brustwarze und wanderte mit der Hand weiter nach unten, bis sie auf seine wachsende Erektion traf, während ihre Lippen auf seinen lagen. Flo stöhnte leise an ihrem Mund.

»Verdammt, Soph, du weißt echt, wie du mich in Sekundenschnelle hart kriegst«, murmelte er, griff nach ihrer Hand und zog sie ins Zimmer, wo er sie ohne viel Federlesens aufs Bett katapultierte.

Seine Zunge spielte mit ihren Lippen, wanderte weiter über ihr Kinn zu ihren Brüsten, bevor er eine feuchte Spur über ihren Bauchnabel zog, bis er schließlich mit dem Kopf zwischen ihren Schenkeln landete. Sophie stöhnte auf, griff mit ihren Händen in seine Haare und genoss die sinnlichen Anschläge seiner Zunge. Auch er wusste, wie er sie von null auf hundert bringen konnte, und erst recht, wann sie ihn in sich spüren wollte. Als er diesen Punkt erreichte, robbte er wieder nach oben, stützte sich auf seinen Händen ab und glitt mit einer einzigen Bewegung in sie.

»Ich liebe dich«, hauchte er, dann senkten sich seine Lippen wieder auf ihren Mund.

Sophie schlang die Arme um ihn und überkreuzte die Knöchel, um ihn tiefer zu spüren, und kam ihm bei jedem Stoß lustvoll mit ihrem Becken entgegen. Sie keuchte auf, als er zielsicher jenen Punkt traf, der sie näher zu ihrem Höhepunkt brachte. Es dauerte gar nicht lange, bis die erlösenden Wellen durch ihren Unterleib zuckten. Gleichzeitig stöhnte Flo auf und ergoss sich in ihr.

Nachdem sich sein Herzschlag wieder normalisiert hatte, rollte er sich von ihr und grinste sie schief an. »Leck mich doch, Soph. Wir werden auch immer schneller.«

Sie lächelte zurück und küsste ihn auf die Nasenspitze. »Wir sind eben ein eingespieltes Team. Und jetzt will ich endlich an den Strand.«

2.

Endlich Urlaub

»Es ist traumhaft hier«, schwärmte Sophie und legte ihr Handtuch auf eine der beiden Liegen am Pool, die sie ergattert hatten, nachdem die am Strand restlos belegt waren. »Möchtest du trotzdem ins Meer?«

Florian schüttelte den Kopf. »Nein. Ich will einfach nur ins kühle Nass und nicht noch mal den ganzen Weg bis zum Strand laufen. Kommst du gleich mit rein oder lässt du dich erst noch von der Sonne braten?«

Sie warf die Strandtasche auf das Handtuch und ließ sich direkt an Ort und Stelle ins Wasser gleiten. Wieso den Umweg über die Treppe nehmen?

»Auf was wartest du?«, fragte sie kichernd und spritzte mit der Hand einen Schwall Wasser in seine Richtung.

»Argh, bist du fies«, schimpfte er und sog scharf die Luft ein, als er die kalten Tropfen abbekam. »Na warte. Das wirst du bereuen«, drohte er spielerisch und rutschte neben ihr in den Pool.

»Dazu musst du mich erst zu fassen bekommen«, konterte sie und begann zu kraulen.

Flo stieß sich vom Beckenrand ab, tauchte unter ihr durch und vor ihr auf. »Hab dich.« In seinen braunen Augen lag der Schalk, aber sie glaubte, auch die Liebe darin zu erkennen, die er für sie empfand. »Keine Sorge, Krümel«, flüsterte er an ihr Ohr. »Ich räche mich später an dir.«

»Aber wir haben heute doch schon ...«

Er legte einen Finger auf ihre Lippen. »Na und? Wir haben Urlaub. Und du siehst einfach zum Anbeißen aus. Wie eine Nixe.«

»Hey!«, protestierte sie, aber zu spät. Er hatte sie schon an der Schulter gepackt, sodass sie nur noch nach Luft schnappen konnte, bevor er sie untertauchte. Prustend kam sie wieder an die Wasseroberfläche und schüttelte sich wie ein junger Hund.

»Danke, der Kopfflash hat gutgetan«, japste sie. »Meine Haare muss ich später sowieso waschen.«

»Fein. Dann können wir ja jetzt eine Runde schwimmen und uns danach etwas von der Poolbar zu trinken holen?«

»Oder zur Poolbar schwimmen und dort etwas trinken.«

»Oder so, ja.«

Einträchtig schwammen sie zwischen quadratischen, betonierten Inseln durch, in denen Palmen gepflanzt waren, bis zum überdachten Bereich in der Mitte der Anlage, welchen man über gemauerte Stufen im Pool erreichte.

»Wollen wir uns dort ins Eck setzen? Magst du einen Cocktail oder eine Cola?«, erkundigte sich Flo.

»Cola. Ich habe Durst.«

»Kommt sofort.«

»Wo essen wir heute?«, fragte sie, als er mit den Getränken zurückkam.

»Im Hotel, wo sonst?« Flo sah irritiert aus. »Immerhin haben wir All inclusive gebucht«, erinnerte er sie und setzte sich.

»Ja schon, aber wollen wir nicht auch mal in einer Taverne essen?« Durstig saugte sie an ihrem Strohhalm.

»Können wir gern machen, aber muss das gleich heute sein? Ich will mich vorerst um gar nichts kümmern müssen. Morgen erkundigen wir uns, wo es in der Nähe ein gutes Restaurant gibt, okay?«

»Auch gut. Spätestens, wenn es immer das gleiche am Büfett gibt und ich alles durchprobiert habe, mag ich woanders essen gehen.«

»Das werden wir schon, Krümel. Wir haben genug Zeit«, sagte er und griff nach ihrer Hand. »Lass uns die ersten Tage in der Anlage genießen. Du wirst sehen, es wird bestimmt schön.«

Natürlich hatte er recht, dachte Sophie. Zehn Tage waren genug Zeit, um sich zu erholen und trotzdem das eine oder andere unternehmen zu können. Es gab keinen Grund, sich zu stressen, und sie genoss den restlichen Nachmittag unterm Sonnenschirm mit ihrem Urlaubsroman in der Hand. In stiller Harmonie lagen sie nebeneinander und lasen. Wenn ihnen zu heiß wurde, hüpften sie in den Pool. Zwischendrin legte Sophie ihr Buch zur Seite und döste ein, bis Flo sie aus dem Schlummer weckte.

»Du solltest mehr trinken«, ermahnte er sie liebevoll und reichte ihr ein Glas mit kühlem Saft. »Außerdem liegst du inzwischen in der prallen Sonne. Entschuldige, dass ich dich geweckt habe, aber ich denke, du legst keinen Wert auf einen Sonnenbrand, oder?«

»Stimmt. Danke, Schatz. Wie spät ist es denn?« Verschlafen rieb sie sich über die Augen.

»Kurz nach sechzehn Uhr. Magst du schon ins Zimmer?« Flo stellte das Glas auf das kleine Tischchen neben sich und legte seinen E-Reader darauf, sodass keine Fliegen oder andere Insekten in das Getränk fallen konnten.

»Nein, lass uns noch ein bisschen bleiben. Kommst du noch mal mit ins Wasser?«

»Darauf kannst du Gift nehmen.«

***

Eine Stunde später begaben sie sich auf ihr Zimmer, um sich für das Abendessen herzurichten. Sophie brauchte länger, da sie ihre dichten Haare, die ihr bis zum Mundwinkel reichten, waschen und föhnen musste. Für Make-up war es viel zu warm, aber ihre grau-grünen Augen betonte sie ausdrucksstark mit Eyeliner, Kajal und Wimperntusche. Dazu schlüpfte sie in ein luftiges, verspieltes Kleid, welches ihr Dekolleté vorteilhaft zur Geltung brachte. Sie entschied sich für Ballerinas – es gab zu viele Stufen auf dem Gelände, und sie würden nach dem Essen sicherlich noch durch die Gartenanlage schlendern.

Flo trug Bermudashorts mit farblich abgestimmtem T-Shirt und strahlte ihr entgegen.

»Ich hab jetzt richtig Kohldampf«, ließ er sie wissen. »Hoffentlich schmeckt es so gut, wie es in den Bewertungen angepriesen wurde.«

»Lassen wir uns überraschen.« Sophie griff nach ihrer Handtasche. »Mir knurrt der Magen inzwischen auch.«

Die Auswahl der Speisen war riesig. Das Paar beschloss, gemeinsam einen Vorspeisenteller zu nehmen und sich die Hauptgerichte zu teilen. Sophie bestellte Mineralwasser, Flo ein *Corfu Red Ale*, ein dunkles Bier, welches auf der Insel gebraut wurde.

Er nahm einen großen Schluck und leckte über seine Oberlippe. »Das ist richtig gut. Malzig und irgendwie fruchtig. Es schmeckt mir besser als ein dunkles Bier daheim. Magst du kosten?«

»Sehr gern.« Sophie nippte daran und nickte. »Du hast recht, es ist sehr gut. Ich bleibe trotzdem beim Wasser.«

»Hast du den gebackenen Schafskäse probiert? Ein Gedicht«, meinte Flo und spießte eine Olive auf seine Gabel.

»Hm, hm«, machte Sophie und kaute mit vollen Backen. »Es ist alles gut, was ich bisher probiert habe«, sagte sie, als sie den Bissen hinuntergeschluckt hatte. »Und es ist viel zu viel Auswahl. Ich platze gleich.«

»Ach komm, ein Stück Baklava zum Nachtisch geht sicher noch. Wir teilen, okay?«

»Du machst mich fertig«, stöhnte Sophie und strich über ihren Bauch. »Aber ja, etwas Süßes zum Abschluss sollten wir uns wohl noch gönnen.«

Auch das honiggetränkte Gebäck schmeckte köstlich.

»Ich kann nicht mehr.« Sie legte die Gabel zur Seite. »Das Einzige, was jetzt hilft, ist ein Ouzo.«

»Und ein paar Schritte in der Anlage«, ergänzte Flo.

Hand in Hand verließen sie den Speisesaal und schlenderten entlang der inzwischen beleuchteten Wege an den Strand hinunter. Langsam wurde es dunkel, die Sonne versank im Meer und tauchte die Umgebung in warmes Goldgelb. Sophie schlüpfte aus ihren Schuhen, setzte sich auf eine Liege und vergrub die Zehen im noch warmen Sand.

»Lass uns morgen den Tag am Strand verbringen«, bat sie. »Am Pool ist es zwar wunderschön, aber ich möchte ins Meer.«

»Nur der frühe Vogel fängt den Wurm – in dem Fall einen Liegeplatz. Wenn wir rechtzeitig aufstehen, sollte das kein Problem sein.«

Sie blickten aufs Meer hinaus und lauschten dem Geräusch der Wellen, die sanft auf dem Strand ausrollten.

»Ich liebe dich, Flo. Ich bin froh, dass wir hier sind.«

»Ich dich auch«, murmelte er an ihr Ohr, bevor er ihr aufhalf.

An der Poolbar bestellten sie Ouzo, welcher als Longdrink mit Eiswürfeln und Wasser serviert wurde. Flo schien seinen eigenen Gedanken nachzuhängen, während Sophie die anderen Gäste musterte. Aus den Lautsprechern klang typisch griechische Musik, aber so leise, dass sie nicht störte und das Zirpen der Zikaden nicht übertönte.

»Woran denkst du?«, fragte Sophie und nippte an ihrem Anisschnaps.

»Ich überlege, ob wir daheim das Licht im Bad brennen lassen haben.« Flo kratzte sich hinter dem Ohrläppchen. »Zum Glück schaltet sich der Kaffeeautomat nach einer Stunde von selbst aus.«

Sophie konnte nicht anders und musste lachen. Es schien, als wäre Flo noch nicht ganz im Urlaub angekommen, im Gegensatz zu ihr. »Jetzt können wir nichts mehr dran ändern, Schatz. Ich bin mir aber sicher, dass ich es ausgemacht habe.« Sie gähnte unter vorgehaltener Hand. »Bist du auch so müde wie ich? Ich glaube, ich vertrage so viel frische Luft nicht.«

»Ich schätze, das liegt eher an der prallen Sonne, der du ausgesetzt warst. Lass uns noch ein Glas Wein mit ins Zimmer nehmen«, schlug Flo vor. »Es ist kurz vor einundzwanzig Uhr. Wir können ja nachsehen, ob es deutschsprachige Fernsehsender gibt.«

»Wir hätten uns Karten oder Reisespiele mitnehmen sollen«, sinnierte Sophie, während sie auf dem Weg ins obere Stockwerk waren. »Doof, dass wir nicht daran gedacht haben.«

»Nächstes Mal sind wir schlauer«, antwortete Flo und schloss die Tür auf. »Ah, ist das angenehm kühl hier drin, die Klimaanlage funktioniert also. Nachts lassen wir sie aus, oder?«

»Bitte darum. Ich mag es nicht, wenn die mir ins Gesicht bläst«, sagte Sophie und verschwand im Bad, um sich den Kajal abzuschminken und Zähne zu putzen.

Flo lag, nur in Boxershorts bekleidet, auf dem Bett und zappte auf der Fernbedienung herum. Er blickte auf, als Sophie zu ihm aufs Bett krabbelte.

»Sieht schlecht aus, Soph. Die haben hauptsächlich englische Sender eingestellt. Es läuft grad ein Fußballspiel, das können wir uns ansehen.«

»Wer spielt?«

»Manchester gegen Liverpool.«

»Na gut«, willigte sie ein und kuschelte sich in seine Arme. »Ich kann aber nicht garantieren, dass ich dabei nicht einpenne.«

»Kein Problem, Krümel. Ich glaube, wir sind beide zu vollgefressen, um noch miteinander zu schlafen. Außerdem haben wir alle Zeit der Welt.«

***

Die Sonne ging gerade auf, Vogelgezwitscher drang an ihr Ohr. Sophie hatte keine zehn Minuten des Spiels mitbekommen, so schnell war sie in Morpheus Arme gesunken. Dafür war sie nun in aller Herrgottsfrühe wach und blinzelte aus dem Fenster. Vorsichtig schälte sie sich aus dem Laken, schlüpfte in ihren Morgenmantel, griff nach ihrem Handy und betrat den Balkon. Sie stützte sich auf dem Geländer ab und ließ den Blick über die Landschaft schweifen. Noch war es kühl, Tisch und Stühle glänzten vom Tau. Oder hatte es in der Nacht geregnet? Es war einerlei. Sophie aktivierte die Handykamera und versuchte, diesen magischen Moment einzufangen. Gestern waren so viele Eindrücke auf sie eingestürzt, dass sie glatt vergessen hatte, auch nur ein einziges Bild zu schießen.

Sie hörte, wie die Balkontür aufgeschoben wurde. Flo kam zu ihr, umarmte sie von hinten und lehnte seinen Kopf an ihre Wange. »Guten Morgen. Wunderschön, oder?«

Sophie legte ihre Hand auf seinen Unterarm. »Und wie.«

Einige Minuten standen sie einfach nur da und genossen den Moment, bis Flo wisperte: »Komm, lass uns noch mal zu Bett gehen. Frühstück gibt es erst in zwei Stunden.«

***

Nach dem üppigen Frühstück verbrachten sie den restlichen Tag am Strand. Mittags unterbrachen sie ihren Aufenthalt am Meer, um einen gemischten Salat zu essen, und am Nachmittag tranken sie einen belebenden Nescafé Frappé. Es war herrlich entspannend, ruhig und friedlich. Sophie kam in ihrem Buch fast bis zur Hälfte. Wenn das so weiterging, wäre sie in spätestens zwei Tagen damit fertig, und sie fragte sich, was sie dann machen sollte. Bevor sie zurück zu ihren Liegen am Strand gingen, machte Flo sein Versprechen wahr und erkundigte sich nach einem fußläufig erreichbaren Lokal. Sie hatten Glück: Etwa einen Kilometer entfernt gab es eine Taverne, die sie am Abend aufsuchen wollten.

Als sie dort ankamen, erlebten sie jedoch eine Enttäuschung. Es war kein einziger Tisch frei, man müsse mindestens zwei Tage im Voraus reservieren, klärte der überforderte Kellner sie auf.

Flo war sichtlich zerknirscht. »Das hätten die mir an der Rezeption aber auch sagen können. Tut mir leid, Krümel. Möchtest du für einen anderen Tag reservieren?«

»Macht nichts«, tröstete Sophie ihn. »Dafür hatten wir einen schönen Spaziergang. Und nein. Wir können jederzeit vom Hotel aus reservieren lassen. Ich bin gespannt, ob es etwas anderes als gestern zu essen gibt.«

Dem war nicht so – aber das hatte sie befürchtet, denn das kannte sie noch von den Urlauben mit ihren Eltern vor zig Jahren. Einzelne Gerichte wechselten, aber der Großteil der Speisen blieb gleich.

Nun war es an Flo, sie zu trösten, während er seinen Blick über die Vorspeisen schweifen ließ. »Sieh es positiv, dann überfressen wir uns wenigstens nicht. Morgen fahren wir abends in die Altstadt von Kerkyra und machen die unsicher.«

»Können wir auch die alte Festung ansehen?«, wollte Sophie wissen, bremste ihre Euphorie aber sogleich. »Stellt sich nur die Frage, wie lange man da rein kann. Du sprichst ja eher vom späten Nachmittag, oder?« Sophie schaufelte eine Portion Tsatsiki auf ihren Teller, gefolgt von scharfen Peperoni und Oliven.

Flo nickte. »Willst du die wirklich sehen? Es ist bestimmt nicht lustig, in der Hitze da hinauf zu wandern. Da trifft einen ja der Schlag. Und wenn wir uns dann nicht mehr abkühlen können, müssen wir völlig verschwitzt in die Stadt.« Er steuerte mit seinem beladenen Teller auf ihren Tisch zu.

Sophie folgte ihm und seufzte innerlich. Wie immer hatte Flo den Nagel auf den Kopf getroffen. »Du hast recht, das wäre vormittags besser«, lenkte sie ein, setzte sich und nahm das Besteck zur Hand. »Vielleicht können wir einen Ausflug dorthin buchen?«

Flo verzog das Gesicht, als hätte er in eine Zitrone gebissen. »Ernsthaft? Bei dem geilen Wetter willst du mit dem Bus dorthin? Du weißt schon, dass du dabei an gewisse Zeiten gebunden bist. Wenn dir heiß wird, musst du warten, bis der Bus wieder abfährt.«

»Dann lass uns ein Auto mieten und die Insel erkunden«, schlug Sophie vor. »Korfu hat so viele Sehenswürdigkeiten. Zum Beispiel das Achilleion, welches Kaiserin Sissi errichten ließ. Oder in Sidari den Canal d'Amour. Der muss einzigartig sein.«

»Soph, bitte. Du weißt, dass ich als Außendienstler täglich mit dem Auto unterwegs bin. Ich hab keinen Bock, auch noch meinen Urlaub darin zu verbringen.«

»Aber einen Roller?«, versuchte sie es weiter. »Zumindest die Sehenswürdigkeiten in der Nähe ansehen? Die venezianische Werft, den Jachthafen, und zur alten Festung ist es dann auch nicht mehr weit.«

»Na gut«, gab er sich geschlagen. »Ich erkundige mich gleich nach dem Essen, ob wir übers Hotel an einen Roller oder ein Quad kommen.«

»Oh, ich danke dir«, jauchzte Sophie, sprang auf und fiel ihm um den Hals. Es war ihr völlig egal, dass einige Leute am Nachbartisch pikiert dreinblickten, als sie ihn auf den Mund küsste.

3.
Unterwegs

Gleich nach dem Frühstück brachen sie auf. Flo wollte, wie besprochen, zuerst die alte Festung anschauen. Der Sonnenstand war um diese Zeit am besten, um die bunten Fassaden der Stadt ins rechte Licht zu rücken. Auf der Rückfahrt plante er den auf dem Weg liegenden Jachthafen und die alte venezianische Werft ein.

Sophie nahm auf dem Sozius Platz und umarmte Flo, um sich an ihm festzuhalten. Gemütlich tuckerten sie auf ihrer Vespa die Straße entlang, die sie vom Transfer zum Hotel kannten.

Zum Glück waren die Sehenswürdigkeiten gut ausgeschildert und sie fanden dank ihres kleinen Vehikels sofort einen Parkplatz in der Nähe ihres Ausflugsziels. Sophie nahm den Helm ab und blickte fassungslos auf den Stau der dreispurigen Hafenstraße. Theoretisch war sie sogar vierspurig, aber die linke Bahn diente wohl als Parkplatz. Ausflugsbusse brachten den Verkehr zum Stillstand, ein Polizist versuchte, dem Chaos Herr zu werden.

»Jesus«, krächzte Flo schockiert. »Das ist ja schlimmer als auf der Tangente in Wien! Bin ich froh, dass wir einen Roller genommen haben. Den Scheiß mache ich jeden Tag mit.« Er verstaute die Sturzhelme unter dem Sitz. »Soll ich den Rucksack nehmen?«

»Nein, passt schon. Wo kommen die ganzen Autos her? Sind um die Zeit echt so viele Einheimische unterwegs? Das ist doch irre.« Schnell wandte sie den Blick von der Blechkolonne ab.

»Wieso nicht? Kerkyra ist nun mal die Hauptstadt.«

Sie betraten den Fußgängerweg der Hafenpromenade.

»Da geht's lang.« Flo zeigte nach vorn, wo sich eine kleine Menschenschlange vorm Einlass der Festung gebildet hatte.

Sophies Augen leuchteten. »Man kann hier super flanieren. Ein Lokal neben dem anderen, dazwischen kleine Parks und begrünte Aussichtsterrassen. So schön habe ich es mir nicht vorgestellt. Ich bin gespannt, wie das abends aussieht«, schwärmte sie.

Die Wartezeit am Einlass war kürzer, als sie befürchtet hatten. Nach zehn Minuten hielten sie ihre Tickets in der Hand. Sie überquerten die Brücke des Festungsgrabens, in dem bunte Fischerboote dümpelten, und passierten das verblichene Haupttor, das einst dunkelrot gestrichen war. Im dazugehörigen Festungswerk befanden sich das historische Archiv und eine Ausstellung mit der byzantinischen Sammlung Korfus, wie sie anhand der angebrachten Beschilderung erfuhren. Schließlich erreichten sie einen offenen Platz, auf dem Wegweiser aufgestellt waren.

»Welche Richtung möchtest du?«, fragte Flo und studierte die Tafeln.

»Lass uns rechtsrum gehen, da geht's zur Sankt Georgs Kirche«, schlug Sophie vor und steuerte auf die alte Mauer zu, die einen wundervollen Blick auf das Meer bot, auf dem Jachten ankerten. »Von hier kann man sogar den Flughafen sehen.«

Flo inspizierte die alten Kanonen, die am Rand aufgestellt waren.

»Ist das krass. Die hier wiegt über zweitausend Kilo und ist von 1722. Maximale Reichweite: Knapp Eins Komma Acht Kilometer. Serenissima Republic of Venice«, las er von der Tafel ab, bevor er sich an Sophie wandte. »Ich wusste zwar, dass die Venezianer hier waren, aber die Kanonen?«

Sophie googelte in Windeseile nach. »Hier steht, dass die Festung von Byzantinern begonnen und von den Venezianern modifiziert wurde, um sich gegen die Einfälle der türkischen Bevölkerungen zu verteidigen. Die dorische Kapelle ...«

Flo winkte ab und spähte ihr über die Schulter. »Ach, das da vorn soll eine Kirche sein? Erinnert an die Walhalla in der Nähe von Regensburg.«

Sophie stimmte ihm zu. »Das machen die Säulen aus. Am Giebel siehst du das Kreuz.«

Das Bauwerk war hervorragend erhalten. Sophie hätte es gerne von innen betrachtet, leider war die Tür verschlossen. Die beiden folgten dem gepflasterten Weg bergauf. Je höher sie kamen, umso beeindruckender war die Aussicht.

»Einen besseren Blick auf die Altstadt gibt es nirgends«, stellte Flo fest und zückte sein Handy, um ein

Foto zu machen. »Von hier siehst du auf die Mäuseinsel.«

Sophie bewunderte das Panorama und nahm den Rucksack von ihren Schultern. In weiser Voraussicht hatte sie eine Flasche Mineralwasser eingepackt. Gierig trank sie einige Schlucke. Obwohl es noch lange nicht so heiß wie am Nachmittag war, schien die Sonne trotzdem unbarmherzig auf ihr Haupt. »Magst du?«

Flo nahm ihr wortlos die Flasche aus der Hand und stillte seinen Durst. Er wischte mit dem Handrücken über seinen Mund und sagte dann: »Zum Leuchtturm gehen wir aber noch rauf, wenn wir schon hier sind?«

Sophie nickte. »Natürlich. Du hattest recht damit, die Tour gleich am Vormittag anzupacken. Nachmittags hätten wir uns zu Tode geschwitzt. Ich gebe es ja nicht gern zu, aber ich freue mich später auf das kalte Wasser im Pool.«

Flo schulterte den Rucksack und nahm ihre Hand. Zusammen starteten sie die letzte Etappe ihres Besuchs in der alten Festung. Sophie war ganz aus dem Häuschen, als sie den höchsten Punkt erreichten, denn hier war der Blick auf die Altstadt noch besser als zuvor. Flo machte ein Selfie von ihnen, auf dem sie um die Wette strahlten, im Hintergrund die bunten Fassaden der uralten Häuser. Als er das Handy wieder in seiner Hosentasche verstaute, drückte er ihre Hand. »Das war die Mühe allemal wert. Wollen wir wieder runter?«

Sophie war heilfroh, als sie wieder auf dem Roller saßen und der Fahrtwind ihr Gesicht kühlte. Zum Jachthafen war der Weg fast abenteuerlich, mitten durch den Ort auf engen Gassen und durch ein kleines Wäldchen, wo sie befürchtete, sie hätten sich verfahren. Bestimmt gab es einen einfacheren Weg, aber letztlich stellte Flo den Roller auf dem Parkplatz der Marina ab.

»Wow, ist das riesig«, staunte Sophie.

»Jetzt weißt du, wo die Reichen und Schönen residieren«, zog er sie auf. »Da liegen Milliarden vor Anker. Komm, lass uns die Boote angucken.«

Nebeneinander schlenderten sie über die Stege und konnten die gewaltigen Ausmaße des Hafens kaum fassen. Auf manchen Schiffen sonnten sich die Besitzer mit Getränken in der Hand, die meisten Boote lagen jedoch unbemannt auf ihren Plätzen. Je weiter sie im offenen Meer ankerten, umso größer und protziger wurden die Jachten.

Sophie stand der Mund offen. So viel zur Schau gestellter Reichtum auf einen Haufen war schier unvorstellbar. »Gibt es wirklich Menschen, die sich so etwas leisten können?«

Flo zuckte mit den Schultern. »Heftig, oder?«

Sophie runzelte die Stirn und fasste sich wieder. »Egal wie viel Kohle ich hätte, ich glaube, das wäre es mir niemals wert. Schau, hier sieht man die Halbinsel, auf der unser Hotel liegt.«

»Wir können gern eine andere Route zurückfahren. Ich schätze, dass wir auch ans Hotel kommen, wenn wir an der Kirche dort vorbeifahren.« Er deutete auf die Landzunge, auf der das Gebäude zu sehen war. »Übrigens ist am anderen Ende des Hafens die alte venezianische Werft. Da können wir auch mit dem Roller hin.«

»Ich glaube, wir haben hier sowieso alles gesehen. Lass uns zurück zum Parkplatz gehen.«

Keine zehn Minuten später hatten sie das alte Bauwerk erreicht. Sie hielten sich jedoch nicht lange bei den Ruinen der Werft auf, denn außer den geschwungenen Säulen und Bögen des Gebäudes, die vollständig erhalten waren, gab es nichts zu sehen.

Gegen vierzehn Uhr erreichten sie das Hotel. Die nächsten beiden Stunden verbrachten sie am Pool, um sich von den Strapazen des Ausflugs zu erholen, bis es Zeit war, sich für ihren Abend in der Stadt zu stylen.

***

Händchen haltend bummelten sie durch die engen Gässchen der malerischen Altstadt, wobei sie immer wieder Menschen auswichen, die in Massen unterwegs waren.

»Ganz schön abgefuckt«, meinte Flo. »Die Fassaden sind uralt und fast nicht renoviert. Guck, wie windschief dieser Fensterladen hängt. Da muss man Angst haben, dass der einem beim kleinsten Windhauch auf den Schädel fliegt.«

»Stimmt. Aber genau das macht das urige Flair aus, wenn du mich fragst. Irgendwie süß. Wobei es eine Schande ist, dass viele Wände mit Graffiti besprüht sind. Wenigstens ist es nicht so heiß, wie ich befürchtet habe.« Sophie blieb vor der Auslage eines Juweliers stehen und betrachtete dessen Werke.

»Nachdem das so enge Gassen sind und die Häuser alle mindestens vier Stockwerke haben, kommt die Sonne gar nicht durch und heizt die Steine nicht auf.

Wie sieht's aus, wollen wir uns langsam eine Taverne suchen?«

Sophie löste den Blick von den Schmuckstücken und nickte. »Sehr gern. Es sind so viele Leute. Wenn die alle gleichzeitig essen gehen, wird jedes Lokal voll sein«, unkte sie.

Langsam setzte die Dämmerung ein – gleichzeitig begann es, höllisch laut zu zwitschern.

»Wo kommt mit einem Mal der Krach her?«, wunderte sich Sophie.

Flo zeigte nach oben. »Die Vögel machen so einen Rabatz. Der Himmel ist fast schwarz, voller Mauersegler, die wie irre herumfliegen. Ich dachte zuerst, das seien Fledermäuse.«

Fasziniert blickte Sophie auf das Fleckchen Himmel zwischen den Dächern, wo es von Vögeln nur so wimmelte. Plötzlich kicherte sie. »Wenn die alle kacken, heißt es, Füße in die Hand nehmen und den Bomben ausweichen.«

»Sollten wir uns sicherheitshalber einen Regenschirm kaufen?« Florian lachte lauthals und Sophie fiel mit ein.

»Das stell dir mal vor. Es hat fünfundzwanzig Grad, keine Wolke am Himmel, und wir latschen mit einem Regenschirm rum.«

Sophie grinste noch immer, als sie auf eine Taverne zusteuerten, deren Tische unter riesigen, aufgespannten Sonnenschirmen verteilt waren. »Ich glaube, die sind nicht nur hier, um Schatten zu spenden«, mutmaßte sie.

»Gut möglich«, antwortete Flo und rückte ihr den Stuhl zurecht, bevor er ihr gegenüber Platz nahm. »Es tut richtig gut, endlich zu sitzen.«

Ein Kellner begrüßte sie und reichte ihnen die Karte. »Today we have fresh Pastitsada«, informierte er auf Englisch. »What do you want to drink?«

Diesmal bestellte auch Sophie ein Corfu Red Ale, das zusammen mit einem Korb frischem Weißbrot und kleinen Schälchen mit Oliven- und Rosmarinöl serviert wurde.

Sophie tunkte ein Stück Brot in das Öl und schob es sich in den Mund. »Hier lässt es sich aushalten«, meinte sie, als sie den Bissen verspeist hatte. »Genau so habe ich mir das vorgestellt.«

»Du siehst heute verdammt heiß aus, Krümel. Da muss ich aufpassen, dass dich kein Korfiote entführt.«

Sophie lächelte ob des Kompliments. »Kein was?«

»So nennt man die Bewohner der Insel, Soph«, klärte er sie auf.

»Hört sich komisch an. Korfuianer wäre doch irgendwie logischer?« Sie musterte ihn. »Du bist heute aber auch sehr fesch, Schatz.«

Flo griff über den Tisch und verschränkte ihre Hände ineinander. »Danke. Du sollst dich ja mit mir sehenlassen können«, schmunzelte er.

Der Kellner kam mit den Hauptspeisen zum Tisch, zwei große Teller in einer Hand, einen weiteren auf dem Unterarm balancierend. In der rechten Hand hielt er eine Schüssel Salat, welche er in der Tischmitte positionierte.

Flo löste seine Hände von ihr und breitete die Stoffserviette über seine Oberschenkel.

»Bifteki and Tsatsiki.« Lächelnd blickte der Kellner zu Sophie, die den Finger hob. »And Sofrito for you.« Er stellte den Teller mit Reis und Kalbfleisch in Weinsoße auf Flo's Platz. »Kalí órexi.«

»Lass es dir schmecken«, sagte Florian und griff zu seinem Besteck. »Es riecht köstlich. Magst du probieren?«

Eigentlich musste er gar nicht fragen, denn sie kosteten immer vom jeweiligen Essen des anderen. Während Sophie sich das Kalb auf der Zunge zergehen ließ, weil es so butterzart war, reichte sie ihm ihre Gabel mit einem Stück in Tsatsiki getauchtes Bifteki.

»Mah, ist das lecker«, meinte sie.

»Deines aber auch. Guten Appetit«, wünschte Flo und begann zu essen.

Sophie genoss die Stimmung und war rundherum zufrieden. Wenn es nur immer so wäre! Heute verspürte sie sogar seit Langem wieder einmal diese Schmetterlinge im Bauch, wenn sie in Florians Augen blickte. Das kurzärmelige Hemd betonte seine Figur, und sie bemerkte, dass die beiden Frauen am Nachbartisch einen anerkennenden Blick auf ihn warfen, während sie miteinander tuschelten. Sie grinste innerlich. *Finger weg, das ist meiner*, dachte sie. Vielleicht sollten sie doch endlich heiraten. Vorgeschlagen hatte Flo das vor Jahren schon einmal, aber da hatte sie abgelehnt. Ihr schwebte damals eine kirchliche Hochzeit mit allem Drum und Dran vor, inklusive Tauben, die sie eigentlich hasste wie die Pest. Er hingegen hatte nur die standesamtliche Trauung im Sinn gehabt. Sein Antrag, wenn man den als solchen bezeichnen wollte, war so trocken gewesen wie seine Vorstellung der Zeremonie an sich. Hingehen, unterschreiben, Essen mit den engsten Freunden und der Familie. Wer brauchte schon Flitterwochen, Herzchen und Romantik? Mittlerweile war ihr der ganze Pomp auch nicht mehr wichtig. Eine Traumhochzeit mit weißen Pferden vor der goldenen Kutsche passte eher zu einem Mädchen, welches gerade zur Frau reifte, aber sicher nicht zu einer Frau Anfang dreißig, die mit beiden Beinen fest im Leben stand.

Inzwischen war die Nacht hereingebrochen. Die Straßen wurden von Laternen und Reklametafeln beleuchtet. Florian bezahlte, gab ordentliches Trinkgeld, und hielt Sophie die Hand hin, um ihr aufzuhelfen.

»Möchtest du noch ein Eis?«, erkundigte er sich, während sie Hand in Hand die Straße entlang wanderten.

»Nein, danke. Aber wenn wir eine Cocktailbar finden, bin ich dabei.«

»Wie wäre es mit der da?« Er nickte mit dem Kopf zu einer Tür, aus der Musik aus den Achtzigern drang.

»Cool.« Sophie summte den Song von Bryan Adams mit und folgte Flo, der auf eine gemütliche Loungegarnitur zusteuerte.

4.

Hot as Hell

Vier Stunden später stiegen sie aus dem Taxi und betraten lachend und halb tanzend das Hotel. Flo war in der Bar über sich hinausgewachsen, hatte von lustigen Ereignissen in seinem Job erzählt, die sie noch nicht kannte, und sie sogar auf die kleine Tanzfläche geschleppt, während sie das Lied aus dem Film *Dirty Dancing* lauthals mitgrölten.

»Verdammter Ohrwurm«, meinte Flo und sang den Refrain schon wieder, als sie mit dem Lift nach oben fuhren. »Hey, heybaby, I want to know if you'll be my girl!«

»Hu, Ha«, machte Sophie und lachte. »Stimmt, das geht einem nicht mehr aus dem Kopf. Es war ein wunderschöner Tag, Schatz.«

Sie waren auf ihrer Hotel-Etage angelangt, die Lifttüren öffneten sich. Leise gingen sie den Flur entlang, um schlafende Gäste nicht zu wecken.

Kaum hatten sie ihr Zimmer erreicht, zog Flo sie an sich und küsste sie stürmisch, während er mit dem Fuß die Tür hinter sich zustieß. »Und er ist noch nicht vorbei«, raunte er. »Ich glaube, heute lassen wir uns mehr Zeit als die üblichen fünf Minuten.«

Sein feuriger Blick ließ ihre Knie weich werden und die Hitze zwischen ihren Beinen entflammen. »Ich kann es kaum erwarten«, erwiderte sie leise. »Ich bin rattenscharf auf dich.«

Er warf ihr ein raubtierartiges, beinahe gefährliches Lächeln zu, bevor er ihren Mund abermals leidenschaftlich in Besitz nahm. Seine Hand fuhr unter ihrem Kleid über den Rücken nach oben, hakte den Verschluss ihres Büstenhalters auf und wanderte nach vorn, wo er mit dem Daumen ihre Nippel reizte. Ungeduldig griff Sophie zum Saum ihres Kleides und zog es hoch. Flo löste sich von ihr und half ihr dabei, entledigte sich auch seines Hemdes und ließ es achtlos neben seiner Jeans auf den Boden fallen.

»Und ich auf dich, Soph.«

Sich gegenseitig streichelnd und küssend ließen sie sich aufs Bett fallen. Sophie umschloss mit der rechten Hand seine Männlichkeit, während er Zeige- und Mittelfinger in sie schob. Sie stöhnte auf und bewegte ihre Hüften im Takt.

»Gott, bist du schön feucht. Nicht so schnell, Baby. Lass dir Zeit.« Er zog seine Finger aus ihr und leckte sie ab, während er aufstand und zur Minibar ging. »Ich will, dass du durch meine Zunge kommst, Soph. Ich will dich schmecken. Und dann werde ich dich nehmen, bis du um Erlösung flehst. Deine Augen sind heute grün. Das heißt, du bist wirklich geil.« Er nahm die Flasche Mineralwasser aus dem Kühlschrank und sah sie lüstern an.

Himmel, sie liebte es, wenn er so mit ihr sprach, das heizte ihr zusätzlich ein. Es kam viel zu selten vor, dass er so war.

»Versprich nicht, was du nicht halten kannst«, neckte sie ihn, wissend, dass sie ihn damit herausforderte. Sie wollte endlich wieder begehrt werden, heißen und hemmungslosen, ja schmutzigen Sex haben, und nicht einfach das normale Programm herunterspulen.

Er funkelte sie an. »Du willst es wohl wirklich wissen, was? Das kannst du haben«, knurrte er. »Du willst es hart und heftig?«

»Oh ja.«

»Holy Shit, Soph. So warst du lange nicht mehr drauf. Wie soll ich dich da nur bestrafen?« Langsam ging er auf sie zu, wie ein Raubtier, das sich an seine Beute anschleicht.

Sophie stöhnte auf, ihre Pussy pochte verlangend.

Flo stellte das Wasser auf dem Nachttisch ab. Seine Hände waren eiskalt, als er ihre Brüste umschloss und mit Daumen und Zeigefinger sanft ihre Knospen zwirbelte. Seine Zunge leckte über die zarte Haut unterhalb des Ohrläppchens und bescherte ihr eine Gänsehaut. Sein Mund löste seine Hände ab, saugte und knabberte abwechselnd an den steil aufgerichteten Nippeln, während seine Finger über ihren Bauchnabel nach unten wanderten. Sophie spreizte vor Wonne seufzend die Beine, um ihm den Zugang zu erleichtern.

Seine Finger trafen auf schlüpfrige Hitze. Sanft glitt er über ihre Liebesperle, umkreiste sie spielend, klopfte mit der Handfläche sanft dagegen. Sie keuchte auf.

»Ich weiß, dass du das liebst, Soph«, gurrte er. »Und ich weiß auch, wie sehr du das magst, was ich gleich mit dir anstelle.«

Er kniete sich vor sie hin. Seine Hände griffen unter ihren Po, hoben sie hoch, bis sie nur noch auf ihren Schultern lag. Ihr Gewicht ruhte an seinem Oberkörper. Ihre Scham traf auf seinen Mund und er versenkte seine Zunge in ihr, als würde er eine Auster schlürfen. Dabei stieß er mit den Zähnen und Lippen immer wieder gegen ihre Klit. Sophie begann zu wimmern. Himmel, er wusste, was er da tat, und er leckte sie, bis sie kaum noch Luft bekam und wohl jeden Moment kommen würde. Ihre Beine begannen zu zittern, so sehr baute sich ihr Orgasmus auf.

»Jetzt«, bettelte sie. »Bitte, ich halte das nicht mehr lange aus.«

Plötzlich hörte er auf und sie spürte, dass sein Oberkörper bebte. Lachte er etwa?

»Ich habe dir ja gesagt, dass du mich um Erlösung anflehen wirst«, sagte Flo und lachte tatsächlich. »Leider wirst du damit noch ein bisschen warten müssen.« Er robbte zurück, und ihre Beine fielen wie gekochte Spaghetti aufs Bett zurück.

»Du Ratte«, keuchte Sophie. »Na warte, das wirst du büßen.«

»Ich hoffe doch«, grinste er und küsste sie gierig, während er sich über sie rollte, ihr Bein zur Seite schob und seine Härte langsam über ihre Furche gleiten ließ, ohne auch nur einen Millimeter in sie zu dringen. Er entschleunigte sie damit, sodass sie nicht mehr unmittelbar vor der Explosion stand.

»Na also, geht doch«, murmelte er. »Und jetzt, Baby, bringe ich dich um den Verstand. Jetzt darfst du kommen, wann und so oft du willst.« Er hob sie wieder in die Stellung von zuvor. »So komm ich viel besser an und in dich«, erklärte er, bevor seine sinnlichen Anschläge von Neuem begannen. Er leckte, saugte sich an ihr fest und biss sanft zu, alles abwechselnd und doch gleichzeitig. Sophie krallte die Hände ins Laken, wimmerte vor Lust und holte schließlich tief Luft, um zum Endspurt anzusetzen. Flo dämpfte gerade noch rechtzeitig ihren Schrei, indem er die Handfläche auf ihren Mund presste. Er küsste sie auf ihre Perle, was sie noch mal zusammenzucken ließ, und half ihr, sich auszustrecken. Danach drehte er sich um hundertachtzig Grad, rollte sich auf den Rücken und zog sie mit sich, sodass sie umgekehrt auf seinem Gesicht saß. Er griff mit beiden Daumen zwischen ihre Schenkel. Mit einem massierte er ihre Klit, den anderen versenkte er in ihrer Nässe. Sophie keuchte auf, beugte sich nach vorn, nahm ihn in den Mund und revanchierte sich. Genau das hatte sie sich gewünscht. Wie hatte sie jemals denken können, Sex mit ihm sei langweilig? Seine Eichel war prall, sein Schwanz steinhart. Allein der Gedanke, ihn bald in sich zu spüren, löste einen Miniorgasmus aus.

»Ja, Baby, hol es dir«, feuerte er sie an.

Damit warf sie alle Gedanken über Bord, ließ ihrer Lust freien Lauf. Hemmungslos ritt sie auf seiner Zunge, kam dabei heftig und krallte sich mit den Händen an seinen Schenkeln fest. Ihr lautes Stöhnen wurde durch seine Härte in ihrem Mund gedämpft. Kraftlos und völlig fix und fertig löste sie sich von ihm und legte sich auf den Rücken. Ihr Brustkorb hob und senkte sich heftig, und dennoch ...

»Fick mich endlich, Flo«, keuchte sie atemlos. »Deine Zunge ist göttlich, aber ich will dich in mir haben.« Sophie kniete sich hin und reckte ihm ihren Hintern entgegen, die Beine weit gespreizt.

Flo schob sich von hinten in ihre Nässe. Mit dem linken Arm umklammerte er ihre Hüfte, die rechte Hand spielte mit ihren Brüsten.

In dieser Stellung war er verdammt tief in ihr, jeder Stoß traf auf ihren Uterus.

»Hart und heftig, ja?«, vergewisserte er sich.

»Ja.«

Und dann nahm er sie, dass ihr Hören und Sehen verging. Er bescherte ihr einen weiteren Orgasmus, gönnte ihr eine Pause, begann von vorn. Inzwischen triefte sie vor Nässe, und sie konnte sich nicht erinnern, wann sie zuletzt so heftigen und geilen Sex gehabt hatten. Schon wieder malträtierte er zielsicher jenen Punkt, der ihre Knie zittern ließ. Inzwischen hatte er beide Hände um ihre Taille geschlungen, dass seine Stöße nicht abgefedert wurden. Aber nun war es anders – er steigerte das Tempo, stieß tief zu und verharrte schließlich in ihr, dabei zog er sie an sich. Sie spürte, wie sich sein Höhepunkt aufbaute, das sanfte Pochen seines Gliedes, das sich jeden Moment zum heißen Pulsieren ändern würde. Sie drängte sich an ihn, bewegte ihre Hüfte, zog ihre Liebesmuskeln sanft zusammen. Als hätte er nur darauf gewartet, fing er an, sich ganz langsam und kaum merkbar zu bewegen. Es fühlte sich an, als würde seine Härte ohne Unterlass ihren Punkt massieren. Eigentlich dachte sie, sie würde nicht mehr können. Eigentlich wollte sie, dass auch er endlich zu seiner Erfüllung kam. Und eigentlich hätte sie nicht gedacht, dass sie dadurch noch mal so spitz wurde, so gierig nach ihm, dass sie sich das holen wollte, was er ihr nicht gab.

»Leg dich auf den Rücken, Flo«, bat sie leise.

Eine Sekunde später war er aus ihr draußen. Er lehnte sich mit dem Oberkörper gegen das Kopfteil des Bettes. In seinen Augen loderte die Leidenschaft, die Gier, die auch sie spürte. Sein Schwanz – steinhart, perfekt geformt und wunderschön. Er lächelte ihr entgegen. »Und jetzt hol dir, was du willst, Sophie.«

Sie ging über ihm in die Hocke und senkte sich langsam auf seine Härte. Sein Daumen geriet zwischen ihre Vereinigung, rieb ihre Klit, während sie ihn ritt. Sie fühlte sich wie ein Cowgirl beim Rodeo, schloss die Augen und wusste, dass sie gleich noch mal kommen würde. Aber nicht sie löste ihren Höhepunkt aus, sondern das heiße Pulsieren tief in ihr, und sein leidenschaftlicher Kuss, der sein Stöhnen unterdrückte. Sie keuchte auf, hieß das Beben in ihr willkommen, genoss jede einzelne Welle, die durch ihren Körper jagte, und ließ ihren Kopf schließlich kraftlos auf seine Schulter fallen, während sie nach Luft schnappte.

»Halleluja. Das war heftig«, japste sie.

»Das kannst du laut sagen, Krümel. Und wunderschön.« Auch er atmete schwer.

Er zog sie in seine Arme. Sophie legte den Kopf auf seinen Brustkorb, hörte sein Herz an ihrem Ohr hämmern und war so glücklich wie schon lange nicht mehr. Bald hörte sie an seinen regelmäßigen Atemzügen, dass er eingeschlafen war.

»Vielleicht sollten wir doch heiraten«, murmelte sie leise und lächelte, bevor die Müdigkeit auch sie übermannte.

5.
Der Teufel schläft nicht

Der nächste Tag war der Erholung gewidmet. Sophie hatte einen angehenden Muskelkater, wobei sie nicht wusste, ob dieser den Fußmärschen auf der Festung und durch die Altstadt geschuldet war, oder dem höllisch heißen Sex, den sie gehabt hatten. Wahrscheinlich eine Mischung aus beidem, dachte sie schmunzelnd. Jederzeit gerne wieder.

Flo war etwas wortkarg aufgestanden, da ihm ein leichter Kater zu schaffen machte. Jetzt lag er auf dem Bauch unter dem Sonnenschirm am Strand und schnarchte leise. Sophie grinste innerlich. Kein Wunder, ihr Liebster trank nur selten stärkeren Alkohol, und die Cocktails hatten es ganz schön in sich gehabt. Sie war beim Caipirinha geblieben, während Flo sich durch drei verschiedene Mixgetränke gekostet hatte. Der Ruhetag war heute völlig okay, denn sie hatte noch Lesestoff, aber ihr wurde angst und bange, wenn sie an den Rest des Urlaubs dachte. Sie hatte nicht damit gerechnet, dass Flo so ein Stubenhocker sein würde und lieber im Hotel blieb, statt die Insel zu erkunden. Aber vielleicht konnte sie ihn ja noch mal motivieren, etwas zu unternehmen. Sie griff nach ihrem Handy und ließ sich die Entfernung vom Hotel zu Sissis Villa berechnen – es waren etwa achtzehn Kilometer. Das sollte mit einem Roller zu schaffen sein. Zufrieden drehte sie sich auf den Bauch, stützte ihren Kopf in den Handflächen ab, überkreuzte die Knöchel und schlug ihr Buch auf.

Nach etwa einer halben Stunde bekam sie Durst. Sie warf einen Blick auf ihre bessere Hälfte. Florian hatte sich umgedreht, die Hand über die Augen gelegt, und schlief mit offenem Mund. Sie beschloss, ihm eine Cola oder so mitzubringen, er würde bestimmt auch etwas trinken wollen, wenn er aufwachte. Morgens hatte er drei große Gläser Orangensaft auf Ex gekippt, weil er so einen Brand gehabt hatte, und auf Kaffee verzichtet.

Sophie legte das Buch mit der aufgeschlagenen Seite nach unten auf die Liege und stand leise auf. Sicherheitshalber nahm sie ihr Handy mit. Flo sollte sich keine Sorgen machen müssen, wenn er nicht wusste, wo sie war. Sie schlug den Weg zu den Treppen ein, die hinauf zum Hotel führten, und tippte währenddessen eine Nachricht an ihn, wo sie zu finden sei. Irgendwie übersah sie wohl eine Stufe, stolperte, und ruderte einen Moment hilflos mit den Armen. Doch bevor sie schmerzhaft auf die Steine geknallt wäre, wurde sie gerade noch rechtzeitig von zwei starken Armen aufgefangen.

»Hoppla. Are you okay?«, drang eine angenehme, melodische Stimme an ihr Ohr, die ihr seltsam vertraut vorkam.

Sophie wurde knallrot. »I'm so sorry«, stotterte sie verlegen, richtete sich auf und blickte in das Gesicht eines unverschämt attraktiven Mannes, dessen Augen von einer Pilotensonnenbrille geschützt wurden, in deren Gläsern sich ihr feuerrotes Antlitz spiegelte.

»Sure?«

Sie nickte, während ihr Gegenüber die Brille abnahm und sie aus stahlgrauen Iriden besorgt und zweifelnd musterte, bevor sich sein Mund zu einem strahlenden Lächeln verzog, welches seine Augen erreichte.

Augen, die sie nur zu gut kannte, wie ihr im selben Moment bewusst wurde. Sämtliches Blut wich aus ihrem Kopf, nur um postwendend ganze Ameisenkolonien in ihrem Magen zum Leben zu erwecken. Vor ihr stand Loukas Vasilis, ihre erste große und unerfüllte Liebe – oder sein hundertprozentiger Doppelgänger. Sie fühlte sich, als wäre sie soeben um zehn Jahre zurückkatapultiert worden. Die Erinnerungen an diese Zeit holten sie postwendend ein und ihr Herz begann wieder zu schlagen – jedoch in doppelter Geschwindigkeit.

Bevor sie auch nur einen Pieps machen und ihr Gehirn diese Tatsache verarbeiten konnte, fragte er: »Sophie? Was machst du denn hier?« Ihm war die Freude über ihr Zusammentreffen anzuhören.

Sie räusperte sich, denn sie traute ihrer Stimme nicht. »Äh, dasselbe könnte ich dich fragen, Loukas.« Seit wann hatte sie bitte Frösche im Hals? »Ich mache Urlaub.«

Unweigerlich wanderte ihr Blick zum Grübchen an seinem Kinn. Verdammt, er sah sogar noch viel besser aus als damals und hatte nichts von seiner Anziehungskraft verloren, wie sie bestürzt feststellte.

»Mensch, Sophie, wie lang ist das jetzt her?« Er trat einen Schritt zur Seite, um einen Passanten vorbeizulassen. Dabei berührte er ihre Schulter, was ihr wie ein Stromschlag durch den Körper fuhr und für einen Augenblick den Atem raubte.

Ziemlich genau zehn Jahre, dachte sie, während sie versuchte, den Ameisen in ihrem Bauch Einhalt zu gebieten. »Eine halbe Ewigkeit jedenfalls. Spielst du noch Tennis?« Langsam fasste sie sich wieder, auch wenn sie im Moment ziemlich neben sich stand.

Damals hatten sie im gleichen Tennisverein gespielt. Sie hatten sich super verstanden, die härtesten Matches geliefert, und sie war unsterblich in ihn verliebt gewesen. Seine sportliche Figur, sein leicht gebräunter Teint, der seine Augen zum Strahlen brachte, seine langen, feingliedrigen Finger, die den Schläger so kraftvoll umfassten, die dunkelbraunen Haare ... sie liebte einfach alles an ihm. Obwohl er in festen Händen gewesen war, hatte er mit ihr auf Teufel komm raus geflirtet und ihr öfter als einmal das Gefühl gegeben, dass er lieber mit ihr statt mit seiner Freundin Lucy zusammen gewesen wäre. Lucy hatte zwar höllisch lange Beine und war stets wie aus dem Ei gepellt, dafür spielte sie grottenschlecht. Und Loukas, der damals auf dem besten Weg zum Tennisprofi gewesen war, hatte sie nicht in den Wind schießen können, denn ihr Vater war nicht nur der Vorstand im Klub – sondern auch sein Mentor, der ihn förderte, wo es nur ging, nachdem seine Tochter so eine Pflaume im Tennis war.

»Nur noch ganz selten«, erwiderte er und unterbrach damit ihre gedankliche Exkursion in die Vergangenheit. »Ich fass' es nicht, dich hier zu treffen. Komm, lass uns etwas trinken und unser Wiedersehen feiern. Außerdem stehen wir im Weg.«

Sophie grinste schief. »Ich wollte ohnehin zur Bar.« Sie deutete nach oben zum Poolbereich und setzte sich in Bewegung.

»Bist du allein hier?« Er warf ihr einen schnellen, strahlenden Blick unter seinen langen Wimpern zu.

»Nein.« Gott, sie könnte ihn ohrfeigen, so wie er sie ansah. Oder küssen. Eines stand fest: Die unverhoffte Begegnung brachte sie völlig aus dem Gleichgewicht.

»Hätte mich auch gewundert«, fügte er leise hinzu und ließ ihr mit einer galanten Handbewegung den Vortritt.

***

»Ich glaub' es noch immer nicht.« Loukas schüttelte fassungslos den Kopf und grinste sie an, während sie an der Bar ihre Getränke bestellten. »Erzähl, was hast du in der Zwischenzeit gemacht?«

Sophie nahm einen Orangensaft entgegen und setzte sich auf einen Hocker. »Was willst du wissen?« Sie zuckte die Schultern. »Ich bin nach Regensburg gezogen, um dort Germanistik zu studieren, aber das weißt du bestimmt noch.«

Er nickte. »Ja, und du hast dich nie bei mir gemeldet.«

Sie überging seinen Einwand. »Nach meinem Bachelor bin ich zurück nach Wien, habe mir einen Job gesucht und später meinen Freund kennengelernt. Inzwischen bin ich selbstständige Lektorin.«

»Und Tennis?«

49

»Habe ich an den Nagel gehängt. Während des Studiums hatte ich keine Gelegenheit und keine Zeit. Irgendwie ist der Sport dann in die Versenkung geraten.«

»Schade, du hast fantastisch gespielt.«

Sophie überfiel leichte Wehmut, als sie daran zurückdachte. »Kann sein. Inzwischen schaffe ich bestimmt keinen ganzen Satz mehr. Wieso bist du nicht in der Weltrangliste vertreten?«

»Sportunfall«, antwortete er knapp.

»Ach? Treibe Sport oder du bleibst gesund?« Sophies Lippen kräuselten sich amüsiert. Es war fast wie in alten Zeiten, wo sie sich alles erzählen konnten.

»So lustig war das nicht, Sophie. Ich bin beim Skifahren gestürzt und habe mir dabei einen Oberschenkelbruch und einen Kreuzbandriss zugezogen. Ausgerechnet als ich in der nächsten Saison hätte durchstarten können.« Loukas runzelte die Stirn. »Das war echt ’ne harte Zeit für mich. Trotz Reha und Training konnte ich nicht mehr an die Leistung vergangener Tage anschließen. Das war das Aus für meine Profikarriere.«

Sie konnte sich vorstellen, welch harter Schlag das für ihn gewesen war. Sophie griff nach seiner Hand und drückte sie kurz. »Das tut mir leid, Loukas. Wie ging es weiter?«

»Ich stand plötzlich vor dem Nichts. Lucy hat mich daraufhin wie eine heiße Kartoffel fallenlassen und sich die nächste potenzielle Nummer eins im Tennisverein gekrallt, übrigens eine Frau.«

Sophie schnaubte kurz. Was für ein Miststück.

»Ein Teil der Vereinskollegen bemitleidete mich deswegen, tuschelte hinter vorgehaltener Hand, und selbst wenn sie nichts sagten, sah ich es an ihren Blicken. Von den anderen hörte ich, ebenso hinter vorgehaltener Hand, dass ich wohl ein Schlappschwanz sei, wenn ich sie nicht halten kann und sie lieber mit einer Frau ins Bett geht. Irgendwann wurde mir das zu viel. Etwa ein Jahr später kündigte ich dem Verein und gab meinen Traum eines Profis endgültig auf.« Gedankenverloren drehte er sein Glas in der Hand, dann blickte er ihr in die Augen. »Ich war einige Zeit auf Kreuzfahrtschiffen als Animateur unterwegs, bevor ich letztes Jahr nach Korfu zurückgezogen bin. Das war's. Seither habe ich nicht oft einen Tennisschläger in der Hand gehalten.« Sein Kiefermuskel zuckte – ein sicheres Zeichen dafür, wie sehr ihn das auch jetzt noch belastete.

»O mein Gott, das ist übel. Und was machst du hier?« Sie musste diese Frage einfach stellen.

»Ich wollte gerade zum Meer, eine Runde schwimmen, als ich dich getroffen habe. Ich habe mich eben um einen Job hier im Hotel beworben.«

»Das tut mir leid für dich«, wiederholte Sophie ihre Worte von zuvor, grinste dabei aber. »Jetzt muss die Abkühlung warten. Hast du den Job bekommen?«

»Ja, am nächsten Monatsersten fange ich als Animateur an. Bis dahin habe ich frei.« Loukas begann zu lachen. »Das tut mir übrigens überhaupt nicht leid, Sophie. Wir haben uns viel zu lange nicht gesehen.«

Sophie entwich ein leises Seufzen. »Das stimmt«, meinte sie und strich sich die Haare aus dem Gesicht. Zum Glück hatte er keine Ahnung, wie oft sie sich nach ihm gesehnt hatte – zumindest, bis Flo in ihr Leben getreten war.

»Wie lange seid ihr denn schon hier?« Loukas rückte die Getränkekarte zur Seite, so dass sie sich besser ansehen konnten.

»Wir sind vor vier Tagen gelandet.«

»Dann hast du sicher schon vieles gesehen?« Fragend richtete er seinen Blick wieder auf Sophie.

Sie wich diesem aus und fixierte einen Punkt hinter der Theke, wo der Barkeeper Gläser polierte und auf die vorgesehenen Regale räumte. »Gestern Abend waren wir in der Hauptstadt und am Vormittag auf der alten Festung. Wir haben All inclusive.« Sie wusste, ohne es zu sehen, wie Loukas versuchte, seine Bestürzung zu verbergen, was ihm jedoch nicht gelang.

»All inclusive? Wieso zum Geier bucht man auf einer griechischen Insel All inclusive?«, brachte er erstaunt hervor. Seinem Blick nach zu urteilen, den sie kurz darauf erhaschte, hätte sie genauso gut Chinesisch sprechen können.

Sophie trank ihren Orangensaft aus. »Das musst du Florian, meinen Freund, fragen«, erwiderte sie kühler als beabsichtigt. »Um ehrlich zu sein, habe ich mir darüber keine Gedanken gemacht und die Organisation unseres Urlaubs ihm überlassen.« Sie merkte selbst, wie frustriert sie sich anhörte. »Er will nicht mal ein Auto mieten, um die Insel zu sehen«, rutschte es ihr heraus.

»Heißt das, dass ihr den gesamten Urlaub über die Zeit im Hotel totschlagt?« Loukas' Ton verriet seinen Unglauben.

Sophie straffte die Schultern. »Ja. Aber ich kann ihn verstehen, er ist von der Arbeit fix und fertig.«

»Das bist nicht du, Sophie«, stellte Loukas fest und legte unbewusst seinen Finger in die Wunde. »Du brauchst Action.«

»Und wer sagt dir das?« Zornig musste sie sich eingestehen, dass er den Nagel auf den Kopf getroffen hatte. Aber auch wenn es so war – es ging ihn nichts an. »Vielleicht habe ich mich ja verändert?«

»Entschuldige, Sophie. So meinte ich das nicht. Aber du hast dich gerade eben nicht glücklich angehört.«

Verdammt. Er kannte sie einfach viel zu gut. Noch immer. Es war höchste Zeit, aus seinem Wirkungskreis zu verschwinden, bevor ihre Nerven noch völlig verrücktspielten oder sie Dinge sagte, die sie später bereuen würde.

»Schon gut«, lenkte sie ein und blickte auf die Uhr ihres Handys. »Loukas, es war schön, dich mal wieder zu sehen. Wir laufen uns sicher über den Weg. Ich möchte Flo nicht so lange warten lassen.« Mit einer eleganten Bewegung glitt sie vom Barhocker.

»Warte!«, rief er und kritzelte etwas auf einen Zettel. »Ich wollte dich nicht beleidigen oder kränken.«

Sophie lächelte ihn an. »Das hast du nicht, Loukas. Aber ich muss wirklich los.«

»Gut, aber ich würde dir – oder euch – jederzeit gerne die Insel zeigen. Überleg' es dir, ja?« Er schaute sie beinahe beschwörend an, bevor er ihr das Stückchen Papier in die Hand drückte. »Hier ist meine Handynummer, für den Fall, dass dir langweilig wird. Du kannst mich immer anrufen, Sophie. Ich habe unsere Gespräche vermisst.«

»Lieb von dir, Loukas, aber ich glaube nicht, dass das eine gute Idee ist. Mach's gut.« Sophie griff nach der

Colaflasche, die sie für Flo bestellt hatte, und drehte sich nicht mehr um, als sie mit wackeligen Knien die Bar verließ. Sie spürte förmlich seinen Blick in ihrem Rücken und konnte sich lebhaft vorstellen, wie dieser aussah. Verflucht.

***

Die paar Minuten, die sie hinunter an den Strand brauchte, reichten nicht, um ihr aufgewühltes Gemüt zu beruhigen. Die Begegnung mit Loukas hatte all ihre Gefühle, die sie einst in eine Schublade gesperrt und weggeschlossen hatte, mit voller Wucht wieder aufleben lassen. Als sie damals ihr Studium antrat, war sie nicht umsonst vierhundert Kilometer weit weggezogen. Sie hatte Abstand gebraucht, denn sie wusste, länger hätte sie Loukas' Charme nicht widerstehen können. Es hätte in einem Fiasko geendet, hätte sie ihm ihre Liebe gestanden. Sie hatte nicht schuld sein wollen, dass er seine Pläne aufgeben musste. Denn sie war sich absolut sicher, dass er ähnlich empfunden hatte – vielleicht nicht so intensiv, aber egal war sie ihm nicht gewesen. Wäre aus ihnen ein Paar geworden, hätte das mit Sicherheit das Ende seiner Karriere bedeutet. Lucys Vater hätte ihn keine Sekunde länger gefördert. Welch Ironie des Schicksals, dass sein Unfall ein halbes Jahr nach ihrem Umzug passiert war.

Sie hatte es geschafft, hatte diese unerfüllte Liebe in den letzten Winkel ihres Bewusstseins verdrängt, und als sie Flo kennenlernte, war Loukas endgültig Geschichte gewesen. So hatte sie zumindest geglaubt.

Heute wurde sie eines Besseren belehrt. Aber sie durfte diese Gefühle nicht zulassen. Sie war mit Flo zusammen – und hatte sie nicht gestern erst noch daran gedacht, ihn zu heiraten? Gott, wieso lief Loukas ihr ausgerechnet jetzt über den Weg? Und wieso ging er ihr nach so langer Zeit noch immer so extrem unter die Haut?

Florian blinzelte ihr lächelnd entgegen und deutete auf die Flasche in ihrer Hand. »Du bist ein Schatz, Soph. Ich wollte grad hoch und gucken, wo du steckst. Deine Nachricht hast du vor einer halben Stunde geschrieben.«

Das schlechte Gewissen schlug wie eine Flutwelle über ihr zusammen. »Ich habe an der Bar etwas getrunken und Instagram gecheckt. Du weißt ja, wie schnell da die Zeit vergeht«, wich sie aus und überreichte ihm die mittlerweile lauwarme Cola. »Tut mir leid, Schatz.«

Verdammt, wieso sagte sie ihm nicht einfach, dass sie einen alten Bekannten getroffen hatte?

6.

Und führe mich nicht in Versuchung

Beim Abendessen saß Sophie auf glühenden Kohlen. Hoffentlich kam Loukas nicht auf die Idee und aß im Hotel! Nicht auszudenken, wenn er auf ihren Tisch zusteuern würde. Sie musste ihm verklickern, dass Flo keine Ahnung hatte, dass sie sich mittags über den Weg gelaufen waren. Innerlich verfluchte sie sich. Wieso hatte sie es ihm nicht sagen können? Was war denn schon dabei? Und wieso zum Henker hatte sie Gewissensbisse? Es war rein gar nichts passiert, außer dass ihr verräterischer Körper sofort wieder auf Loukas angesprungen war. Und sie sich eingestehen musste, dass es sehr wohl möglich war, diese Schmetterlinge auch noch nach zehn Jahren zu empfinden.

Florian bemerkte nichts von ihrem inneren Aufruhr. Wie es schien, kämpfte er mit eigenen Problemen.

»Ich merke, dass ich keine zwanzig mehr bin.« Er schnitt eine Grimasse und häufte Salat in ein Schäl-

chen. »Drei Drinks – und ich fühle mich wie ausge-
kotzt. Das wäre mir früher nicht passiert. Ich hab heute
überhaupt keinen Appetit.«

Sophie lächelte gezwungen. »Kein Wunder, Schatz.
Du trinkst ja dank deines Jobs so gut wie nichts. Ab und
zu ein Glas Wein oder ein Bier ist was anderes als die
starken Cocktails gestern.« Auch sie hatte kaum Hunger, aber sie wusste, dass nicht der Alkohol daran
schuld war. Sie ließ ihren Blick über das Büfett wandern. »Ich denke, ich probiere heute die Scampi. Magst
du auch eine Garnele?«

Flo nickte. »Eine geht. Mehr bringe ich beim besten
Willen nicht runter. Und danach mag ich aufs Zimmer,
irgendwas im Fernsehen angucken. Oder von mir aus
gehen wir noch eine Runde spazieren. Nur nicht an die
Bar.«

»Armer Schatz«, bedauerte Sophie ihn.

»Verarsch' mich nur«, brummte er. »Ich weiß schon.
Wer den Schaden hat, braucht für den Spott nicht zu
sorgen.«

»So war das nicht gemeint«, versuchte sie sich zu verteidigen, aber er winkte nur ab.

»Schon okay, Sophie. Sorry, ich bin heute durch den
Wind.«

Nach dem Essen wanderten sie die beleuchtete Straße
entlang bis zu der Taverne, die sie vorgestern aufge-
sucht hatten. Von oben sah man in den Terrassenbe-
reich des Lokals, welcher bis auf den letzten Platz besetzt war.

»Da wäre es mir sowieso zu voll«, maulte Flo.

»Nicht schlimmer als im Speisesaal des Hotels«,
wandte Sophie ein. Aber sie wusste, dass man ihm

heute nichts recht machen konnte. »Komm, lass uns zurückgehen.«

»Gute Idee. Morgen geht's mir sicher besser. Tut mir leid, Soph, dass ich so schlecht drauf bin.«

»Macht doch nichts.« Eigentlich war sie ganz froh, dass sie gerade keinen vor guter Laune überschäumenden Flo vor sich hatte. So war sie wenigstens nicht gezwungen, Fröhlichkeit vorzuspielen, die sie nicht empfand. Verdammter Loukas. Sie dachte viel zu oft an ihn, seit er ihr über den Weg gelaufen war.

Kaum hatten sie ihr Zimmer erreicht, machte sich Flo bettfertig und schaltete den Fernseher ein. Sophie legte sich neben ihn. »Schlaf gut, Schatz«, wünschte sie.

»Du auch.« Er beugte sich zu ihr und gab ihr einen sanften Kuss auf den Mund, den sie halbherzig erwiderte.

Sophie drehte sich zur Seite und hoffte, dass er das Zeichen verstand und nicht noch Sex haben wollte.

Ihr Wunsch erfüllte sich. Dennoch kam sie nicht zur Ruhe. Die Begegnung mit Loukas ging ihr dauernd durch den Kopf. Sie konnte sich diese Sehnsucht, die plötzlich in ihr brannte, nicht erklären. Es war, als hätten sie sich erst gestern das letzte Mal gesehen. Ihr Herz erinnerte sich zu gut an die alten Zeiten. Wie sie sich in seiner Nähe gefühlt hatte: Diese Schmetterlinge und dieses Herzklopfen, was sie inzwischen bei Flo vermisste, und trotzdem war da auch dieses Vertrauen und die tiefe Verbundenheit gewesen. Irgendwie musste sie ihm mitteilen, dass Flo nichts von ihm wusste. Rein gar nichts, also auch nicht, dass sie sich überhaupt kannten. Angestrengt lauschte sie auf den regelmäßigen Atem des Mannes neben ihr. Schlief er so tief, dass er es nicht bemerken würde, wenn sie kurz auf den Balkon ging, um Loukas eine Nachricht zu schreiben? Gegen Mitternacht hielt sie es schließlich nicht mehr aus. Leise, um Flo ja nicht zu wecken, stand sie auf, griff nach ihrem Handy, und schlüpfte auf Zehenspitzen durch den offenen Spalt der Balkontür. Ihr Herz klopfte wie ein Presslufthammer. Es war Wahnsinn, was sie gerade im Begriff war, zu tun. Was sollte sie Flo sagen, wenn er sie hier sitzen sah? Aber einem inneren Zwang folgend, flogen ihre Finger nur so über das beleuchtete Display.

Sollten wir uns noch mal sehen, dann tu bitte so, als hätten wir uns heute nicht getroffen.

Das musste reichen. Sophie war gerade dabei, die Nachricht aus dem Verlauf zu löschen, als Loukas' Antwort aufploppte.

Wenn du meinst. Was ist denn so schlimm dran?

Tja, was wohl, dachte Sophie und schrieb:

Ich hab Flo nicht gesagt, dass ich dich heute getroffen habe. Er wird sonst falsche Schlüsse ziehen.

Sie sah, dass er eine Antwort tippte.

Na ja, an seiner Stelle würde ich dann auch dumm schauen. Wieso hast du es ihm nicht einfach gesagt?

Sie fiel richtiggehend in sich zusammen, denn sie hatte keine Antwort darauf.

Keine Ahnung. Bitte, tust du mir den Gefallen?

Wenn es weiter nichts ist. Klar. Sonst noch was?

Nein. Danke, Loukas. Schlaf gut.

Wieder erschienen die drei Punkte, die anzeigten, dass er etwas schrieb.

Sweet Dreams, Sophie.

Dahinter hatte er ein Kuss-Smiley gesetzt.
Unwillkürlich musste sie lächeln und mit leichtem Bedauern löschte sie den Chatverlauf. Verdammt, ihr war nicht klar gewesen, wie sehr sie Loukas vermisst hatte. Zum Glück schlief Flo noch immer tief und fest, als sie zurück in ihr Bett krabbelte. Aber endlich stand ihr Gedankenkarussell still, sodass sie rasch in einen traumlosen Schlaf fiel.

***

Das Frühstück verlief ohne Zwischenfälle, was bedeutete, dass von Loukas weit und breit nichts zu sehen war, wie Sophie einerseits erleichtert, andererseits mit leiser Wehmut feststellte. Wieso sollte er auch hier sein? Innerlich musste sie über sich selbst den Kopf schütteln.

Anschließend machten sie es sich am Pool bequem und lasen. Sie konnte sich jedoch nicht auf den Text konzentrieren, nicht nur die Begegnung mit Loukas beschäftigte sie. Sie zerbrach sich außerdem den Kopf darüber, wie sie ihren Liebsten noch einmal auf ihren Wunsch ansprechen sollte, etwas zu unternehmen.

Am Nachmittag bot sich die Gelegenheit, als sie an der Poolbar ihren Eiskaffee genossen.

»Sag, Schatz, willst du die restlichen Tage nur im Hotel verbringen?« Unsicher griff sie nach ihrem Glas, um ihre Hände zu beschäftigen.

Flo las anscheinend den Absatz zu Ende, bevor er den Reader zuklappte, den er sogar hier mithatte, denn es dauerte eine Minute, bevor er ihr antwortete und in die Augen blickte. »Auf was willst du hinaus?«

»Mein Lesestoff geht zur Neige, und ich weiß nicht, was ich dann tun soll.«

»Ach, Soph. Es wird hier so viel angeboten. Mach doch bei den unzähligen Animationen mit? Es gibt auch einen Wellnessbereich. Gönn’ dir eine Massage oder eine Gesichtspflege oder so was.«

»Wir könnten uns noch einmal einen Roller mieten und Sissis Villa angucken«, wagte sie einen neuen Versuch. »Die ist nur achtzehn Kilometer weit weg.«

»Sophie, bitte. In Wien haben wir doch genügend Bauwerke aus der Kaiserzeit. Schloss Belvedere, Schloss Schönbrunn, das Sissi-Museum ... und haufenweise Palais. Was soll an dem hier anders sein?«

»Du hast echt keine Lust, etwas zu unternehmen, oder?«, fragte sie resigniert.

Konzentriert schüttete er etwas Zucker in sein Glas und rührte mit dem Löffel in seinem Eiskaffee, bevor er antwortete. »Eigentlich nicht. Ich will einfach nur faul sein und Nichtstun. Es war tierisch stressig in der Arbeit, meine Akkus sind alle. Wir haben ja nicht umsonst dieses Hotel ausgesucht. Es geht mir dabei nicht ums Geld, nicht falsch verstehen, Krümel. Aber hätten wir die Insel erkunden wollen, hätte ich kein All inclusive gebucht.«

»Verstehst du nicht, dass mir das nicht reicht? Ich will was erleben, Neues entdecken.«

»Ach, Sophie«, seufzte Flo. »Muss das wirklich sein?«

In ihr überschlugen sich die Gedanken. Selbst wenn sie Flo überreden konnte, das Achilleion zu besuchen, hätte sie damit auch nur einen Tag überbrückt. »Weißt du was, Flo? Du musst nicht. Aber hättest du ein Problem, wenn ich den einen oder anderen Ausflug mit dem Bus für mich buche? Eine Inselrundfahrt oder so?« Eine kleine Stimme erinnerte sie an Loukas' Angebot, die sie jedoch resolut zur Seite schob.

Flo runzelte die Stirn. »Mir ist nicht wohl bei dem Gedanken, dass du allein unterwegs bist. Wer weiß, was da alles passieren kann.«

»Was soll denn schon passieren?«, hakte sie nach. »Soweit ich weiß, ist noch kein Tourist auf solchen Ausflügen verschollen.«

Ihre Diskussion wurde jäh unterbrochen, als Loukas' Stimme neben ihr erscholl.

»Sophie Kastner? Ich glaub' es nicht!«

Sophie fuhr wie von der Tarantel gestochen herum und musste ihre Überraschung nicht einmal spielen. Was tat Loukas hier? Sie wähnte ihn um diese Zeit auf der Insel und rechnete nicht damit, ihn vor seinem Arbeitsantritt nächsten Monat hier im Hotel zu sehen.

Ungläubig blickte sie geradewegs auf seine schlanke, sehnige Figur, die in knapp sitzenden Badehosen steckte und seine Männlichkeit betonte. Ein Handtuch hing lässig über seiner Schulter und lenkte den Blick automatisch auf seine spärliche Brustbehaarung, die mit einem schmalen Strich am Bund seiner Badehose endete. Ihr Puls geriet für eine Sekunde ins Stolpern. Sophie konnte ihren Blick kaum von seinem Oberkörper wenden. *Fehlte gerade noch, dass sie zu sabbern anfing,* dachte sie gereizt.

Loukas' Augen funkelten vergnügt.

»Loukas? Was ...«

Er lächelte sie an und entblößte dabei eine Reihe strahlendweißer Zähne. »Mensch, das ist ja ewig her«, fiel er ihr ins Wort.

»Das ist wahr. Äh, Loukas, das ist Florian, mein Freund. Flo, Loukas. Ein alter Bekannter«, stellte sie mit einer Handbewegung die beiden Männer einander vor.

Flo stand auf und reichte Loukas die Hand. »Freut mich. Ich bin mir nicht sicher ...« Er runzelte überlegend die Stirn.

Sophie sah ihrem Liebsten an, wie er versuchte, den Namen zuzuordnen. »Du kannst ihn nicht kennen, Schatz«, half sie ihm über seine Verlegenheit hinweg. »Loukas und ich haben im gleichen Verein Tennis gespielt, lange vor deiner Zeit.«

»Tennis?« In seinen Augen lagen mehrere Fragezeichen.

»Ich sagte doch, lange vor deiner Zeit«, murmelte Sophie und blickte verlegen auf den Tisch.

»Störe ich, oder darf ich mich zu euch setzen?«, erkundigte sich Loukas. »Das ist ja eine Wucht, dich hier zu sehen.«

Er schauspielerte in Sophies Augen meisterlich und ließ sich nicht im Geringsten anmerken, dass sie sich bereits gestern über den Weg gelaufen waren.

»Bitte«, sagte Florian höflich und zeigte auf den freien Platz. »Sophies Freunde sind auch meine Freunde.«

Sophie ahnte, dass ihm die Anwesenheit ihres alten Bekannten zwar nicht gefiel, er aber wahrscheinlich froh war, ihr zugegebenermaßen unangenehmes Gespräch zu unterbrechen. Sie selbst wäre am liebsten im Erdboden versunken.

Die beiden Männer musterten sich kurz und intensiv, aber nicht unfreundlich.

»Tennis also«, begann Flo. »Ich wusste nicht, dass du gespielt hast, Soph.«

»Wie gesagt, es war lange vor deiner Zeit. Ich habe während des Studiums den Sport an den Nagel gehängt. Wie geht es dir, Loukas? Was hast du seither getrieben?« Nachdem er ihr das gestern schon erzählt hatte, musste sie jetzt die Unwissende spielen.

Loukas wiederholte seine Geschichte in kurzen Sätzen, wollte wissen, wie es ihr ergangen war, und wandte sich schließlich an Flo, der bis dahin als stiller Zuhörer dabei gesessen war. »Wie lange habt ihr Urlaub?«

»Insgesamt zehn Tage, also jetzt noch fünf«, antwortete Flo, während Sophie eine Fluse von der Tischdecke schnippte.

Loukas nahm einen Schluck von seinem alkohol-
freien Cocktail und blickte Flo neugierig an. »Dann
habt ihr sicher schon einiges gesehen?«

Florian verneinte. »Die alte Festung und die Altstadt,
mehr nicht. Wir wollen ausspannen.«

Jetzt hakte Sophie ein. »Wir haben uns gerade darüber unterhalten, was wir noch machen könnten.
Nachdem wir nur einen Roller mieten wollen, be-
schränkt sich die Zahl der Ausflugsziele. Und das Achilleion interessiert Flo nicht.«

»Nachdem ich meinen neuen Job erst nächsten Monat antrete, habe ich frei. Morgen will ich auf den Pantokrator, den höchsten Berg der Insel. Bei klarem Wetter sieht man nach Albanien und aufs griechische Festland. Außerdem gibt es dort ein Kloster, das immer einen Besuch wert ist. Danach wollte ich im Norden einen Badestopp am Meer einlegen. Wenn ihr mögt,
könnt ihr gern mitkommen, es ist genug Platz im Auto«,
schlug er vor.

Sophie blickte Flo bittend an. »Das wäre doch eine
tolle Idee. Findest du nicht, Schatz?«

»Ich weiß nicht so recht«, zierte er sich. »Du weißt,
dass ich nicht mit dem Auto fahren will.«

»Aber du musst ja nicht fahren, sondern kannst die
Aussicht genießen«, wandte Sophie ein. »Bitte, das
macht bestimmt mehr Spaß, als im Bus zu sitzen.«

»Na gut«, lenkte Flo seufzend ein. »Wenn dir so viel
daran liegt, nehmen wir das Angebot an.«

Sophie strahlte übers ganze Gesicht, obwohl sie sich
fühlte, als hätte sie soeben in ein Wespennest gestochen. Den ganzen Tag mit Loukas zu verbringen und

dabei Flo an ihrer Seite zu haben, würde eine Feuertaufe werden.

Loukas leerte sein Glas und stand auf. »Dann ist das abgemacht. Treffpunkt morgen um neun an der Rezeption. Ich freue mich, dass ihr mitkommt. Wir sehen uns«, verabschiedete er sich, schenkte ihnen ein strahlendes Lächeln und verschwand.

Flo sah ihm mit einem grübelnden Ausdruck hinterher. »Das war ziemlich link von dir, Soph«, sagte er, als Loukas außer Hörweite war. »Du hast mich ganz schön in die Ecke gedrängt. Ich hatte keine Möglichkeit, sein Angebot abzulehnen, ohne als völliger Idiot dazustehen.«

Sein Blick war kälter als Gletschereis und seine Stimme auch. Sophie lief beinahe eine Gänsehaut über den Rücken, trotz der drückenden Hitze. Obwohl sie es zu verdrängen versuchte, hatte sie ein schlechtes Gewissen, ihn so überrumpelt zu haben.

»Schatz, aber das ist doch die ideale Gelegenheit. Es kostet uns keinen Cent, und wir sehen was von der Insel!«, versuchte sie ihr Verhalten zu rechtfertigen. Sie warf ihm einen Dackelblick zu, dem er normalerweise nie widerstehen konnte. Dieses Mal jedoch prallte er wirkungslos an ihm ab. »Es tut mir leid, ich dachte ...«

»Das ist jetzt auch egal. Das Kind ist schon in den Brunnen gefallen.« Er wedelte mit der Hand, als wäre die Sache somit erledigt. »Wieso hast du mir nie etwas von ihm erzählt? Es scheint, als wärt ihr sehr vertraut miteinander gewesen?«, wechselte er das Thema.

Sie wich seinem Blick aus und verknotete die Hände ineinander. »Das waren wir. Aber als ich nach Regensburg gegangen bin, haben wir uns aus den Augen verloren. Wieso sollte ich dir von Menschen erzählen, die ich irgendwann mal gut kannte und längst keine Rolle mehr spielen?« Nun sah sie ihn wieder an.

»Auch wieder wahr. Kommst du mit?«, antwortete er. »Ich gehe wieder zu unseren Liegen.«

Sophie atmete erleichtert auf. Anscheinend war er doch nicht so sauer, wie es sich angehört hatte. Sie freute sich auf den Ausflug morgen, und doch hatte sie ein mulmiges Gefühl. So, als würde sich das Gefüge von Raum und Zeit verschieben – oder die Erde zu beben beginnen.

7.

Auf dem Pantokrator

Loukas trat ungeduldig von einem Bein aufs andere und blickte gefühlt zum hundertsten Mal auf die Uhr. Natürlich war er viel zu früh da. Aber seit Sophie ihm wortwörtlich in die Arme geflogen war, ging sie ihm nicht mehr aus dem Kopf. Es war, als wäre überhaupt keine Zeit vergangen, seit sie ihm mitgeteilt hatte, dass sie nach Regensburg gehen würde. Lange Zeit hatte er gehofft, dass sie sich melden würde, sobald sie dort Fuß gefasst hatte. Nachdem das nicht passiert war, hatte er diese Tatsache letztlich akzeptiert. Das war weiter nicht verwunderlich, ihre Freundschaft war kaum aufrecht zu erhalten, wenn plötzlich vierhundert Kilometer dazwischen lagen. Er hätte sie gebraucht, in der Zeit nach dem Unfall. Als Lucy ihn verließ, hatte er seine Ex keine Sekunde vermisst, sondern sich nach Sophie gesehnt. Sie hätte ihn nie im Leben fallen lassen, sondern wäre für ihn da gewesen, hätte ihn motiviert und aufgebaut. Und jetzt traf er sie wieder – in seiner Heimat. Mit einem Freund. Mit einem verdammten Mann, der noch dazu einen netten und anständigen Eindruck machte. Logisch, dass eine attraktive Frau wie sie nicht solo durch die Welt gondelte. Aber er zweifelte daran, dass sie in dieser Beziehung so glücklich war, wie sie ihm glaubend machen wollte. Dafür kannte er sie noch immer zu gut – und irgendwas war da, was ihn an ihrem Verhalten irritierte. Er konnte und wollte nicht glauben, dass sie sich in den letzten Jahren so verändert hatte.

Endlich öffneten sich die Lifttüren und das Paar kam ihm entgegen. Er winkte ihnen zu und musste sich beherrschen, Sophie nicht mit den Augen zu verschlingen.

»Guten Morgen«, grüßte Florian höflich, während Sophie übers ganze Gesicht strahlte.

»Bestes Wetter für unseren Ausflug«, begrüßte Loukas die beiden. »Ich habe Mineralwasser und Obst besorgt.«

»Seit wann bist du schon wach?«, erkundigte sich Sophie und folgte ihm zu seinem Wagen.

»Ich bin um sieben aufgestanden, eine Runde geschwommen und war anschließend im Supermarkt, einkaufen.« Er betätigte die Fernbedienung und entriegelte die Türen. »Eure Badesachen könnt ihr in den Kofferraum geben.«

»Hast du jetzt ein Schultertuch eingepackt?«, erkundigte sich Flo bei Sophie und hievte die Tasche auf die Abstellfläche.

»Glaubst du wirklich, dass ich eines brauche?«

»Ins Kloster darfst du nur mit bedeckten Schultern, und«, Loukas warf einen Blick auf ihre wohlgeformten Beine, die in Hotpants steckten und ihn beinahe um den Verstand brachten, »zumindest knielanger Bekleidung.«

»Na bitte, da hast du deine Antwort«, murmelte Flo. »Mir hast du es ja nicht glauben wollen.«

»Also gut, wartet bitte kurz. Ich hole mir ein längeres Strandkleid, welches ich mir überziehen kann. Bin sofort wieder da.«

Sophie nahm kurz darauf auf dem Rücksitz Platz, und als Flo sich angeschnallt hatte, startete Loukas den Motor. »Los geht's. Ich war ewig nicht mehr dort, hoffentlich übersehe ich die Abzweigung nicht.«

Loukas folgte der Straße und bog rechts in eine breite Küstenstraße ein, die durch Badeorte führte und teils direkt am Strand entlang schlängelte.

»Hier möchte ich nicht Urlaub machen«, stellte Sophie fest, und Flo nickte zustimmend. »Wer an den Strand will, muss erst über diese Straße. Das ist doch lebensgefährlich bei dem Verkehr.«

Loukas bremste vor einem Zebrastreifen und ließ eine Familie mit Kinderwagen passieren. »Das stimmt. Hier zeigt sich Korfu von seiner touristischen Seite. Aber wartet ab, ihr werdet heute noch sehr schöne Fleckchen der Insel kennenlernen.«

»Bin ich froh, dass ich nicht fahren muss«, meinte Flo. »Ich wäre sicher ausgeflippt, bei dem Getümmel auf der Straße. Vielleicht sollte ich den Job wechseln, denn der Verkehr ist das, was mich die meisten Nerven kostet, nicht die Kunden, die ich besuche.«

»Vielleicht wärst du dann auch eher zu Ausflügen bereit«, antwortete Sophie. »Aber das musst du wissen, Schatz. Ich rede dir da nicht rein.«

Loukas hörte die Spitze deutlich heraus, die sie auf ihren Freund abfeuerte, aber sein Beifahrer zuckte lediglich die Schultern und sagte: »Vielleicht.«

Nachdem sie die lange Strandpromenade hinter sich gebracht hatten, ging es leicht bergauf und die Straße wurde enger. Loukas verringerte das Tempo, da eine Haarnadelkurve auf sie zukam. »Haltet bitte Ausschau nach dem Wegweiser, wo Spartylas oder Strinilas ausgeschildert ist. Es müsste demnächst links weggehen. Dann fahren wir über Petalia zum Pantokrator.« Die Strecke wurde gerader und er warf im Rückspiegel einen kurzen Blick auf Sophie, die aufmerksam aus dem Fenster sah, bevor er wieder aufs Gaspedal trat.

»Halt!«, rief Flo und verrenkte sich den Hals. »Du bist eben daran vorbeigefahren!«

»Mist«, fluchte Loukas. »Hier kann ich nicht umdrehen. Ich wusste doch, dass die Tafel kaum zu sehen ist.«

»Stimmt, die Ausschilderung war auf der falschen Seite, mit dem Rücken zu uns, und das in der Einfahrt, nicht auf der Hauptstraße. Hätte ich mich nicht umgedreht, hätte ich es gar nicht lesen können.« Flo schüttelte den Kopf. »Wieso verwendest du kein Navi?«

»Wieso sollte ich? Ich weiß ja, wo ich hin will.« Vor einer Hoteleinfahrt wendete er und fuhr langsamer zurück. »Tatsächlich. Da ist sie ja …« Er seufzte leise und setzte den Blinker. »So ein Schmarrn. Von dieser Seite sieht man es sofort.«

Jetzt wurde die Straße richtig eng und kurvig, Serpentinen führten durch ein Bergdorf.

»Der Ausblick ist fantastisch«, schwärmte Sophie von der Rückbank.

Loukas grinste in den Rückspiegel. »Ich habe davon leider nichts, ich muss mich auf die Straße konzentrieren.«

»Ich hätte nicht geglaubt, dass es hier so bewaldet ist«, staunte Florian.

»Ja, Korfu ist sehr grün«, bestätigte Loukas. »Der Pantokrator liegt auf etwa neunhundert Höhenmetern und nur knapp darunter ist die Baumgrenze.«

»Ist die Straße bis ganz nach oben asphaltiert?«, erkundigte sich Sophies Freund.

»Ja, sie ist zwar schmal, aber man kommt bis ganz nach oben.«

Schließlich hatten sie ihr Ziel erreicht, und obwohl am Straßenrand bereits Autos parkten, fuhr Loukas weiter.

»Vielleicht haben wir Glück und finden noch einen Parkplatz am Ende«, meinte er, als Sophie ihn auf eine Parklücke aufmerksam machte.

»Dein Optimismus ist ungebremst«, bemerkte sie.

»Glückspilz«, kommentierte Flo, als sie tatsächlich nach der letzten Kurve einen Platz fanden. »Das sollte mir mal in Wien passieren.«

»Wow. Da sind einige dazugekommen, seit ich das letzte Mal hier oben war«, stellte Loukas fest, als sie ausgestiegen waren, und zeigte auf Sendemasten, die am Ende des Plateaus aufgestellt waren. »Kommt, lasst uns auf den Vorsprung gehen. Dort ist die Aussicht fantastisch.«

Hier wehte eine kräftige Brise und Sophie klemmte eine Haarsträhne hinters Ohr, die sich jedoch sofort wieder löste. Loukas lächelte, als er die ihm vertraute Geste sah und fühlte sich zurückversetzt in die Zeit, wo sie gemeinsam auf dem Court standen und sie ihre Haare mit einem Stirnband gebändigt hatte. Der Wind spielte mit dem luftigen Strandkleid, welches sie sich übergezogen hatte, aber vorn wie eine Weste geöffnet war. Ihr Spaghetti-Top war nach oben gerutscht und gab den Blick auf ihren gepiercten Bauchnabel frei. Loukas presste die Kiefer aufeinander. Himmel noch eins, sie war damals schon ein heißer Feger gewesen, inzwischen war ihre Figur weiblicher – und leider noch anziehender und verlockender geworden. Eigentlich hatte er gehofft, dass Florian den Ausflug in letzter Sekunde absagen würde, aber wahrscheinlich war es besser, dass er dabei war. Sonst hätte er dem Drang, Sophie an sich zu ziehen und zu küssen, sicher nicht widerstehen können. Sie stand neben ihm und schirmte die Augen mit der Hand ab, damit die Sonne sie nicht blendete, während sie den Blick über die bewaldeten Täler schweifen ließ. Er hingegen konnte seinen kaum von ihr wenden.

Reiß dich zusammen, befahl er sich. Bestimmt bildete er sich nur ein, dass diese magische Verbindung noch immer zwischen ihnen bestand, welche sie mit unsichtbaren Fäden zueinander hinzog. So, wie es vor so langer Zeit gewesen war. Nur viel intensiver, wie ihm im selben Augenblick bewusst wurde. Mit jeder Faser seines Körpers begehrte er sie. Ein Wunsch, dem er damals nicht hatte nachgeben dürfen, um seine Karriere nicht zu gefährden. Und jetzt war sie in festen Händen. Das war furchtbar unfair und einfach beschissen. Frustriert ballte er die Hand in seiner Hosentasche zur Faust, atmete tief ein und schüttelte die Gedanken ab.

»Es ist wunderschön.« Sophies Stimme holte ihn endgültig aus seinen Tagträumen.

»Das ist es. Dort drüben ist Albanien. Heute ist die Sicht gut, wenn es diesig ist, verschwimmen die Konturen.«

Florian wanderte den kleinen Pfad weiter und schoss einige Bilder, bevor er wieder zu ihnen stieß.

»Soll ich eines von euch beiden machen?«, bot Loukas an.

Sophies Miene erhellte sich – obwohl sie ohnehin mit der Sonne um die Wette strahlte. »Das ist eine hervorragende Idee.«

Ihr Lächeln ging ihm durch und durch und er war froh, als Flo ihm das Smartphone in die Hand drückte, bevor seine Gedanken noch davon galoppierten. »Im Klostergarten gibt es sehr schöne Motive.«

Zu dritt passierten sie die schmiedeeisernen, geöffneten Türen des Glockenturms, welcher den Zugang zum Innenhof des Klosters darstellte. Gleich neben dem Eingang stand auf einer Tafel, dass man das Gebäude nur mit angemessener Kleidung betreten durfte.

Flo wies Sophie darauf hin. »Siehst du, Krümel?«

»Schon gut«, brummte Sophie. »Du hattest recht. Kann mir bitte jemand erklären, wieso ausgerechnet hier, mitten im Garten, der höchste Sendemast steht? Direkt darunter der Brunnen. Ich finde das dezent gruselig.«

Loukas lachte. »Das ist eine Frage, die ich dir leider nicht beantworten kann. Wie gefällt es euch hier?«

»Es ist wunderschön – wenn dieser Mast nicht wäre. Der Rasen ist zwar ein bisschen ausgetrocknet, aber die Nadelbäume und kleinen Oleanderstauden machen den Platz grün und setzen die graue Steinmauer in einen tollen Kontrast.« Sophies Augen leuchteten, als sie sich im Kreis drehte, um alle Eindrücke zu verarbeiten, bevor sie die Mauer ansteuerte, mit der das Areal eingezäunt war. »Alles in allem ein friedliches Fleckchen Erde, wo man die Seele baumeln lassen kann.« Sie lehnte sich gegen den steinernen Wall und strahlte Loukas von der Seite an. »Ich danke dir, Loukas.«

Er stellte sich neben sie, sodass sich ihre Oberarme berührten, stützte sich mit den Unterarmen auf den Steinen ab und verschränkte die Hände. »Ja, es hat was. Hier wird mir immer bewusst, wie vergänglich die Menschheit ist. Wenn wir längst zu Staub zerfallen sind, wird es diesen Berg und diese Aussicht immer noch geben.«

Sophie seufzte. »Ich könnte hier ewig stehen und dumm in die Landschaft gucken. Trotzdem – wir sollten zu Florian gehen, bevor er uns noch vermisst.«

Er griff kurz nach ihrer Hand und drückte diese. »Ich auch, Sophie. Ich wünschte, es wäre so.« Loukas richtete sich wieder auf. »Aber du hast recht. Wir sollten deinen Freund nicht zu lange warten lassen.«

Flo stand vorm Eingang der Kirche. »Seht euch das aufwendige Mosaik über dem Tor an«, sagte er, als sie zu ihm aufgeholt hatten.

»Das stammt aus dem neunzehnten Jahrhundert«, antwortete Loukas. »Insofern kein Wunder, dass es gut erhalten ist. Du wirst staunen, wenn du die Deckenmalereien im Inneren siehst. Die sind richtig alt.«

»Wow«, entfuhr es Sophie, als sie das Gotteshaus betraten.

Loukas musste beinahe laut lachen, weil ihr vor Staunen der Mund offen stand, und auch Florian hatte einen ehrfürchtigen Ausdruck im Gesicht. Er selbst war jedes Mal aufs Neue von diesen Malereien fasziniert, von denen einige abgeblättert waren. Aber auch das Bodenmosaik und die silbernen Tafeln an den Wänden waren beeindruckend. Mit gefalteten Händen durchschritt er andächtig die Räume und genoss die wohltuende Kühle, die darin herrschte. Vor allem fühlte er die beruhigende Wirkung, welcher dieser Ort ausstrahlte, und die brauchte er nötiger denn je. Mit jeder Minute, die er mit Sophie verbrachte, zog es ihn mehr zu ihr hin. Mittlerweile war er sich sicher, dass die Beziehung zwischen den beiden nicht so rosig war – sie gingen miteinander um wie Geschwister, nicht wie ein Liebespaar. Was gäbe er darum, sie ein einziges Mal lieben zu dürfen – die Leidenschaft in ihr zu wecken, sich mit ihr im kühlen Satin der Laken zu wälzen, fühlen, wie sie kam. Seine Fantasie ging mit ihm durch und zeigte ihm Bilder, die definitiv nicht jugendfrei waren, aber mit Sicherheit in einen Pornofilm passten. Oh Herr im Himmel, wohin verirrten sich seine Gedanken bloß? Und das in einem Gotteshaus – welch Blasphemie. Er wurde feuerrot, bat den Allmächtigen innerlich um Verzeihung, bekreuzigte sich vorm Altar und verließ schnellen Schrittes das Gebäude, als wäre der Teufel persönlich hinter ihm her. Auch wenn er nicht sonderlich gläubig war, das ging mit Sicherheit zu weit. Aufatmend lehnte er sich mit dem Rücken gegen die Hausmauer und versuchte, die erotisierenden Bilder aus dem Kopf zu bekommen.

8.
Berg- und Talfahrt

Es war eine Schnapsidee gewesen, mitzufahren, das wusste Flo. Auch wenn er gestern versucht hatte, sich seine Enttäuschung nicht anmerken zu lassen, mit welch linker Tour Sophie an ihr Ziel gelangt war, um ihren Ausflug machen zu können, hatte das seine Laune merklich geschmälert. Nach dem Aufstehen hatte er noch gute Miene zum bösen Spiel gemacht und sie darauf hingewiesen, dass die orthodoxe Kirche etwas strengere moralische Ansichten hatte, was den Besuch der Gotteshäuser in Hotpants betraf, aber ihm wollte sie es ja nicht glauben. Erst Loukas hatte ein Umdenken ihrerseits bewirkt. Loukas! Er seufzte leise, als er die silbernen Wandvertäfelungen musterte, ohne auch nur ein Detail davon wahrzunehmen. Flo war nicht blind und er konnte spüren, wie die Luft zwischen seiner Freundin und Loukas knisterte. Er wusste nicht, was vor zehn Jahren zwischen den beiden gelaufen war, aber er glaubte nicht, dass sie nur gute Bekannte gewesen waren, die zusammen Tennis gespielt hatten. Als Außendienstler hatte er eine gute Menschenkenntnis und somit war er sich sicher, dass

Loukas ihre Beziehung zwar respektierte und deswegen nicht vor seinen Augen mit Sophie flirten würde, aber garantiert mehr von ihr wollte. Trotzdem wäre es ihm lieber gewesen, er wäre Sophies altem Bekannten nie über den Weg gelaufen und hätte diesem Ausflug nie zugestimmt. Natürlich war der Ausblick wunderbar und das Kloster sehenswert, aber er hätte gut darauf verzichten können. Vor allem auf Loukas' Blicke, der Sophie damit förmlich auszog. Nicht umsonst hatte er sie im Auto hinten Platz nehmen lassen. Intuitiv spürte er eine gewisse Gefahr von Loukas ausgehen. Er warf einen schnellen Blick auf seine Freundin, die soeben ihr Handy in die Hosentasche steckte, seufzte abermals und rief sich zur Ordnung. Loukas konnte denken, was er wollte – Sophie würde ihn nicht betrügen. Oder? Wenn er ehrlich war, war er sich diesbezüglich vielleicht doch nicht so sicher, wie er es gern wäre. Ihre Beziehung hatte einen gewissen Grad an Selbstverständlichkeit erreicht. Wäre das Grund genug für Sophie, aus ihrer Partnerschaft auszubrechen? Er konnte es sich nicht vorstellen.

Für den Rest des Tages würde er mit Argusaugen darüber wachen, wie die beiden miteinander umgingen, und sie abends darauf ansprechen. Dank seines Jobs konnte er sich auf jede Situation und jeden Menschen in Sekundenschnelle einstellen – so auch jetzt. Die wenigen Stunden stand er locker durch und danach würde Loukas hoffentlich so schnell aus ihrem Leben verschwinden, wie er aufgetaucht war.

***

Sophie verließ leise die Kirche und blinzelte. Die Sonne blendete nach den dunklen Lichtverhältnissen drinnen. Suchend blickte sie sich um und steuerte mit klopfendem Herzen auf Loukas zu, als sie ihn entdeckte. In ihr stritten sich die widersprüchlichsten Gefühle. Mit jeder Minute, die sie heute mit Loukas verbrachte, kamen die Gefühle von einst immer mehr zutage und ließen ihren Adrenalinspiegel steigen, welcher mittlerweile eine ungesunde Höhe erreicht hatte.

Er lehnte an der Steinmauer, ein Knie angewinkelt, die rechte Hand in der Hosentasche vergraben, und schien einen Punkt in der Ferne zu fixieren. Lachfältchen bildeten sich um seine Augen, als er sie auf sich zukommen sah. Himmel noch mal, sah der Kerl gut aus. Allein sein Anblick bescherte ihr weiche Knie.

»Na, genug von Kultur und Kirche?«, erkundigte er sich.

»Es ist unglaublich da drin. Danke, dass du mir das gezeigt hast.« Sie versank im Stahlgrau seiner Augen. Der Wunsch, ihn zu umarmen, ihn zu berühren, brannte wie Feuer in ihr. Der alten Zeiten willen, aber auch … Die Erkenntnis traf sie wie ein Blitz. Sie schluckte hart. Nein. Es durfte nicht sein – und doch wusste sie, dass es so war.

»Nicht der Rede wert.« Er räusperte sich, stellte sich aufrecht hin und blickte auf die Uhr. »Wir sollten langsam los, sonst wird der Badeaufenthalt zu kurz.«

Sie war froh, dass er sie aus ihren verstörenden Gedanken riss. »Okay. Machst du bitte noch ein Foto von mir vor dem Eingang?« Sophie entsperrte das Display ihres Handys und reichte es Loukas. Ihre Hand zitterte kaum merklich.

»Klar, gib her.«

Sophie warf den Kopf leicht in den Nacken, beugte ein Knie nach vorne und knickte die Hüfte ein. Eine Hand stemmte sie in ihre Taille, die andere lag auf ihrem Oberschenkel.

»Perfekte Pose«, murmelte Loukas und drückte gleich ein paar Mal auf den Auslöser der Kamera. »Schickst du mir die Bilder später?«

»Wenn du magst? Klar.«

Ihr Blick wanderte zu seinem Grübchen am Kinn. Unbewusst leckte sie mit der Zunge über ihre Oberlippe, nur um gleich darauf ihre Zähne auf der Unterlippe zu vergraben. Wieso nur fühlte sie sich in seiner Gegenwart so wohl, dass sie seine Nähe regelrecht suchte? Als er zuvor die Kirche verlassen hatte, hatte sie das Gefühl gehabt, als wäre die Temperatur da drin gleich um ein paar Grad gefallen. Er zog sie an wie eine Motte das Licht. Inzwischen war ihr klar, dass sie dabei war, sich erneut in Loukas zu verlieben. All das, was sie bei Flo vermisste, brachte Loukas in ihr zum Vorschein. Dieses Leuchten in den Augen, das Herzrasen, den Wunsch, sich zu berühren und nie wieder loszulassen ... im Moment schien die Zeit still zu stehen. Als gäbe es nur sie und ihn auf diesem Berg. Sie wünschte, es wäre wirklich so.

»Sophie, nicht!«, sagte Loukas beschwörend. »Schau mich nicht so an. Dein Freund ...« Er schüttelte den Kopf. »Wir dürfen nicht.«

»Shit«, fluchte sie leise und wurde rot. »Bin ich so leicht zu durchschauen?«

Er griff nach ihrer Hand, zog sie an seinen Mund und hauchte einen Kuss drauf. »Für mich schon. Bete, dass Flo es nicht merkt.«

Florian! O mein Gott. Sie fühlte sich zwiegespalten – einerseits glücklich, da Loukas ihre Hand hielt, andererseits stieg ihr schlechtes Gewissen im gleichen Maß, wie ihr Herz klopfte. Panisch drehte sie sich um und fasste sich an den Brustkorb, um zu verhindern, dass es heraussprang. Zum Glück war von ihrem Freund nichts zu sehen.

»Geht es wieder?« Loukas' Blick war voller Sorge.

Sophie schloss die Augen, sammelte sich kurz und nickte. »Es tut mir leid, Loukas. Vergiss es einfach, ja?«

Sein Mundwinkel zuckte, während ein undefinierbarer Ausdruck in seinen Blick trat. »So einfach ist das leider nicht, Sophie. Wenn es dir genauso geht wie mir, sind wir ganz schön am Arsch.«

»Ach du Scheiße«, entfuhr es ihr. »Und was jetzt?«

»Jetzt bist du einfach so wie immer«, raunte er ihr zu. »Dein Freund kommt.«

***

»Uff«, stöhnte Flo. »Wenn man von drinnen rauskommt, rennt man gegen eine Wand. Höchste Zeit, dass wir ans Meer kommen.«

»Ja, es ist irre heiß heute«, bestätigte Loukas und nickte ernst. »Wollen wir?« Er deutete Richtung Auto.

Sophie wäre am liebsten im Erdboden versunken, aber natürlich hörte nur sie die Zweideutigkeit in seinen Worten. Flo folgte Loukas im Gänsemarsch, sie bildete das Schlusslicht. Sie konnte nur hoffen, dass sich ihr inneres Chaos legte, bis sie am Strand waren. Und wenn nicht, würde sie eine große Strecke schwimmen müssen, um ihre Gedanken zu sortieren und ihr Gemüt zu kühlen.

Während der Fahrt durch pittoreske Bergdörfer wies Loukas auf Sehenswürdigkeiten hin, für die sie aber gerade keinen Blick hatte. Zu sehr drehten sich ihre Gedanken im Kreis. Schneller als erwartet erreichten sie den Badeort Acharavi.

»Der Ort ist zum Glück von Bausünden verschont geblieben«, informierte Loukas. »Es ist zwar nicht der schönste Strand auf Korfu, dafür ist er aber nicht so überlaufen. Wir sollten locker ein freies Plätzchen finden.«

»Ich finde ihn schön genug.« Sophie war heilfroh, als sie ihr Handtuch auf dem mit Steinen versetzten Sandstreifen ausbreiten und aus ihren Klamotten schlüpfen konnte. »Und das Wasser ist glasklar. Ich stürze mich gleich in die Fluten«, sagte sie und wartete erst gar nicht auf eine Antwort der Männer, die ihr auf dem Fuß folgten.

»Ah, tut das gut!« Flo jubelte, als er mit großen Schritten ins Meer lief und von einer Welle umspült wurde. »Herrlich erfrischend.« Mühelos holte er sie ein und tauchte links von ihr auf, während Loukas rechts von ihr schwamm.

Sophie nickte. »Es ist super«, bestätigte sie. »Da kriegt mich niemand so schnell raus.« Weniger toll war die Tatsache, dass sie sich am liebsten in eine Ecke verkrochen und geheult hätte, weil sie nicht mehr mit ihren

Emotionen klarkam. Alles in ihr sehnte sich nach Loukas, aber sie ertrug den Gedanken nicht, Flo zu hintergehen. Ihrem schlechten Gewissen nach zu urteilen, tat sie das bereits. Anscheinend machte es keinen Unterschied, ob sie lediglich daran dachte oder sie es in die Tat umsetzte – das schale Gefühl im Magen war dasselbe. Sie wusste, eine Nacht mit Loukas würde ihr nicht reichen. Ihre einstmals große Liebe weckte Gefühle in ihr, die sie vor Flo kaum verheimlichen konnte – wenn es nicht ohnehin schon zu spät dafür war. Vielleicht reagierte sie aber auch nur über. Oder blickte Flo sie tatsächlich gerade forschend an? Er war anders als sonst. Ganz bestimmt. Sie zuckte zusammen, als er unter ihr durch- und vor ihr auftauchte, schelmisch grinsend.

»So schlecht war deine Idee mit dem Ausflug gar nicht«, raunte er ihr zu. »Das Meer ist hier kühler als bei uns im Hotel.«

Bitte sei nicht so nett zu mir, flehte sie in Gedanken. *Ich ertrage das nicht. Und du liegst falsch. Es war sogar eine völlig bescheuerte Idee, mitzukommen.* Nur sagen konnte sie ihm das natürlich nicht. Wie hatte es nur passieren können, dass ihre heile Welt innerhalb kürzester Zeit komplett aus den Fugen geriet? Einen einzigen Blick und einen Satz, mehr hatte es nicht gebraucht. Sie holte tief Luft und tauchte unter. Wie gern wäre sie jetzt ein Fisch – in der Tiefe des Meeres verschwinden und ihre Sorgen in den Wellen zurücklassen zu können – das wäre traumhaft.

***

Sophie blieb bei Weitem länger im Wasser als die Männer. Sie fühlte sich wohler in ihrer Haut, wenn keiner der beiden in ihrer Nähe war. Alleinsein war im Moment die einzige Möglichkeit, um nicht komplett durchzudrehen. Sie konnte Loukas nicht mehr anblicken, ohne sich zu wünschen, dass er diesen beginnenden Sturm in ihr vollends entfesselte, und andererseits schämte sie sich so sehr, dass sie sich am liebsten vor Flo versteckt hätte. Dieser stand eben knietief im Wasser, schirmte mit der Hand die Augen ab und blickte suchend über das Meer.

»Sophie?« In dem Ruf schwang ein Hauch von Angst mit.

»Hier!«, rief sie und winkte. Sie war weiter von der Küste entfernt, als sie gedacht hatte.

Er winkte zurück, zeigte auf sein Handgelenk und dann an den Strand. Anscheinend wurde es langsam Zeit, aus dem Wasser zu kommen. Seufzend machte sie sich auf den Rückweg.

Flo wartete mit einem Handtuch auf sie. »Da bist du ja. Mit Gänsehaut. Krümel, du warst viel zu lange im Wasser, hoffentlich erkältest du dich nicht.«

Bevor er ihr das Handtuch umlegen konnte, griff sie danach und rubbelte sich trocken. Seine Fürsorge befeuerte ihre Gewissensbisse.

»Ach wo. So kalt war es nicht. Ein paar Minuten in der Sonne, und alles ist gut.« Wenn es doch bloß so einfach wäre!

Loukas lächelte ihr entgegen. »Na, abgekühlt?«

Dieser Schuft! Sie wusste genau, was er damit andeuten wollte, deswegen antwortete sie: »Bei der Hitze kann man nicht genug im Wasser sein.«

Aufseufzend legte sie sich auf den Bauch, verschränkte die Arme unter ihrem Kopf und schloss die Augen. Flo hatte recht: Sie war ziemlich ausgekühlt, aber um nichts in der Welt wäre sie freiwillig früher aus dem Wasser gegangen. Die Sonne strahlte wohltuend auf ihren Rücken, das Meeresrauschen und das entfernte Lachen von spielenden Kindern beruhigte sie, und endlich ließ ihre Anspannung ein kleines bisschen nach. Trotzdem hatte sie keine Ahnung, wie sie mit all dem umgehen sollte, denn ihre Sehnsucht nach Loukas nahm mit jeder Minute zu.

***

Kurz nach fünfzehn Uhr packten sie ihre Badesachen zusammen. Loukas riss die Türen des Autos auf, denn das hatte sich ordentlich aufgeheizt und es war kochend heiß im Inneren.

»Da möchte man sofort wieder ins Wasser«, stellte Sophie fest.

»Normalerweise achte ich darauf, dass ich im Schatten parken kann. Vorhin wollte ich einfach den kürzesten Weg zum Meer haben«, entschuldigte sich Loukas und nahm Flo die Tasche aus der Hand, um sie in den Kofferraum zu stellen.

»Kein Thema. Die Klimaanlage ist ja auch noch da«, beruhigte Flo ihn. »Und es ist ja nicht so, als ob wir im Hotel nicht noch in den Pool hüpfen könnten. Bevor ich es später vergesse: Vielen Dank, dass du uns mitgenommen hast, Loukas. War ein sehr interessanter und netter Tag.«

»Das habe ich gern gemacht. Möchtet ihr mir beim Abendessen Gesellschaft leisten?«

Flo lehnte dankend ab. »Nein. Wir wollen deine Zeit nicht zu sehr beanspruchen.«

»Wie ihr meint. Sophie hat meine Handynummer, solltet ihr es euch anders überlegen. Wie ich bereits erwähnte, habe ich die nächsten drei Wochen nichts vor, ihr könnt mich gern mit Beschlag belegen. Möchte jemand einen Apfel oder einen Schluck Wasser?« Er beugte seinen Oberkörper ins Auto und griff nach der Kühlbox, worin die Nahrungsmittel verstaut waren. »Die hat zum Glück die Temperatur gehalten.«

Sophie beobachtete jede seiner Bewegungen und nippte lediglich an dem Getränk, obwohl ihr das Wasser im Mund zusammenlief, als sie den knackigen, grünen Apfel sah. Aber allein die Vorstellung, etwas zu essen, verursachte ihr Übelkeit.

Loukas biss dafür umso herzhafter in das Obst und verspeiste es mitsamt dem Kerngehäuse. Als er damit fertig war, überprüfte er noch mal die Temperatur im Wageninneren. »Okay, jetzt geht es halbwegs, ohne dass wir gegrillt werden. Bitte alle einsteigen.«

Sophie kletterte auf den Rücksitz, setzte ihre Sonnenbrille auf und lehnte den Kopf ans Fenster.

»Wir können über die Küstenstraße oder über eine Bergstraße zurückfahren. Was ist euch lieber?«

Flo schüttelte den Kopf. »Du bist der Fahrer, du entscheidest.«

»Dann die Küstenstraße. Die ist zwar etwas länger, dafür deutlich bequemer. Hier fahren auch alle Reisebusse. Ich hoffe, wir kommen zügig durch.«

9.

Im Zwiespalt

Nach etwa einer Stunde Fahrzeit hielt Loukas vorm Eingang ihres Hotels.

»Wie viele Kilometer waren das jetzt?«, wollte Flo wissen, als er den Sicherheitsgurt löste.

»Von Acharavi? Knapp vierzig«, gab Loukas Auskunft und stieg aus. »Ist halt etwas anderes, als auf einer Autobahn zu fahren. Mein Angebot steht, wenn ihr etwas unternehmen wollt, meldet euch einfach.«

Flo holte ihre Tasche aus dem Kofferraum und schlug Loukas freundschaftlich auf die Schulter. »Vielen Dank noch mal, Loukas. Sollen wir uns nicht doch am Spritgeld beteiligen?«

»Lass gut sein, Mann. Ich wäre die Tour sowieso gefahren, also macht es keinen Unterschied. Ciao, Florian, war schön, dich kennenzulernen.« Er ging einen Schritt auf Sophie zu, die inzwischen neben ihnen stand. »Sophie, vergiss nicht, mir die Fotos zu schicken. Und versprich mir, dass du dich melden wirst.«

Sie konnte nicht so schnell reagieren, wie er sie auf beide Wangen küsste. Sie nickte zwar, wusste aber tief im Inneren, dass sie seine Nummer spätestens zu

Hause löschen würde. »Es war ein sehr schöner Tag, Loukas. Danke.«

Loukas tippte mit zwei Fingern an eine imaginäre Kappe und stieg ins Auto. Er winkte noch einmal kurz, dann startete er den Motor und fuhr los. Sophie starrte ihm hinterher, kämpfte gegen die Leere, die sie plötzlich empfand, und musste sich die Tränen verkneifen. Sie hatten sich doch gerade erst wiedergefunden! Flos Stimme brachte sie zurück in die Gegenwart.

»Kommst du, Sophie? Oder auf was wartest du?«

Sie riss sich zusammen. »Bin schon da«, antwortete sie fröhlicher als ihr zumute war, und schloss zu ihm auf.

»Pool oder Meer?«, ließ er ihr die Wahl, als sie die Lobby betraten. »Es ist noch zu früh fürs Abendessen.«

»Pool«, entschied Sophie. »Da bekommen wir wenigstens eine Liege.«

Flo drückte ihr die Badesachen in die Hand. »Suchst du uns bitte einen Platz? Ich muss noch für kleine Königstiger.«

Sophie breitete ihre Handtücher auf den Liegen aus und ließ sich nachdenklich auf einer davon nieder. Sie war völlig verwirrt. Jetzt, da Loukas nicht mehr hier war, konnte sie wenigstens wieder normal atmen. Aber auch nur, solange Flo ebenfalls abwesend war. Wie sollte sie bloß mit dem Gefühlschaos in ihr umgehen? Ihr Handy vibrierte und sie griff danach. Hatte Flo es sich anders überlegt und würde nicht mehr an den Pool kommen?

Es war eine Nachricht von Loukas, die auf dem Display angezeigt wurde:

Verdammt hartes Match. Hoffe, es geht dir besser als mir.

Ihre Hände zitterten, als sie antwortete:

Kein bisschen.

Sie fügte die Bilder an, die sie im Laufe des Tages geschossen hatte, und drückte auf Senden.

Verdammter Mist. Innerlich fluchte sie wie ein alter Kesselflicker, aber sie musste Ruhe bewahren. Sie hatte noch keine Ahnung, wie sie das bewerkstelligen sollte, doch sie durfte sich Flo gegenüber nichts anmerken lassen. Diesen Kampf musste sie ganz allein ausfechten. Sie konnte nur hoffen, dass sie es schaffte. Sie musste es einfach in den Griff kriegen und die Gefühle, die in ihr wieder erwachten, erneut verbannen. Immerhin konnte sie Flo zulächeln, als sie ihn von der Bar auf sich zukommen sah, einen Virgin Colada und einen Caipirinha in der Hand.

»Cheers, Krümel. Habe ich das Richtige mitgebracht?«

»Hast du, Schatz, danke dir.« Wenn es doch nur nicht so schwer wäre, so zu tun, als wäre alles in bester Ordnung!

Sophie zerstieß mit dem Strohhalm die Limettenscheiben, bevor sie an dem eiskalten Drink nippte. War Flo schon immer so aufmerksam und liebevoll gewesen, oder war sie durch ihr schlechtes Gewissen sensibilisiert? Sie hatte keine Antwort darauf. Aber sein Verhalten verstärkte ihre Schuldgefühle.

»... Wasser?«

Sie hatte nicht bemerkt, dass er weitergesprochen hatte. »Sorry, was hast du gesagt?«

Seine Lippen kräuselten sich amüsiert. »Du bist wohl gedanklich noch immer bei den beeindruckenden Deckenmalereien im Kloster? Ich habe gefragt, ob du mit ins Wasser kommst.«

Hoffentlich wurde sie nicht rot – Flo war der Wahrheit gefährlich nahegekommen. »Klar.« Sie stellte ihren Cocktail neben dem Kokosdrink ab und ließ sich von ihm hochhelfen, wobei sie dem Impuls widerstehen musste, ihre Hand sofort wieder zurückzuziehen. Na toll. Jetzt war es ihr auch noch unangenehm, wenn er sie berührte. Wieso tat sich nicht einfach der Erdboden auf und verschluckte sie mit Haut und Haaren? Es war doch nun wirklich kein Thema, Hand in Hand zum Pool zu gehen, Himmelherrgott noch mal. Trotzdem konnte sie nicht vermeiden, dass ihre Gedanken schon wieder zu Loukas wanderten. Ob er auch so oft an sie dachte wie umgekehrt?

***

Während des Abendessens stocherte Sophie auf ihrem Teller herum und merkte kaum, was sie zu sich nahm. Sie wünschte, sie könnte Flo sagen, was sie so sehr bedrückte. Aber ausgerechnet ihm konnte sie sich nicht anvertrauen. Es würde Fragen aufwerfen, auf die sie keine Antworten hatte. Und sie konnte schlecht mit ihrer besten Freundin Doro telefonieren, solange Flo in ihrer Nähe war. Zudem konnte sie sich nicht vorstellen, wie ihr diese helfen könnte. Vermutlich würde Doro ihr den Vogel zeigen und ins Gewissen reden.

»Ich hoffe, du hast dir heute keinen Sonnenstich oder so eingefangen.« Irgendwie drang Flos Stimme durch den Nebel in ihrem Kopf. »Du drehst diese Spaghetti seit gefühlt drei Minuten auf deiner Gabel, ohne sie zu essen. Schmeckt es dir nicht? Ist dir schlecht?«

So falsch lag er damit nicht. »Ich habe tatsächlich keinen Appetit«, gab Sophie zu und legte das Besteck zur Seite. »Vielleicht sollte ich mehr Wasser trinken.« Sie griff nach dem Glas, um ihre Hände zu beschäftigen. Während sie das Getränk in einem Zug leerte, fragte sie sich, wann sich ihre Nerven endlich beruhigten, bevor sie noch als seelisches Wrack endete.

»Möchtest du dir die Beine vertreten oder gleich aufs Zimmer gehen?«

Mit diesen wackeligen Knien war sie froh, wenn sie es überhaupt bis zum Fahrstuhl schaffte! »Lieber gleich rauf. Wir können uns ja noch ein bisschen auf den Balkon setzen.« Sie senkte die Lider und wich seinem besorgten Blick aus.

»Fieber hast du aber keines, oder?«

Sophie schüttelte den Kopf. »Bestimmt nicht.«

Flo tupfte sich den Mund mit der Serviette ab. »Ich bin fertig. Wenn du magst, können wir los.«

Diesmal war sie dankbar um seine Hand, die ihr aus dem Stuhl half. Ihr Herz hämmerte gegen die Rippen, die Verzweiflung, ihm nicht die Wahrheit sagen zu können, brachte sie beinahe um den Verstand.

Kaum hatten sie ihr Zimmer betreten und die Tür hinter sich geschlossen, zog er sie zärtlich an sich und hielt sie fest. Während er liebevoll über ihre Wirbelsäule strich, fragte er leise: »Sagst du mir, was wirklich zwischen Loukas und dir war? Ich bin nicht blind, Sophie. Ihr wart nicht nur Tennispartner, oder?«

Das zog ihr den Boden unter den Füßen weg. Sie hätte mit Vorwürfen gerechnet, aber nicht mit so viel Liebe und Verständnis, die sie in seiner Stimme hörte. Der Damm brach und sie konnte die Tränen nicht mehr aufhalten, die sich in ihren Augen sammelten. Sie lehnte ihre Stirn gegen seinen Brustkorb und ließ ihnen freien Lauf. Sie bemerkte, wie Flo sich für einen kurzen Moment versteifte, sie dann aber fester an sich drückte. Sophie wischte mit dem Handrücken über ihre Augen, löste sich aus der Umarmung und ließ sich auf der Bettkante nieder.

»Du hast recht.« Sophie verknotete die Finger ineinander. Ihre Stimme klang gepresst, als sie weitersprach. »Wir standen uns sehr nahe, haben uns all unsere Probleme erzählt, waren füreinander da.« Sie holte tief Luft, bevor sie auf den Punkt kam. »Und ich war rettungslos in ihn verliebt. Er war meine große Liebe.«

Sie blickte Flo nun wieder an, der mit überkreuzten Knöcheln und verschränkten Armen vor seinem Brustkorb an der Wand lehnte und langsam nickte.

»Sprich weiter«, forderte er sie auf.

»Da gibt es nicht viel mehr. Wir sind nie zusammen gewesen. Der Vater seiner Freundin war sein Mentor. Wäre aus uns ein Paar geworden, hätte er seine Karriere als Tennisprofi an den Nagel hängen können. Das war mitunter ein Grund, wieso ich fürs Studium weit wegwollte und den Kontakt abgebrochen habe. Aus den Augen, aus dem Sinn. Irgendwann hat es keine Rolle mehr gespielt. Die Zeit heilt alle Wunden.« Oder auch nicht, wie sie heute schmerzlich hatte erfahren müssen.

***

Sein Gefühl hatte ihn also doch nicht getäuscht. Sophies Worte bestätigten, was er insgeheim vermutet hatte. Er ging auf sie zu, kniete sich vor sie hin und nahm ihre Hände in seine. »Und wieso bist du so durch den Wind? Als er uns gestern den Ausflug vorgeschlagen hat, warst du doch Feuer und Flamme?« Er hauchte einen Kuss auf ihren Handrücken und legte sie mit seinen auf ihre Oberschenkel. »Sophie, egal was es ist, du kannst es mir sagen. Ist er dir zu nahe getreten? Oder bist du einfach nur traurig, weil du einen guten Freund wiedergefunden und nur einen Tag lang sehen konntest?«

Sie zitterte wie Espenlaub und das machte ihm verdammt Angst. Wollte er tatsächlich hören, was sie zu sagen hatte? Wenn sie so mit sich kämpfte, konnte es ebenso bedeuten, dass er falschlag. Flo spürte eine eisige Hand, die nach ihm griff. Noch bevor er diesen entsetzlichen Verdacht weiterspinnen konnte, hörte er Sophies Stimme, die verzweifelt klang.

»Weil dieses Gefühl wieder aufgeflammt ist, Flo. Und seit heute weiß ich, dass es auf Gegenseitigkeit beruht.« Sophie schluchzte laut auf und weinte, am ganzen Körper bebend.

Flo war wie versteinert. Mit vielem hatte er gerechnet – aber sicher nicht damit. Er ließ sich neben ihr aufs Bett sinken, zog sie in seine Arme und strich ihr beruhigend über den Rücken, während er versuchte, diese Information zu verdauen. Seine Streicheleinheiten erfolgten automatisch. Irgendein entfernter Winkel seines Gehirns, der für die Motorik des Körpers zuständig war, funktionierte also wohl noch, während sich der Rest verabschiedet hatte. Er fühlte kaum, wie sein Shirt von ihren Tränen nass wurde, weil Sophie nicht aufhören konnte, zu weinen. Das hieß aber doch, dass es noch Hoffnung gab?

»Sssht, Krümel. Beruhige dich. Wir können über alles sprechen«, versuchte er sie zu trösten, was ihm ein paar unsanfte Boxhiebe in die Rippen einbrachte.

»Sei nicht so lieb zu mir«, schniefte Sophie und tastete mit der Hand auf dem Nachttisch herum, bis sie auf eine Packung Taschentücher stieß. »Ich habe das nicht verdient.« Umständlich fischte sie eines heraus, richtete sich auf und schnäuzte sich. »Es tut mir so leid, Flo. Ich wollte das nicht.«

Er prustete durch die Nase. »Schon klar. Das ist dir gestern nicht eingefallen, dass du rückfällig werden könntest?«

»Nein. Doch.«

»Was jetzt?«

»Die Erinnerung daran war da, seit ich ihm buchstäblich in die Arme gestolpert bin.«

»Wie bitte? Wann war das denn? Ich dachte, er ist uns gestern über den Weg gelaufen?«

Flo richtete sich auf und lehnte sich gegen das Kopfteil des Bettes, hielt Sophie aber noch immer in seinen Armen, aus denen sie sich nun wand. Sie setzte sich ihm gegenüber hin, zog die Knie an und umklammerte diese mit ihren Händen.

»Nein. Auf dem Weg zur Bar, als ich dir die Nachricht schrieb, bin ich gestolpert. Er hat mich gerade noch vor einem Sturz bewahrt. Es tut mir leid, ich hätte es dir nicht verschweigen sollen.«

»Ts«, machte Flo. »Du bist echt lustig. Hut ab, für die schauspielerische Leistung gestern hättet ihr beide einen Oscar verdient.« Er schüttelte den Kopf. Was er hier zu hören bekam, überstieg langsam seine Auffassungsgabe. »Sonst noch etwas, was ich wissen sollte? Habt ihr euch am Ende sogar geküsst?« Allmählich wurde aus seiner Schockstarre so etwas wie Wut.

»Nein. Das würde ich nie tun.«

Obwohl er kaum noch wusste, was er denken sollte – das glaubte er ihr. »Und was bedeutet das nun?«

Sie seufzte und hob die Schultern bis zur Nasenspitze. »Ich weiß es nicht, Flo. Ich kämpfe den ganzen Tag schon mit meiner inneren Zerrissenheit.«

Er schwang sich vom Bett. »Was du nicht sagst.« Diese Spitze konnte er sich nicht verkneifen. »Sorry, Soph. Ich muss an die frische Luft und das alles erst einmal verarbeiten. Nachdenken. In ein oder zwei Stunden bin ich wieder da.«

Flo schlüpfte in seine Turnschuhe und zeigte auf die Schlüsselkarte. »Brauche ich die oder wirst du hier sein?«

»Ich bin hier«, antwortete sie leise.

Als die Tür hinter ihm zufiel, hörte er sie erneut aufschluchzen. Er presste die Kiefer so hart aufeinander, bis er glaubte, sich die Zähne auszubeißen – sonst wäre auch er in Tränen ausgebrochen.

***

Kaum hatte er das Zimmer verlassen, warf sich Sophie bäuchlings auf das Bett, vergrub ihren Kopf im Kissen und ergab sich ihren Heulkrämpfen. Der Rotz lief ihr aus der Nase, sie bekam kaum Luft, aber es war ihr egal. Sie hatte geahnt, dass es ein Desaster werden würde – und die Folgen ihres Geständnisses konnte sie nach wie vor nicht abschätzen. Dass Flo so verständnisvoll reagierte und nicht tobte oder sie zur Schnecke machte, machte alles noch viel schlimmer. Sie hätte besser damit umgehen können, wenn er sie ausgeschimpft oder mit Worten beworfen hätte, die er sonst nie in den Mund nahm. Nur langsam ebbten ihre Schluchzer ab. Sie kam sich noch immer schäbig vor, war aber extrem erleichtert, dass sie Flo nichts mehr vorspielen und einen auf heile Welt machen musste.

Irgendwann hatte sie keine Tränen mehr. Sophie warf einen Blick aufs Display ihres Smartphones, um die Uhrzeit festzustellen, und entdeckte das Symbol für ungelesene Nachrichten – allesamt von Loukas. Sie las sie der Reihe nach.

Das ist doof, wenn es dir auch so geht. Wenigstens einer von uns sollte vernünftig sein.

Scheiß auf die Vernunft. Wünschte, du wärst hier bei mir.

Verdammt, du gehst mir nicht mehr aus dem Kopf.

Sorry. Lösch bitte die heiklen Nachrichten.

Bitte sag, dass wir uns vor eurer Abreise noch einmal sehen. Abendessen am Tag vor eurem Heimflug in Kerkyra? Inklusive Florian natürlich – ich würde euch abholen.

Alles okay bei dir? Mache mir Sorgen, weil du nicht antwortest.

Die letzte Message war vor zehn Minuten eingetroffen. Flo war nun schon knapp eine Stunde unterwegs. Ob sie Loukas anrufen sollte? Aber nein, er musste nicht wissen, wie dreckig es ihr ging. Wie schrieb er so schön? Wenigstens einer sollte vernünftig sein.

Sorry, waren grad beim Essen. Alles in Ordnung. Werde sehen, was sich machen lässt. Melde mich morgen – schlaf gut.

Nur kurz überlegte sie, bevor sie einen Kussmund dahintersetzte. Ihr Schmerz ließ ein wenig nach, als postwendend ein blinkendes Herz zurückkam.

10.
Eine lange Nacht

Weit war Flo mit seinen Überlegungen nicht gekommen, seine Gedanken drehten sich im Kreis. Nur langsam war ihre Aussage in sein Gehirn vorgedrungen, dass sie Loukas noch immer liebte. Schön für sie, dass es auf Gegenseitigkeit beruhte. Nicht gut hingegen für ihn, da er nun zwischen ihnen stand. Andererseits wohnten sie seit fünf Jahren zusammen, seit etwas über sechs Jahren waren sie ein Paar. Zählte das denn nicht? Wog das nicht mehr als die Erinnerung an eine alte Liebe, die nie erfüllt worden war, weil es sich damals nicht so ergeben hatte? Würde Sophie die Beständigkeit ihrer Partnerschaft aufgeben, um die Zeit zurückzudrehen? Egal wie er es drehte und wendete, die Worte standen zwischen ihnen. Er würde nie wissen, ob sie sich nicht innerlich nach Loukas verzehrte, während sie in seinen Armen lag. Wie lange würde er damit leben können? Sich fragen zu müssen, ob sie an den charismatischen Korfioten dachte, während sie miteinander schliefen?

»Verdammte Scheiße«, fluchte er und ballte die Hand zur Faust. Zum Glück standen genug Bäume am Wegesrand, die seine Faust zu spüren bekamen. Der Schmerz in seinen Knöcheln war ein Hasenpups gegen das Elend, welches ihn zu zerreißen drohte. Er wollte Sophie nicht aufgeben, nicht gehen lassen – aber er sah keinen Weg, wie sich ihr Geständnis nicht negativ auf ihre Partnerschaft auswirken oder ihre Beziehung nicht belasten sollte. Könnte er ihre Worte doch nur vergessen! Als hätte sie sie nie gesagt. Die Hoffnung starb bekanntlich zuletzt. Aber sein Hoffnungsschimmer glich einer Lunte, deren Feuer mittendrin erlosch.

Niedergeschlagen und einer etwaigen Lösung keinen Schritt näher, betrat er das Hotel. Sophie öffnete, kaum dass er geklopft hatte, und blickte ihm aus verheulten Augen fragend entgegen.

»Ach, Soph«, seufzte er und zog sie in eine Umarmung.

Ihr Kinn ruhte auf seiner Schulter, während der Duft ihres Shampoos seine Nase erreichte.

»Und was jetzt? Hat dein Spaziergang geholfen?«

Er verstand sie kaum, so leise war sie. »Ich habe keine Ahnung. Auf jeden Fall müssen wir miteinander reden.« Am liebsten hätte er sie gar nicht mehr losgelassen, und doch nahm er seine Hände von ihrem Rücken. Ein dicker Kloß bildete sich in seinem Hals. »Ich habe eine Scheißangst, dich zu verlieren«, murmelte er. Und dann liefen ihm plötzlich die Tränen über die Wangen, obwohl er sich vorgenommen hatte, stark zu bleiben.

***

Sophie zerriss es das Herz. Flo, der normalerweise immer für alles eine Lösung fand, weinte wie ein kleines Kind, was wiederum ihr die Tränen in die Augen trieb, obwohl sie dachte, keine mehr zu haben. Und doch waren diese Tränen erleichternd. Sie machten ihr bewusst, dass sie lebten, Gefühle zeigen konnten. War das nicht die wahre Stärke eines Menschen? Nun strich sie über seinen Rücken, um ihn zu trösten. Es war eine völlig paradoxe Situation. Sie war im Prinzip die Letzte, die ihn trösten sollte oder konnte.

»Es tut mir so leid, Flo.« Sie wischte mit der Hand die neuerlichen Tränen weg. »Ich wollte dir nie wehtun.«

»Ich weiß, Sophie.« Langsam fasste er sich scheinbar wieder, obwohl noch immer Tränen über seine Wange rollten. »Komm, setzen wir uns.«

Das war eine gute Idee, denn sie fühlte sich wie von einem Panzer überfahren. Flo holte beide Stühle vom Balkon ins Zimmer. »Ich mag das nicht draußen besprechen«, sagte er leise.

»Ich auch nicht«, antwortete Sophie und ließ sich dankbar auf den Hocker fallen. »Es tut mir so leid«, wiederholte sie zum x-ten Mal.

»Sag mir eines: Ginge es dir genauso, wenn du nicht wüsstest, was er für dich empfindet?« Flo schlug seine Beine übereinander und klemmte seine Hände zwischen die Oberschenkel.

Sophie zögerte einen Moment. »Ich denke schon. Nur hätte ich es dir dann wahrscheinlich nicht gesagt.«

»Und wieso nicht? Wo liegt der Unterschied?« In seinem Blick lag ehrliches Interesse. Keine Anfeindungen, keine Vorwürfe.

Eine berechtigte und vor allem gute Frage, die er da stellte. Nachdenklich wiegte sie den Kopf hin und her, bis sie eine Antwort fand. »Ich hätte niemals unsere Beziehung aufs Spiel gesetzt für ein Hirngespinst.«

Jetzt musste er dennoch schmunzeln. »Er oder deine Gefühle zu ihm sind also ein Hirngespinst. Gut zu wissen.«

»Du weißt, wie ich es meine«, protestierte sie leise.

»Natürlich. Ich bin ja nicht blöd. Lass es mich zusammenfassen: Wüsstest du nicht, dass er dich auch liebt, hättest du deine Sehnsucht bekämpft und mich glauben lassen, dass alles in bester Ordnung wäre?«

»Ziemlich sicher.«

Flo lachte zynisch auf. »Dabei wärst du unglücklich gewesen, hättest dich unbewusst von mir distanziert, und ich hätte den Fehler bei mir gesucht.«

»Flo, nicht, bitte. Mir ist klar, dass es meine Schuld ist.« Eine Schuld, die wahrscheinlich ihr bisheriges Leben zerstören würde und alles in den Abgrund riss.

»Einerseits wünschte ich, du hättest die Klappe gehalten und mir einen Bären aufgebunden«, sagte er leise. »Andererseits lässt das doch tief blicken. Hätte dir Loukas nicht den Kopf verdreht, wäre das vermutlich über kurz oder lang bei einem anderen Kerl passiert. Liebst du mich überhaupt noch?«

Sie brauchte wohl eine Sekunde zu lang für ihre Antwort. Er schnaubte und krallte seine Fingernägel in seine Handflächen. »Danke, Sophie. Wenigstens war das ehrlich.«

»Ich liebe dich schon noch, Flo«, wandte sie ein. »Aber anders. Unsere Beziehung ist irgendwo eingeschlafen. Wir sind wie ein altes Ehepaar. Die Begegnung mit

Loukas hat mir das bewusst gemacht. In seiner Gegenwart fühle ich mich ...«, sie runzelte die Stirn und suchte nach Worten, »jung und lebendig.«

»So siehst du es?« Traurig schüttelte er den Kopf. »Sicher ist viel Alltag dabei, aber bisher dachte ich, wir meistern alles zusammen. Ich habe mich geirrt. Das hier können wir nicht mehr gemeinsam lösen, Sophie. Du hast mit deiner Aussage unsere heile Welt zerstört. Selbst wenn du jetzt sagst, komm, lass es uns versuchen – ich würde mich jede Sekunde fragen, ob du gerade an ihn denkst. Das schaffe ich beim besten Willen nicht, Krümel. So viel Kraft habe ich nicht.« Hektisch stand er auf und verschränkte die Arme in seinem Rücken, wobei er zwischen Balkontür und Bett hin und her wanderte, bevor er sich vor sie hinkniete und seinen Kopf auf ihre Oberschenkel legte. »Ich kann dir verzeihen, Sophie, weil ich es in gewisser Weise nachvollziehen kann, wenngleich ich es nicht verstehe. Aber ich finde keinen Weg, wie ich nicht daran zugrunde gehen sollte, wenn wir zusammenbleiben.«

Sie strich über seinen Hinterkopf, lautlos liefen Tränen über ihre Wange, die sie sich unbewusst blutig biss. Der Schmerz, den er fühlte, spiegelte sich in ihrem Inneren. Sie hatte ihm das Messer ins Herz gerammt – und nun war es kein Wunder, dass er daran verblutete. Nein, dass sie beide daran verbluteten. Nur hatte sie ein Sicherheitsnetz namens Loukas, auch wenn der Gedanke an ihn sie im Moment kein bisschen tröstete.

Ihre Stimme brach. »Du willst Schluss machen?«, fragte sie heiser, um das Unausgesprochene in Worte zu fassen.

Er blickte sie an und nickte. »Ja, auch wenn mir das den Boden unter den Füßen wegzieht, Sophie. Aber damit komme ich auf Dauer gesehen besser klar, als mir deiner Liebe nicht sicher zu sein. Es tut mir leid. Ich vertraue dir nicht mehr genug, um daran zu glauben, dass wir das wieder hinbekommen.«

»Nein«, flüsterte sie und glitt weinend zu ihm auf den Boden. »Mir tut es leid. Aber du hast wohl recht. Es ist die einzig vernünftige Lösung.«

»Bitte halte mich fest, Sophie. Schenke mir diese letzte Nacht. Wir müssen nicht miteinander schlafen, aber lass mich nicht los. Ich habe Angst, dass ich sonst zerbreche.« Er hörte sich so verzweifelt an, wie sie sich fühlte.

»Mir geht es ebenso, Schatz.« *Ich liebe dich,* wollte sie hinzufügen. Obwohl die Aussage stimmte – das Feuer, welches diese Liebe schürte, war erloschen. Sie hätte sich damit selbst Lügen gestraft und ihm nur unnötig wehgetan. Es war besser, diese Worte nicht zu sagen. Der Kosename war unbewusst über ihre Lippen gekommen – die gleiche Gewohnheit, wie ihre Gefühle zu ihm. Sie wollte ihn nicht gehen lassen – und doch wusste sie, dass er recht hatte. Die Gefühle für Loukas waren bereits zu stark, um sie unterdrücken zu können, und es wäre unfair, unter diesen Umständen noch weiter mit Flo zusammen zu sein.

***

Es tat so verdammt weh. Sophie zu verlieren fühlte sich an, als würde er auseinanderbrechen, sein Innerstes nach außen kehren, bis nichts mehr von ihm übrig war. Er zitterte am ganzen Körper, oder war das Sophie? Er wusste es nicht. Vielleicht zitterten sie beide. Sie lagen weinend auf dem Bett und klammerten sich wie zwei Ertrinkende aneinander. Nicht zärtlich oder sanft. Nein. Sondern mit der letzten Kraft, die sie aufbringen konnten, um sich nicht völlig zu verlieren. Mit einer Intensität, als würden sie miteinander schlafen und Einswerden wollen. Ihre Tränen bedauerten das Ende ihrer Beziehung. Eine Trauer, die man sonst nur empfand, wenn ein lieber Mensch starb, von dem man sich noch verabschieden konnte. Nur war man da oft stärker, um diesem das Ableben zu erleichtern. Da ließ man seine Trauer erst zu, wenn derjenige tot war. Flo schüttelte den Kopf über seine morbiden Gedanken. Noch waren sie nicht tot und würden es auch hoffentlich nicht so schnell sein, aber ihre Beziehung befand sich an diesem Punkt. Ein paar Stunden wären ihm noch in ihren Armen vergönnt, bevor er die nächsten Schritte einleiten musste. Noch wollte er nicht darüber nachdenken, zu wertvoll war das bisschen Zeit bis zum nächsten Tag, an dem der Schrecken dieser Nacht Gestalt annehmen würde.

Seine Tränen waren inzwischen versiegt, und auch Sophie atmete etwas ruhiger. Mitternacht war längst vorbei, der Mond tauchte ihr Zimmer in weißes Licht. Er spürte ihre Finger auf seiner Brust, die sanft über seine Haut strichen. Flo stöhnte auf und wurde augenblicklich hart. Er legte seine Hand auf ihre Wange, strich mit dem Daumen sanft über ihre Lippen. Sie öffnete den Mund und küsste seine Fingerspitze. Er schnappte nach Luft. »Gott, Sophie«, stöhnte er rau und bedeckte ihr Gesicht mit kleinen Küssen. »Ich liebe dich so sehr. Bitte, lass uns ein letztes Mal miteinander schlafen. Ich will dich ein letztes Mal spüren, Eins mit dir sein.« Noch nie hatte er es sich mehr gewünscht.

Als Antwort zog sie seinen Kopf zu sich, schlang ihr Bein um seines und küsste ihn mit einer Mischung aus Zärtlichkeit und verzweifelter Leidenschaft. Am liebsten wäre er sofort in sie gedrungen, hätte ihr mit aller Macht gezeigt, dass sie zu ihm gehörte, und ihr seinen Stempel aufgedrückt. Aber es waren die letzten zärtlichen Momente mit ihr, und deswegen zügelte er sich. Unendlich vorsichtig liebkoste er jedes Fleckchen ihrer Haut, beinahe so, als würde er ihren Körper das erste Mal erkunden. In Wirklichkeit nahm er Abschied davon, und er würde sich an jede einzelne Sekunde erinnern. Er saugte an ihren Nippeln, streichelte sie an den Stellen, die sie mochte, wanderte mit seiner Zunge weiter nach unten, um sie ein letztes Mal zu schmecken. Sophie keuchte auf, wand sich unter ihm und presste sich an ihn. Bisher hatte er die Leute belächelt, die von Abschiedssex gesprochen hatten – seiner Meinung nach völliger Schwachsinn. Er hatte sich gründlich getäuscht. Dieser letzte Austausch von Zärtlichkeit und Leidenschaft schloss den Kreis, machte es leichter, Abschied zu nehmen, sie gehen zu lassen. Und wenn er ihre Reaktion richtig einschätzte, erging es ihr ebenso. Er kannte ihren Körper, wusste, wann sie kurz vor ihrer Erfüllung stand. Oft genug hatte er sich einen Spaß daraus gemacht und sie bewusst nicht kommen lassen.

Heute bremste sie sich selbst, zögerte das Ende hinaus und entzog sich seiner Zunge, als sie knapp davor stand. Seine Lippen suchten wieder ihren Mund, und die gegenseitigen Streicheleinheiten begannen von vorne.

Erst, als er draußen den ersten Vogel zwitschern hörte und sie völlig verschwitzt waren, holte sie Luft für den Schrei, der zeitgleich mit ihrem Höhepunkt einherging und den er dieses Mal nicht unterdrückte –, er wollte ihn hören, selbst wenn sie das ganze Hotel zusammenschrie. Ihre kurzen Fingernägel gruben sich in seinen Rücken. Und dann vermischte sich sein Stöhnen mit ihrem, sie löste ihre Hände von seiner Wirbelsäule, um sie mit seinen neben ihrem Kopf zu verschränken. Sie hielt ihn zwischen ihren Schenkeln fest und er schämte sich nicht, dass sich nun auch ihre Tränen miteinander vermischten, und es dauerte einige Zeit, bis sich sein Puls wieder halbwegs normalisiert hatte. Eigentlich Zeit, sich von ihr zu rollen. Aber nicht heute, denn sie hatte ihre Beine noch immer um ihn geschlungen und hielt ihn an seinen Händen. Heute würde er so auf ihr liegen bleiben. Und wenn er Glück hatte, würden sie vielleicht noch ein kleines bisschen Schlaf abbekommen.

11.

Schmerzhafter Abschied

Das Geräusch eines Reißverschlusses, der zugezogen wird, holte Sophie aus ihrem unruhigen Schlaf. Panisch riss sie die Augen auf, denn sie spürte Flos Körper nicht mehr neben sich. Er würde doch nicht …?

»Flo?« Sie räusperte sich. So musste sich Joe Cocker nach einer durchzechten Nacht anhören.

»Hier, Sophie.«

»O mein Gott. Ich dachte schon …« Sie rieb sich den Schlaf aus den Augen, was nicht viel half. Ihre Lider waren durch die vielen Tränen total verquollen und verklebt.

»Was? Dass ich einfach abhauen würde, ohne Lebewohl zu sagen, nachdem wir ein letztes Mal miteinander geschlafen haben? Du musst mich für ein schönes Arschloch halten.« Er stellte seinen Koffer auf den Boden und blickte sie an. Sein Mund verzog sich zu einem winzigen Lächeln, welches gründlich misslang.

»Du hast gepackt?«, fragte sie überflüssigerweise und schwang ihre Beine aus dem Bett. Nur langsam funktionierte ihr Denkapparat wieder. »Wir haben noch drei Tage.«

Flo ging auf sie zu und nahm ihre Hand. »Du hast noch drei Tage, Soph. Ich reise heute ab.«

»Aber …« Tausend Dinge schwirrten ihr durch den Kopf. Das Wieso konnte sie sich sparen, das lag ja wohl auf der Hand.

»Ich konnte nicht schlafen«, erklärte er. »Also habe ich die Zeit genutzt und die nächste Flug-Verbindung nach Hause gesucht. Um sieben war ich an der Rezeption und habe meinen Transport zum Flughafen organisiert.« Er blickte auf die Uhr. »Um zwölf steht mein Taxi vor der Tür. Das heißt, in zwei Stunden bist du mich los.« Er verzog das Gesicht, als hätte er Zahnschmerzen.

»Als ob ich das so gewollt hätte«, murmelte sie und das schlechte Gewissen übermannte sie erneut. »Was hast du vor? Warum heute schon?«

»Ich muss daheim einige Dinge organisieren, bevor mein Urlaub zu Ende ist. Zum Beispiel, wo ich unterkommen kann. Mit deinem Einverständnis lasse ich mein Zeug vorerst in der Wohnung. Ich werde nur die Sachen aus dem Kleiderschrank packen, die ich dringend brauche. Den Rest hole ich, wenn ich eine neue Bleibe gefunden habe. Vielleicht nimmt mich bis dahin meine Mutter auf«, überlegte er. »Das Gästezimmer ist frei. Möglicherweise kann ich auch im Kleingartenhaus meines Bruders übernachten.«

Sophie wurde blass. Die liebe Verwandtschaft hatte sie völlig vergessen. Wie die wohl reagieren würden? Ihre eigene Mutter würde ihr wahrscheinlich gehörig die Leviten lesen, wenn sie von der Trennung erfuhr.

»Flo, ich weiß nicht, was ich sagen soll, außer dass es mir furchtbar leidtut.« Sie streckte ihre Hand nach seinem Gesicht aus und er schmiegte seine Wange in ihre Handfläche. Sein Bartschatten kratzte leicht.

»Das hatten wir doch schon, Sophie. Ich danke dir für die letzte Nacht, die du mir geschenkt hast. Aber in zwei Stunden trennen sich unsere Wege. Glaub mir, leicht fällt es mir nicht.«

»Möchtest du noch zusammen frühstücken?«, schlug sie vor, obwohl sie bestimmt keinen Bissen hinunterbringen würde.

»Wir können gern einen Kaffee miteinander trinken. Ich habe schon eine Kleinigkeit gegessen. Und die Rezeption lässt mir ein Lunchpaket zusammenstellen, nachdem ich früher abreise, wir aber voll bezahlt haben.«

»O Gott, Flo. Es tut ...«

Er winkte leicht genervt ab, wobei sein Mundwinkel zuckte, als wolle er lachen. »... dir so leid. Ich weiß. Du wiederholst dich. Wie lange brauchst du im Bad?«

»Drei Minuten.« Duschen oder Körperpflege wurden überbewertet. Zähneputzen und einen Schwall Kaltwasser ins Gesicht mussten reichen. Es war ihr scheißegal, was andere Gäste über sie denken mochten, nur weil sie heute nicht wie aus dem Ei gepellt war, sondern eher aussah wie ein frisch gerupftes Huhn. Nach zwei Minuten sprang sie in eine lockere Stoffhose und ein passendes T-Shirt.

»Fertig.«

Er schüttelte den Kopf und kniff die Augen zusammen. »Und plötzlich ist sie schneller fertig als je zuvor und sieht dabei trotzdem hervorragend aus.«

»Das tu ich nicht, aber danke für das Kompliment. Ich habe Augenringe wie ein ausgewachsener Pandabär. Und auch dir sieht man den Schlafmangel an. Bist du sicher, dass du diesen Tag durchhältst?« Sie folgte Flo auf den Flur des Hotels.

Er vergrub die Hände in seinen Hosentaschen, während sie auf den Fahrstuhl warteten. »Verdammt, Sophie, ich bin mir alles andere als sicher, ob ich diesen Tag durchstehe. Geschweige denn, wie es mir die nächste Zeit gehen wird. Darüber zerbreche ich mir jetzt nicht den Kopf. Im Flieger habe ich drei Stunden Zeit zu schlafen.«

»Wie kommst du nach Hause?« Endlich war die Kabine da und Sophie drückte den Knopf für das Erdgeschoss.

»U-Bahn oder Taxi. Vielleicht kann mich auch mein Bruder oder Jonas abholen.«

Mit einem leisen *Pling* öffneten sich die Türen. Flo ließ ihr den Vortritt. »Nach dir. Frühstücksraum oder Poolbar?«

»Es ist nach zehn. Da räumen die das Frühstück ab.«

»Stimmt. Also dann, auf zum Pool.«

Sie nickten einer jungen Frau grüßend zu, die mit einem Espresso an einem der Tische saß, an denen sie sich vorbei zwängten.

Flo erhaschte einen Blick auf die Tageszeitung, in der sie las. »Die BILD«, formte er ungläubig mit dem Mund und machte große Augen, bevor er dort Platz nahm, wo sie die letzten Male gesessen hatten. »Es gibt tatsächlich Menschen, die das lesen«, stellte er fest und verzog das Gesicht. »Und das sogar in gedruckter Form, nicht auf dem Handy oder Tablet. Die ist doch in unserem Alter?«

»Vielleicht mag sie bewusst erst mit drei Tagen Verspätung wissen, was passiert ist? Manchmal ist das gar nicht so schlecht«, sinnierte Sophie.

Plötzlich fing er an, zu lachen. Sie gluckste mit, bis sie sich wieder einmal Tränen aus den Augen wischte. Jetzt allerdings vor Lachen. Dabei hatte sie keine Ahnung, wieso sie hier mit ihrem zukünftigen Ex-Freund saß und sich so köstlich amüsierte, wo sie doch traurig sein müsste, dass ihre gemeinsame Zeit nun durch ihre Schuld zu Ende ging.

Er zog die Augenbraue nach oben. »Die Nachwirkungen des Schocks. Ganz bestimmt. Ich hole uns Kaffee, ja?«

Sophie nickte und konnte nicht fassen, dass er ihren ersten Gedanken aussprach. Leise seufzte sie. Ja, es passte noch immer alles wunderbar. Flo war ein Mann zum Heiraten – er hatte es verdient, aufrichtig geliebt zu werden. Und genau das tat sie nicht mehr. Sie hatte ihre Chance verspielt und gab wundervolle Jahre auf. Aber ihr Herz sehnte sich schon viel zu lange nach Loukas, wenn sie ehrlich zu sich war. Egal, was die Zukunft bringen würde, wenigstens dessen war sie sich sicher, auch wenn es momentan wehtat und sie keine Ahnung hatte, wie es nun weiterging.

Flo stellte einen Milchkaffee mit drei Tütchen Zucker vor ihr ab, er selbst hatte einen doppelten Espresso in der Hand.

»Sieh es von der positiven Seite, Soph. Jetzt hast du noch ein bisschen Zeit, all das anzuschauen, woran ich dich gehindert habe. Die Wahrheit ist manchmal schmerzhaft, aber richtiger, als in Lüge zu leben. Und du darfst mir glauben, wenn ich dir viel Glück wünsche. Ich wünsche es dir wirklich.«

»Ich weiß, Flo. Ich dir auch. Du hast jemanden verdient, der dich aufrichtig liebt.«

»Es wäre mir lieber, du wärst diese Person gewesen. Aber dafür ist es nun zu spät. Ich wollte nur, dass du weißt, dass ich dir nicht böse bin. Was nicht heißen soll, dass wir Freunde bleiben. Vielleicht später irgendwann, aber fürs Erste brauche ich Abstand. Ich hoffe, du verstehst das.«

Sie nickte und griff nach seinen Händen. »Ich danke dir. Ich wünschte, es wäre anders gelaufen ...«

Flo entzog sich ihrem Griff. »Bitte hör auf. Mach es mir nicht noch schwerer.«

Er hatte recht. Es war alles gesagt. Sophie kratzte mit dem Löffel den restlichen Milchschaum aus dem Glas und legte diesen zur Seite. Flo stellte seine Tasse im selben Moment ab.

»Bitte warte nicht mit mir draußen aufs Taxi. Ich bin mir nicht sicher, ob ich es sonst schaffe, ins Auto zu steigen, und nicht doch einen Rückzieher mache.«

»Aber ...« Sophie blickte ihn ungläubig an. Wenigstens das war sie ihm doch schuldig? Oder wollte sie einfach bis zur letzten Sekunde bei ihm sein, um ihr schlechtes Gewissen zu beruhigen?

»Kein Aber, Sophie. Wir verabschieden uns im Zimmer. Ich glaube, das ist einfacher. Wir können gern den Rest der Zeit oben verbringen. Ohne Badehose ist es bei dieser Temperatur nicht so lustig hier draußen.«

Sie nahm seine Hand, die er ihr wie immer entgegenstreckte, um ihr vom Stuhl zu helfen. Ein klein wenig fühlte sie sich wie der Delinquent, der seinen Antritt zum Galgen machte, als sie ihr Zimmer betraten.

»Halt mich fest, bis du gehst«, bat sie leise.

Flo legte sich aufs Bett und zog sie in seine Arme.

Stillschweigend lagen sie aneinander, Sophie hörte das Klopfen seines Herzens an ihrem Ohr. Unerbittlich rückte mit jedem Schlag der Zeitpunkt ihres Abschieds näher. Eine Viertelstunde bevor er abgeholt wurde, löste er seine Umarmung, drehte Sophie auf den Rücken und küsste sie ein allerletztes Mal. Zärtlich, knabbernd, langsam und doch mit aller Intensität.

Dann stand er auf. »Mach's gut, Soph. Und auch wenn es eine saudumme Floskel ist – es war eine wunderschöne Zeit mit dir.« Er nickte ihr zu, griff nach seinem Koffer und verließ das Zimmer, ohne sich noch ein einziges Mal umzudrehen.

Kaum fiel die Tür hinter ihm zu, kam der Schmerz zurück. Heftiger als gestern. Als würde ihr der Brustkorb aufgesprengt und ihr Herz bei lebendigem Leib herausgerissen werden. Ein Laut wie von einem waidwunden Tier löste sich aus ihrer Kehle. Und dann flossen die Tränen. Flo hatte recht: Sie hätte es nicht geschafft, ihm nachzuwinken. Läge sie nicht auf dem Bett, wäre sie an Ort und Stelle zusammengebrochen. Schluchzend vergrub sie ihre Nase in Florians Kopfkissen, in der Hoffnung, sein Duft würde den Schmerz lindern.

12.
Dafür sind Freunde da

Es dauerte einige Zeit, bis ihre Tränen endlich versiegten. Sie war selbst schuld an diesem Zustand und hatte kein Recht, im Selbstmitleid zu baden, egal wie sehr es schmerzte. Flo hatte Schluss gemacht – eine Tatsache, die sich nicht mehr ändern ließ. Noch wollte sie sich nicht mit den Konsequenzen daheim auseinandersetzen, es kam ihr alles so unwirklich vor. Ihre Freunde und Bekannten würden noch früh genug von der Trennung erfahren. Aber ihre beste Freundin wollte sie schon informieren. Sie konnte sich gut vorstellen, dass Doro sie am Tag ihrer Rückkehr nicht alleine in ihrer Wohnung lassen würde, egal wie entsetzt sie über die Neuigkeit wäre. Was gäbe sie darum, wenn Doro in diesem Moment bei ihr wäre, um sich bei ihr auszuheulen. Trotzdem hatte sie Bammel vor dem Gespräch.

Zögernd griff sie nach ihrem Handy, um dieses Telefonat hinter sich zu bringen. Doro würde sie wahrscheinlich fragen, ob sie gegen eine Wand gelaufen war, oder selber in Ohnmacht fallen. Innerlich wappnete sie sich für das Gespräch und entsperrte das Display. Unwillkürlich machte ihr Herz einen kleinen, freudigen Satz. Der Bildschirm zeigte eine neue Nachricht von Loukas an, die sie nicht mitbekommen hatte. Ihre Qual linderte sich für einen kleinen Moment. Er war ihr Licht im Dunkel.

Weißt du schon was wegen Essen? Bitte, bitte ... sagt ja! Melde dich, so schnell es geht, ja? I'm waiting for you.

Vergessen war der Anruf bei Doro. Stattdessen holte sie tief Luft und wählte Loukas' Nummer, der nach dem ersten Klingeln abhob.

»Sophie! Was für eine freudige Überraschung!«

Seine Stimme war wie Balsam auf ihrer Seele, umfing sie mit Zärtlichkeit und Wärme, die sie beinahe körperlich spürte.

»Hi, Loukas.« Sie hingegen hörte sich an, als hätte sie eine Kröte verschluckt. Wahrscheinlich war der Kloß im Hals daran schuld, dass ihre Stimmbänder nicht richtig funktionierten und sie eher krächzte, als sprach. »Flo ist weg.«

»Wie, weg?« Für einen Moment verschlug es ihm wohl die Sprache.

Sophie konnte sich lebhaft vorstellen, wie Loukas versuchte, diese Information einzuordnen. Bestimmt fuhr er sich in diesem Augenblick völlig konfus mit den Fingern durch die Haare. Seine nächsten Worte bestätigten ihre Vermutung.

»Wann hast du ihn das letzte Mal gesehen? Soll ich die Polizei rufen? Bist du sicher, dass er nicht einfach ...?«

»Loukas!«, unterbrach sie ihn und ihre Stimme gehorchte ihr endlich wieder. »Nicht *so* weg. Er ist abgereist. Wir ... Er hat Schluss gemacht.«

Eine Sekunde lang hörte sie ihn nach Luft schnappen, bevor er antwortete. »Ach du heilige Scheiße. Ich bin spätestens in einer halben Stunde bei dir. Wo finde ich dich? Bist du am Pool?«

»Nein. Im Zimmer.«

»Rühr' dich nicht vom Fleck. Ich bin schon unterwegs.«

»Spaßvogel«, murmelte sie. Er hatte so rasch aufgelegt, dass er sich nicht einmal verabschiedet hatte.

***

Loukas breitete die Arme aus. »Du siehst furchtbar aus. Komm her, du.« Eine Einladung zu einer Umarmung, der sie nur zu gern folgte. Sie musste sich zusammenreißen, dass sie durch seine liebevolle Geste nicht schon wieder zu weinen begann. Sanft strich er ihr über den Rücken, hielt sie fest, und sie fühlte sich geborgen.

»Wie kam's?«, erkundigte er sich vorsichtig. »Du musst es mir nicht erzählen, wenn du nicht magst.«

»Ach, Loukas. Ich bin selbst schuld daran.« Sophie lockerte die Umarmung, sodass sie ihn anblicken konnte. »Im Prinzip war es ganz einfach.«

Er runzelte zweifelnd die Stirn. »So etwas ist nie einfach, Herzblatt.«

Sie überging seinen Einwand. »Nachdem du mir gesagt hast, dass es dir auch so geht, war ich völlig durcheinander. Das hat er gespürt, mich darauf angesprochen und ich habe ihm gestanden, dass wir uns ineinander verliebt haben. Nach einigem hin und her meinte er, dass unsere Beziehung so keinen Sinn mehr hat. Ich konnte ihm nicht mal widersprechen.«

Loukas nickte verstehend. »Damit hat er wahrscheinlich sogar recht. Es tut mir leid für ihn. Er ist ein netter Kerl.«

»Ich weiß. Ich war ja nicht umsonst über sechs Jahre mit ihm zusammen.« Sie seufzte. Sechs Jahre aufzugeben war … verrückt. Wenn nicht sogar selten dämlich. Und doch hatte sie ihn gehen lassen, nicht um ihre Beziehung gekämpft. Es hatte keinen Sinn mehr, erst recht, wo Loukas sie so sehr beschäftigte. Flo hätte sie mit Argusaugen beobachtet, und sie hätte sich vor schlechtem Gewissen völlig verbogen. Nein – es war besser so.

»Ich kann mir vorstellen, wie schwer das für dich ist. Aber schau, ich bin ja auch noch da. Du kannst dich auf mich verlassen.« Sanft strich er mit dem Daumen über ihre Wange, bevor er sie wieder fester an sich drückte. »Es wird alles gut, du wirst sehen«, versprach er mit tröstender Stimme.

Sie überlegte kurz, ob sie auf ihre Vergangenheit eingehen sollte, und entschied sich dafür. »Als ich dich hier auf Korfu sah, sind all meine Gefühle von einst für dich hochgekommen.«

Jetzt schmunzelte er. »Habe ich mir das damals also nicht eingebildet, dass du auf mich stehst.«

»Das ist die Untertreibung des Jahrhunderts, Loukas. Du warst meine große Liebe, die sich nie erfüllt hat.«

Er lächelte sie zärtlich an. »Ich konnte auch nicht ohne dich sein, Sophie, aber ich durfte meinem Verlangen nicht nachgeben«, gestand er. »Als Lucy mich abservierte, habe ich nur an dich gedacht. Aber du warst in der Versenkung verschwunden. Keiner konnte oder wollte mir sagen, wo ich dich erreiche. Und als du mir jetzt so unverhofft in die Arme gefallen bist, konnte ich nur noch daran denken, wie ich es hinbekomme, dass ich so viel Zeit wie möglich mit dir verbringen kann. Ich wollte dich nicht noch mal verlieren.«

Sie runzelte die Stirn. »Warst du deswegen am Pool? Du hast mich gesucht?«

Loukas sah beschämt zu Boden, und ein Hauch von Röte überzog sein Gesicht. »Ich wusste, du würdest nicht anrufen. Aber ich hoffte, dass du eine persönliche Einladung nicht ausschlagen kannst. Ich hatte recht.«

»Und ab wann wusstest du von meinen Gefühlen zu dir? Oder warst dir über deine klar?«

»Als du aus der Kirche kamst und mich so angeguckt hast, wusste ich Bescheid. Und was mich betrifft: Es war sofort wieder da. Diese Vertrautheit, der brennende Wunsch, dich zu berühren. Ich wollte dich von der ersten Sekunde wieder – heftiger denn je. Andererseits hatte ich nicht vor, mich in eine Beziehung zu drängen, auch wenn ich mich gestern höllisch zusammenreißen musste, dich nicht vor Flo in die Arme zu nehmen und zu küssen. Wäre er nicht mit dabei gewesen ...« Er machte eine hilflose Geste. »Ich schätze, dann hätte ich es tatsächlich getan.«

»Ich glaube, ich hätte dir nicht widerstehen können«, antwortete sie leise. »Aber nun? Ich bin völlig durcheinander.« Sie holte eine Flasche Wasser aus der Minibar, hob sie mit fragendem Blick in die Höhe und öffnete sie, als er verneinend den Kopf schüttelte. Mit einem zischenden Geräusch entwich die Kohlensäure. »Sechs Jahre aufzugeben, tut verdammt weh. Die Luft war raus, trotzdem habe ich ihn noch geliebt. Ich bin mir nicht sicher, was mehr schmerzt: Dass ich Flo verloren habe, oder dass ich ihn in den Abgrund gestürzt habe.«

»Klar, dass du ihm nicht wehtun wolltest, Sophie. Mach dir keine Vorwürfe, es ist immer besser, die Wahrheit zu sagen.«

Sie prustete durch die Nase. »Genau das hat Flo auch gesagt. Besser so, als mit einer Lüge zu leben.«

»Es stimmt ja auch. Hast du dir Gedanken gemacht, ob du im Hotel bleiben möchtest?«

Sophie runzelte die Stirn. »Wo soll ich denn sonst hin?«

»Du kannst bei mir übernachten. Und wenn du nicht mit mir im Bett schlafen willst, nehme ich das Sofa. Aber du solltest nicht mehr hier sein, wo dich alles an ihn erinnert. Vor allem solltest du jetzt nicht allein sein.«

Verblüfft starrte sie ihn an. Das meinte er nicht ernst, oder? Doch sein Blick sagte ihr, dass es kein Witz war.

»Mehr wie anbieten kann ich es dir nicht, Sophie. Überlege es dir in Ruhe. Allerdings gebe ich gerne zu, dass ich mich sehr darüber freuen würde. Hast du etwas gegessen?«

Der Themenwechsel war so abrupt, dass sie eine kleine Weile brauchte, um zu antworten.

»Nein, ich habe keinen Hunger.«

Er hob mahnend den Zeigefinger. »Nichts zu essen ist keine Option, mein Engel. Ich mache dir einen Vorschlag: Ich zeige dir meine Bude, damit du dir ein Bild machen kannst, wie und wo ich wohne. Anschließend lade ich dich in ein tolles Lokal in der Altstadt ein. Danach bringe ich dich hierher zurück, und dann entscheidest du, ob du die Zeit bis zu deinem Rückflug bei mir verbringen möchtest.«

***

Staunend betrat Sophie den gepflasterten Weg zur Eingangstür des Bungalows.

»Hier wohnst du?«, fragte sie verblüfft. Sie hatte mit einer Altbauwohnung in der Hauptstadt gerechnet, aber nie im Leben mit einem kleinen Häuschen auf diesem idyllischen Fleckchen Erde mitten im Nirgendwo.

»Gefällt es dir?«

»Machst du Witze? Es ist traumhaft.«

Sie ließ die Hand über die Kräuterstauden im Beet neben dem Pfad gleiten. Der würzige Geruch von Minze und Rosmarin drang an ihre Nase. Dazwischen verströmte eine orangene Rose ihren betörenden Duft, eingesäumt vom violetten Meer blühenden Lavendels. Das Grundstück wurde von einer Kirschlorbeerhecke eingesäumt. Die Fassade des einstöckigen Hauses bestand aus grauem, unbehandeltem Stein, die Kombination mit den Dachschindeln aus verschiedenfarbiger Terrakotta verlieh dem Gebäude ein authentisches und uriges, aber gleichzeitig modernes Ambiente. Weiße Fensterläden unterstrichen das Flair.

»Ich bin überwältigt.«

Loukas lächelte strahlend. »Freut mich, wenn es dir gefällt. Jetzt komm rein in die gute Stube.«

Angenehme Kühle schlug ihr entgegen und sie fragte sich, wo das Splitgerät der Klimaanlage angebracht war. Normalerweise stachen diese Kästen sofort ins Auge, aber anscheinend war ihr Blick so abgelenkt gewesen, dass sie darauf nicht geachtet hatte. Auch das Interieur passte wie die Faust aufs Auge. Kühle Fliesen in Betonoptik wechselten sich mit rustikal anmutenden Eichendielen ab, auf denen lustige Flickenteppiche für Farbe sorgten. Der kleine Flur, über den sie das Haus betraten, öffnete sich nach rechts in eine große, lichtdurchflutete Wohnküche. Die Küche war schlicht und funktional gehalten, die weißen Hochglanzfronten bildeten einen harmonischen Kontrast zu Korpus und Arbeitsplatte aus geöltem Massivholz. Zwischen Küchenzeile und Wohnbereich führte eine große Terrassentür in den Garten.

Sophie klappte die Kinnlade nach unten, als ihr Blick nach draußen fiel. »Du hast einen Pool?«

Loukas zuckte die Schultern. »Ich würde ja gerne sagen: Natürlich. Aber so natürlich ist es für die Einheimischen nicht. Für mich stand von Anfang an fest, dass ich einen haben will.«

»Loukas Vasilis. Woher hast du das Geld, dir so eine tolle Bude leisten zu können?«

»Ich erzähle es dir gleich. Möchtest du erst noch den Rest sehen?«

»Gern.«

Viel gab es nicht mehr. Ein großzügiges Bad mit Wanne und Dusche, die Toilette in einem separaten Raum. Ein begehbarer Kleiderschrank, angrenzend sein Schlafzimmer, wo das große Metallbett mit schwarzen Laken aus Satin den Blick auf sich zog.

»Na, was sagst du?« Loukas lehnte mit überkreuzten Beinen im Türrahmen und blickte sie erwartungsvoll an.

»Du hast ein wunderschönes Haus, Loukas. Klein, aber fein.«

Er federte sich ab. »Sag mir, was du trinken willst. Anschließend setzen wir uns auf die Terrasse, okay?«

»Mach dir keine Umstände. Ich trinke, was du grad offen hast.« Sie folgte ihm in die Küche und beobachtete ihn, wie er den Kühlschrank öffnete und Eiswürfel aus dem Gefrierfach nahm.

»Dann gibt es Orangensaft. Den habe ich mir heute zum Frühstück gegönnt.« Er drückte ihr ein Glas in die Hand und öffnete die Terrassentür.

»Du wolltest wissen, woher ich die Kohle habe, mir dieses Haus zu leisten«, begann er, als sie sich auf der Loungegarnitur niedergelassen hatten. »Es ist ganz einfach. Das Gebäude dort drüben ist mein Elternhaus. Der Grund gehört uns, früher stand hier ein Schuppen. Meine Eltern haben sich finanziell am Neubau beteiligt, einzige Voraussetzung: Ich soll auf Korfu heimisch werden, ein Auge aufs Haus haben und den Garten in Schuss halten. Keine Kreuzfahrtschiff-Jobs mehr. Und ich habe selbst einiges angespart.«

»Deswegen sieht das alles neu aus.« Jetzt ergab das für Sophie einen Sinn. Sie wusste, dass Loukas' Eltern in der Nähe von Wien ein gut gehendes, griechisches Restaurant betrieben. »Deswegen hast du dich in unserem Hotel beworben.«

Er nickte. »Eingezogen bin ich erst vor einem Monat. Davor habe ich in meinem alten Kinderzimmer gepennt. Und es gefällt mir hier. Ich möchte nirgendwo anders sein.«

»Das kann ich verstehen. Es ist so friedlich und ruhig hier.« Sophie stellte ihr Glas auf dem Tisch ab.

»Es sei denn, die Hunde im Ort spielen verrückt, weil der Hahn mitten in der Nacht kräht. Dann war's das mit der Nachtruhe«, grinste er. »Hast du Hunger?«

»Nein. Um ehrlich zu sein, habe ich heute nicht die Nerven für den Trubel in der Stadt.« Sie ging zum Pool, ließ sich auf dessen Rand nieder und die Beine ins Wasser hängen. »Hätte ich gewusst, dass du ein Schwimmbecken hast, hätte ich einen Bikini mitgenommen.«

Loukas kam zu ihr und setzte sich neben sie. »Hier ist kein Schwein weit und breit. Du kannst in Unterwäsche rein oder dich ausziehen. Ich gehe grundsätzlich nackt ins Wasser. Normalerweise zumindest.«

»Das würde dir so passen«, konterte Sophie und musste lachen, weil er ihr zweideutig zuzwinkerte.

»Gott sei Dank«, raunte er und strahlte sie an. »Du lachst wieder. Wie sieht es aus, nimmst du mein Angebot an?« Seine Miene änderte sich. Verunsichert sah er sie an.

»Ja, Loukas. Ich schätze, hier kann ich Ruhe finden und die Trennung besser verarbeiten als im Hotel.« Sanft legte sie ihre Hand über seine. »Mit deiner Hilfe schaffe ich es.«

»Dann lass uns deine Sachen holen. Während du zusammenpackst, regle ich das mit dem Hotelmanager. Anschließend gehen wir einkaufen und abends werfen wir den Grill an. Wie hört sich das an?«

»Nach einem verdammt guten Plan«, bestätigte sie und zog die Beine aus dem Wasser.

13.

Ein Licht im Dunkel

Zwei Stunden später betrat Sophie erneut Loukas' Häuschen. Diesmal zog er ihren Koffer hinter sich her, während sie die Einkaufstaschen aus dem Supermarkt trug.

»Herzlich willkommen in meinem Heim, Sophie. Fühl' dich wie zu Hause. Du kannst gern deine Sachen auspacken, während ich mich ums Essen kümmere.«

Jetzt stand sie im Schrankzimmer, das genug Platz bot, selbst wenn sie ihre gesamte Garderobe von daheim hier gehabt hätte, und räumte ihre Klamotten ein. Im Auto hatte Loukas sie gefragt, ob sie nicht ihren Flug stornieren wolle, um länger bei ihm bleiben zu können und ihnen eine Chance zu geben. Ihr Verstand akzeptierte noch nicht, dass Flo Schluss gemacht hatte. Nach gestern Nacht hatte sie nicht damit gerechnet, dass er so konsequent sein würde, sondern gedacht, dass sie noch einmal über alles sprachen. Gebracht hätte es wohl nichts, denn sie hätte Loukas aus ihrem Herzen verbannen müssen – und das konnte sie nicht mehr. Viel zu sehr sehnte sie sich danach, dieses 'Was wäre, wenn' von damals zu ergründen. Aber es war ein verflucht hoher Preis, den sie dafür zahlte – und es tat verdammt weh. Das Auspacken des Koffers eignete sich perfekt, über seine Worte nachzudenken. War sie tatsächlich bereit, hierzubleiben und alles hinter sich zu lassen? Neu anzufangen? Wobei: Egal ob sie hierblieb oder zurück nach Wien flog, es begann so oder so ein neuer Lebensabschnitt für sie. Ein Leben ohne Flo an ihrer Seite. Aber vielleicht eines mit Loukas.

Zu Hause hielt sie nichts – eine Wohnung, die sie gemeinsam eingerichtet hatten und wo jedes Staubkorn an die schönen Zeiten mit Flo erinnerte? Liebeskummer, mit dem sie alleine fertigwerden musste? Gut, Doro würde ihr beistehen – zumindest eine Zeit lang. Nachdem sie selbst schuld daran war, würde ihre Freundin zwar Verständnis aufbringen, aber ihr genau diese Tatsache unter die Nase reiben. Zumindest glaubte sie das. Ihr Job? Das kleinste Problem. Sie konnte von überall aus arbeiten. Es sprach rein gar nichts dagegen, hierzubleiben, zumal es ihr beim Gedanken an Flo das Herz aus dem Leib riss. Sie würde es nicht ertragen, ihm daheim über den Weg zu laufen. Vielleicht mochte das jetzt viel zu schnell gehen und wahrscheinlich würden alle sie für verrückt halten. Aber es gab keinen Grund, diesen Weg nicht weiterzugehen und dem tatsächlich eine Chance zu geben. In Österreich zu sitzen, sich nach Loukas zu verzehren und die Gewissheit, Flo so weh getan zu haben – für nichts? Am Ende war es vermutlich besser, diesen Preis zu zahlen. Es würde Zeit brauchen, das war ihr klar. Das Schicksal hatte sie unverhofft auf eine Weggabelung gestellt – es lag an ihr, welche Abzweigung sie nahm. Und momentan endete nur eine davon nicht in einer Sackgasse.

Ihre Entscheidung war gefallen. Mit einem leisen Lächeln auf der einen Seite und einer großen Portion Wehmut auf der anderen, räumte sie das letzte Paar Socken in eine Schublade. Ihre Schmutzwäsche hatte sie zuvor in einen Korb gegeben. Diese würde sie gleich noch in die Maschine werfen und anschließend Loukas bei der Zubereitung des Salats helfen.

Doch als sie in die Küche kam, war das nicht mehr nötig, denn er hatte inzwischen alles vorbereitet. Die gehobelte Gurke tropfte in einem Sieb ab, um sie später zu einem Tsatsiki zu verarbeiten. Der Salat war in einer großen Schüssel, auf einem Küchenbrett lagen frische Kräuter bereit, die für das Dressing vorgesehen waren. Eine Flasche Rotwein stand entkorkt auf dem Tisch, um sein Aroma zu entfalten. Der Song *I was made for lovin' you* von *Kiss* drang an ihr Ohr und zauberte ihr ein Lächeln aufs Gesicht. Diesen Titel hatten sie früher immer vor einem Wettkampf gehört und dabei lauthals mitgesungen. Sophie trat auf die überdachte Terrasse mit dem Essbereich und entdeckte die kleine Bluetooth-Box, aus der die Musik kam. Eine winzige Rauchwolke hing über dem gemauerten Grill, entstanden durch das Anfeuern der Holzkohle. Es war schön hier. Sehr schön sogar. Bestimmt würde sie sich hier wie zu Hause fühlen. Apropos daheim – ob Flo schon angekommen war? Sie widerstand dem Drang, auf ihr Handy zu blicken. Es hatte sie nicht mehr zu interessieren. Zudem glaubte sie nicht, dass er ihr schreiben würde.

Tief sog sie die Luft in ihre Lungen. Mit jedem Atemzug lockerte sich das stählerne Korsett, welches sie davor bewahrte, auseinanderzubrechen, seit Flo die Tür hinter sich geschlossen hatte. Sie brauchte es nicht mehr. Nicht, so lange Loukas hier war und ihr half, die Scherben ihres Lebens aufzusammeln und zu kitten. Es würde ein anderes Muster entstehen. Eines, das sie nicht kannte, wo sich die einzelnen Mosaiksteinchen aus ihrer beider Leben erst zu einem neuen zusammenfügen mussten. So etwas brauchte Zeit. Aber sie war gewillt, dieses Risiko einzugehen, ein neues Puzzle entstehen zu lassen. Eines, in welchem Flo nichts mehr zu suchen hatte.

***

Sophie lehnte sich satt zurück. »Uff, ich kann nicht mehr«, stöhnte sie. »Es war urlecker.«

Loukas tunkte mit einem Stück Weißbrot den Bratensaft von seinem Teller auf. »Das ist die Hauptsache. Noch einen Schluck Wein?«

Sie hielt ihm ihr Glas hin. »Danke, Loukas. Wenn ich dich nicht hätte …«

»Dann würdest du erst gar nicht in diesem Schlamassel stecken«, ergänzte er den Satz mit einer Grimasse und stapelte die leeren Teller aufeinander. »Das ist das Mindeste, was ich für dich tun kann. Hilfst du mir beim Abräumen?«

Sophie stellte das Glas zur Seite und sammelte den Rest ein.

»Ich danke dir.« Er drehte sich schwungvoll zur Terrassentür, dass der Geschirrstapel auf seinem Arm bedenklich wackelte. »Was möchtest du morgen unternehmen? Sissis Domizil? Den Korission-See im Süden? Die Zwillingsbucht? Den Canal d'Amour? Alles an einem Tag ist leider nicht schaffbar.«

Sophie stellte ihre Last auf der Arbeitsplatte ab und öffnete den Geschirrspüler. »Ich habe nicht damit gerechnet, dass du gleich morgen ...«

»Wann denn sonst?«, unterbrach er sie. »Wir haben ja nur noch zwei Tage, an denen ich dir etwas zeigen kann, bevor du zurückfliegst.« Er verstaute den letzten Teller in der Maschine und schloss sie mit einem Hüftschwung. »Spezielle Wünsche, die ich dir erfüllen kann?« Loukas blickte sie neugierig an, die Hände locker vor seinem Bauch verschränkt.

»Ich überlasse es dir, was du mir zeigen willst. Am liebsten alles davon«, meinte sie.

»Du bist lustig. Zwei Tage langen hinten und vorne nicht! Allein für den Süden brauchen wir einen Tag, wenn wir uns sputen. Normalerweise sind zwei Tage okay, um nicht nur die Hauptverbindungsstraße zu sehen.«

»Tja, dann sollte ich wohl meinen Rückflug stornieren.« Sie lächelte, als er ungläubig die Augen aufriss.

»Du bleibst hier? Wirklich?«

Sophie nickte. »Ja, Loukas. Wenn ich schon A sage, muss ich auch B sagen. Ich will nicht nach Hause, sondern bei dir bleiben.«

Mit einem Satz war er bei ihr und zog sie in seine Arme. »Ich habe mir so gewünscht, dass du das sagst,

Sophie.« Loukas hauchte ihr einen Kuss aufs Haar, bevor er sie wieder freigab. »Ich werde alles in meiner Macht Stehende tun, um dich glücklich zu machen. Mir ist bewusst, dass du erst die Trennung verarbeiten musst, bevor du bereit für etwas Neues bist. Aber jetzt haben wir alle Zeit der Welt, Liebes.«

»Dann ist es ja gut«, schmunzelte sie.

***

Erst einige Stunden später ließen sie den Abend ausklingen, indem sie die letzten Tropfen einer Weinflasche leerten. Zuerst hatten sie sich über alte Zeiten unterhalten. Später erzählte Loukas von seinen Jobs auf den Kreuzfahrtschiffen und schilderte seine Eindrücke über die Länder, die er bereist hatte. Sophie konnte ihm stundenlang zuhören und entspannte allmählich in seiner Gegenwart. Die Geräusche der Nacht, der klare Sternenhimmel, und die laue Sommernacht taten ihr Übriges.

»Du bist müde, es wird Zeit, schlafen zu gehen«, bemerkte er, als Sophie innerhalb kürzester Zeit fünfmal gähnte und kaum noch die Augen offenhalten konnte.

»Das stimmt. Mir fehlen ein paar Stunden Schlaf.« Sie wollte nicht darüber nachdenken, weshalb das so war, sonst wäre sie sofort wieder traurig geworden. Und das wollte sie nicht. Nicht nach diesem schönen Abend, der sie von ihrem Schmerz abgelenkt hatte.

Gemeinsam räumten sie die benutzten Gläser in die Küche. Loukas blies die Kerzen aus, die er aufgestellt hatte, und verstaute die Sitzkissen der Garnitur, bis Sophie aus dem Bad kam.

»Süß«, kommentierte er ihr Outfit.

Sophie trug ein riesiges Shirt mit Mickey-Mouse-Aufdruck und lächelte verlegen. »Es ist bequem. Ich bin keine Frau, die hauchdünne Negligés zum Schlafen trägt.«

»Wie schade.« Er zwinkerte ihr zu. »Keine Sorge, Sophie. Ich schlafe auf der Couch.«

»Ich will dich nicht aus deinem Bett vertreiben«, wandte sie ein. »Es ist sowieso schon toll, dass ich bei dir sein kann.«

»Ist das der einzige Grund?« In seinem Blick tanzten zwar kleine Teufelchen, aber Sophie vermutete, dass er damit ausloten wollte, wie viel körperliche Nähe sie zuließ.

»Nein. Loukas, ich ...« Sie biss sich auf die Lippe. Es war schwer, die richtigen Worte zu finden, ohne ihn zu verletzen. »Einerseits habe ich Angst, heute Nacht allein zu sein. Andererseits bin ich noch nicht dazu bereit, mich trotz unserer Gefühle zueinander auf dich einzulassen. Ich hoffe, du verstehst das.«

»Das ist doch kein Problem, Sophie«, versuchte er, sie zu trösten. »Das hätte ich auch nicht von dir erwartet. Wenn du möchtest, halte ich dich in meinen Armen. Wenn du das nicht möchtest, liege ich auf meiner Seite und rühre dich nicht an, sofern es dir dabei besser geht, als allein zu sein.«

»Es reicht schon, wenn du einfach meine Hand hältst«, gestand sie leise.

»Dann haben wir einen Deal, Sophie. Geh ruhig vor, ich komme gleich nach.«

Sein Atem roch nach Pfefferminz, besser gesagt nach Zahnpasta und Mundspülung, als er sich in Slip und Shirt neben sie legte und ihr eine gute Nacht wünschte. »Ich bin froh, dass du bei mir bist«, flüsterte er und nahm ihre Hand.

»Und ich, dass ich hier sein kann.« Sophie schloss die Augen und hoffte, schlafen zu können.

***

Ihre Sorge war unbegründet, sie schlief wie ein Murmeltier. Loukas' Nähe, die eine beruhigende Wirkung auf sie hatte, die körperliche und geistige Erschöpfung, und vielleicht auch die zwei Gläser Wein, hatten ihren Tribut gefordert und sie war binnen kürzester Zeit eingeschlafen. Sie wachte durch seine Stimme am Ohr auf.

»Guten Morgen, mein Engel. Das Frühstück ist fertig.«

»Morgähn. Wie spät ist es denn?«

Die Sonne strahlte durch die geöffneten Fensterläden und malte helle Muster auf den Holzboden.

»Neun Uhr vorbei. Wenn wir heute noch etwas sehen wollen, solltest du langsam aufstehen.« Er lächelte ihr zu. »Ich habe auf der Terrasse gedeckt, da ist es jetzt noch schön schattig.«

»Gib mir ein paar Minuten«, bat sie. »Ich komme gleich raus.«

Sie blickte ihm nach, als er mit federnden Schritten das Zimmer verließ. Sophie streckte sich, dann schälte sie sich aus dem Bett und ging ins Bad. Keine fünf Minuten später betrat sie die Terrasse.

Loukas schenkte Orangensaft in die Gläser. Dieser war frisch gepresst, in der Küche hing das bittersüße Aroma der Frucht in der Luft. »Setz dich und lang zu«, forderte er sie auf. »Wir bekommen erst abends etwas Vernünftiges hinter die Kiemen, auch wenn ich Obst und Sandwiches mitnehmen werde.«

Sophie blickte über die leckeren Sachen, die auf dem Tisch verteilt waren. Angefangen von frischem Gebäck über Marmeladen, Wurst und Käse war alles dabei, was das Herz begehrte. Sogar ein Ei stand auf ihrem Teller.

»Du bist ein Schatz. Danke, Loukas. Das Frühstücksbüfett im Hotel war auch nicht reichlicher.«

Schweigend nahmen sie ihre Mahlzeit ein, aber es war ein harmonisches Schweigen. Irgendwo hörte sie einen Hahn krähen.

»Dieses verdammte Vieh«, knurrte Loukas und verdrehte genervt die Augen. »Wenn ich wüsste, wem der Scheißgockel gehört, gäbe es demnächst Hühnchen zum Essen, das schwör' ich dir. Der Depp hat die halbe Nacht gekräht.« Loukas köpfte mit grimmiger Miene sein Ei, als würde er damit dem Tier den Garaus machen wollen.

»Das liegt in der Natur der Tiere, Loukas. Ich habe nichts gehört.« Sophie biss in ihr Brötchen.

»Kein Wunder, du hast geschlafen wie eine Tote. Ich habe nichts dagegen, wenn sie krähen. Nur bitte nicht ab drei Uhr in der Früh«, machte er seinem Unmut kurzzeitig Luft, strahlte sie aber gleich darauf an. »Wie geht es dir heute, Süße?«

»Gut, glaube ich. Zumindest bin ich nicht mehr so kaputt wie gestern.«

Das Strahlen erreichte seine Augen. »Das freut mich, Sophie. Ich dachte mir, dass wir heute in den Süden fahren und auf dem Weg dahin das Achilleion mitmachen. Außerdem solltest du deine Badesachen mitnehmen, wir suchen uns am Nachmittag eine schöne Bucht. Was hältst du davon?«

»Eine tolle Idee. Ich möchte nur gleich noch meinen Flug stornieren.« Sie trank ihren Kaffee aus. »Kann ich mir dafür deinen Laptop ausleihen?«

»Klar. Tu das, bevor du es vergisst.« Loukas sammelte Butter und Marmelade ein, um sie in den Kühlschrank zu stellen. »Komm mit, ich starte dir den Rechner. Bist du in einer halben Stunde abfahrbereit?«

»Ich glaube schon«, antwortete sie, während sich der Startbildschirm aufbaute. »Danke.«

14.
Ab in den Süden

Sophie genoss den Ausblick, der sich ihr bot. Gestern hatte sie dafür keinen Kopf gehabt. Loukas wohnte nicht am Ende der Welt, sondern am Ortsrand eines kleinen Dörfchens, wo die Straße einspurig und so gerade noch asphaltiert war. Den Ortskern schmückte eine einfache Kirche, ein winziger Supermarkt, vor dessen Eingang sich Kisten mit frischem Obst und Gemüse stapelten, und ein Dorfbrunnen, der von üppig blühenden Oleanderstauden umgeben war. Sogar hier war die Straße so eng, dass kaum zwei Autos aneinander vorbei passten.

»Wenn da ein LKW steht, hast du die Arschkarte gezogen«, meinte Loukas und bremste, da ein Hund gemächlich über den Asphalt trottete. »Aber das ist die kürzeste Verbindung zur Hauptstraße Richtung Westen.«

»Gestern sind wir da aber nicht lang gekommen?«

»Nein. Von Kerkyra aus gibt es einen schnelleren Weg. Nur wollte ich dir heute eine andere Route zeigen. Wir fahren um den Ort herum.«

Sophie verlor bald die Orientierung. Sie folgten der Hauptstraße nur kurz, bevor Loukas in einer größeren Ortschaft abbog, kurvige, kleine Gässchen bergauf fuhr, und schließlich seinen Wagen parkte. »Erster Halt, Sissis Villa. Möchtest du nur ein bisschen durch den Park wandern oder eine Führung mitmachen?«

Sophies Augen bekamen einen sehnsüchtigen Glanz. »Eine Führung wäre super!«

Sie hatten Pech. Der Zugang war versperrt, das Bauwerk wurde gerade von Grund auf renoviert und nicht einmal die Grünanlage war für Besucher freigegeben. Sophie versuchte, sich ihre Enttäuschung nicht anmerken zu lassen.

»Schade. Zum Glück hat Flo sich geweigert, herzufahren. Ich möchte nicht wissen, wie angepisst er gewesen wäre.«

»Das kann sein«, antwortete Loukas. »Wir können ein Stück die Straße lang. Da siehst du ein bisschen was vom Park.«

Er bot ihr seinen Arm, den sie gern annahm. Sophie staunte, als sie einen Blick auf die meterhohen Zypressen warf, welche Sissis Park begrenzten. Am Ende des Grundstücks konnte sie zwar durch den Zaun einen Blick auf die Größe der Anlage werfen, aber kaum was davon sehen. Dafür war der Ausblick aufs Meer atemberaubend. »Kein Wunder, dass Kaiserin Sissi da gebaut hat. Diese Aussicht zu haben ...«

Loukas fiel ihr ins Wort. »... ist ziemlich dekadent, wenn du mich fragst. Tut mir leid, Sophie, dass das grad ein Reinfall ist.«

»Macht doch nichts.« Sie wandte sich zu ihm und blickte ihn an. »Wohin geht es als Nächstes?«

»Wir nehmen eine Bergstraße, dabei kommen wir durch Orte, die noch ursprünglich sind. Und wenn ich mich nicht verfahre, sollten wir am oberen Ende des Korission-Sees auf die Hauptstraße treffen.«

Der Weg war in Sophies Augen sehr abenteuerlich. Straßen, die das wahre, ursprüngliche Griechenland zeigten: Haarnadelkurven und mit Schlaglöchern versetzter Asphalt, dazu so eng, dass für ihr Auto gerade noch so Platz war. Sophie hoffte die ganze Zeit, dass sie keinen Gegenverkehr bekämen, was sich natürlich nicht vermeiden ließ. Ein Pick-up, der ihnen entgegenkam, setzte ein Stück zurück, um auszuweichen. Sie konnte sich lebhaft vorstellen, was Flo dazu gesagt hätte.

»Wow, ich hätte nicht gedacht, dass wir aneinander vorbeikommen.« Sophies Hände waren schweißnass vor Aufregung.

Loukas grinste. »Man gewöhnt sich dran. Ich gebe zu, anfangs war es für mich auch schwierig. In Wien kenne ich höchstens die Einbahnstraßen in der Stadtmitte, die so eng sind. Grundsätzlich weicht derjenige aus, der es einfacher hat. Natürlich gibt es Ausnahmen, die meinen, nur weil sie das größere Auto haben, kannst du den Steilhang hinunterrollen. Oft sind das Touristen, die von der Hauptstraße abweichen und hinterher die Hosen voll haben.«

Obwohl Loukas zügig, wenngleich vorsichtig fuhr, brauchten sie fast eine Stunde, bis sie auf die Hauptstraße trafen. Er musste öfter rechts ranfahren, weil Sophie ein Foto schießen wollte.

»Ich hätte nie gedacht, dass Korfu so bergig ist. Aber es ist ...«, sie suchte nach Worten, die ihrem Eindruck gerecht wurden. Da sie keine fand, nahm sie die naheliegende Lösung: »Einfach toll. Urig.« Schade, dass Flo so wenig von dieser traumhaften Insel hatte sehen wollen. Sophie schluckte hart, als sie an ihn dachte.

»Ja, hier oben schon. Kaum kommst du Richtung Meer, hat der Tourismus den Ortschaften seinen Stempel aufgedrückt.«

Die letzten Kilometer vergingen rasch, auf der breiten Straße kamen sie viel schneller voran.

»Das meinte ich, Sophie. Hier siehst du zwar auch was, aber es ist lange nicht so schön wie die Route, die ich gefahren bin. Guck mal, rechts ist der See zu erkennen.«

»Kannst du bitte noch einmal anhalten?«

Er verdrehte in gespielter Verzweiflung die Augen. »Wenn du überall stehen bleiben willst, wo es einen schönen Ausblick gibt, wären wir besser mit dem Rad gefahren«, witzelte er. »So brauchen wir nicht nur zwei, sondern eher drei Tage, bis wir den Süden durchhaben.«

Sie fuhren die Hauptstraße bis zum sprichwörtlichen Ende. Am Hafen von Kavos parkte Loukas.

»Hier ist die Insel zu Ende«, erklärte er überflüssigerweise. »Es geht zwar noch ein klitzekleines Stück weiter in den Süden, aber da ist die Straße den Namen nicht wert. Breiterer Wanderweg träfe es besser.«

Sophie blickte auf die riesige Fähre an der Anlegestelle und dann ins Wasser. »Sogar hier ist das Meer so sauber, dass man die Fische auf dem Grund sehen kann«, staunte sie. »So etwas habe ich noch nie in einem Hafen gesehen.«

Sie wanderten ein Stück am Kai entlang. Die Luft stand vor Hitze und Sophie lief der Schweiß über den Rücken. Eine leichte Brise von der Meerseite brachte kurzzeitig etwas Abkühlung.

»Tut das gut«, seufzte sie wohlig auf und breitete die Arme aus, als wolle sie den Wind umarmen.

»Viel gibt es hier nicht zu sehen. Abends steppt hier allerdings der Bär, Kavos ist ein Partyhotspot. Ich würde gern über Lefkimi zu den Salzseen in Alikes fahren. Mit etwas Glück sehen wir Flamingos. Dort essen wir unsere Sandwiches und danach geht's weiter an einen Strand und wir genießen die Sonne.« Er blieb stehen. »Es liegt bei dir, ob du noch weiter in den Ort rein möchtest.«

Sophie machte auf dem Absatz kehrt und grinste ihn an. »Je eher wir ins Meer kommen, umso besser bei den Temperaturen.«

»Dein Wunsch ist mir Befehl, Süße.«

***

Natürlich war weit und breit kein Flamingo zu sehen. Dennoch waren die Salzseen faszinierend. Sophie entdeckte einen kleinen Krebs, der im seichten Wasser krabbelte. Nachdem sie ihre Brote gegessen hatten, schlug Loukas den Weg Richtung Westen ein.

»Agios Gordis«, erklärte Loukas, während er langsam die Straße am Strand entlang fuhr, »ist meines Erachtens einer der schönsten Sandstrände, die mit dem Auto leicht zu erreichen sind. Überhaupt finde ich die

Strände im Westen tausendmal schöner als die im Osten oder im Norden.«

»Wieso fährst du daran vorbei?«, erkundigte sich Sophie und schielte sehnsüchtig aufs Meer. Am Strand war viel los, soweit sie das beurteilen konnte.

Loukas grinste. »Weil es weiter vorne einen kleinen Strandabschnitt gibt, wo keine Hotels in der Nähe sind. Somit dürfte dort weniger los sein.«

Er hatte recht. Ein betonierter, schmaler Weg führte zu einer winzigen Bucht, die weit weniger bevölkert war. Sie suchten sich einen Platz und legten ihre Handtücher ab. Sophie schlüpfte aus ihren Klamotten und ging zum Wasser. Den Bikini hatte sie bereits drunter angezogen.

»Ist das schön hier!« Der Sand war goldgelb, das Meer türkisgrün und glasklar. Sophie überfiel leichte Wehmut und wünschte, Flo hätte das sehen können. Ihr Brustkorb zog sich schmerzhaft zusammen. Es ging ihr heute zwar besser, trotzdem musste sie oft an ihn denken. Wieder einmal überrollte sie eine Welle der Trauer, ohne dass sie es verhindern konnte. Tat sie wirklich das Richtige?

Als hätte Loukas ihre Gedanken gelesen, griff er nach ihrer Hand und zog sie in eine Umarmung, wobei er sein Kinn auf ihren Kopf legte.

»Sei nicht traurig, Sophie. Ich weiß, es ist hart im Moment. Glaube mir, es wird mit jedem Tag ein bisschen einfacher.«

Sophie holte tief Luft und schloss die Augen. Loukas roch umwerfend gut. In ihrem Magen begannen die

Schmetterlinge leise zu flattern und vertrieben die Nie-
dergeschlagenheit. Hatte sie sich nicht genau das gewünscht?

»Hoffentlich«, murmelte sie und schnupperte an seinem Hals. »Halt mich fest, Loukas. Halt mich einfach
fest.«

Zärtlich strich er über ihren Rücken, bis sie sich von
ihm löste. »Danke.«

»Ich wünschte, ich könnte dir deinen Kummer abneh-
men«, sagte er leise. Dann beugte er sich zu ihr und
hauchte ihr einen sanften Kuss auf den Mund. »Aber
wenn ich nicht bald ins Wasser komme, schmelze ich«,
grinste er und lief los. Dabei drehte er den Kopf und
fragte: »Kommst du?«

Mit wenigen Schritten holte sie ihn ein. »Es ist herrlich«, meinte sie und schob alle Gedanken an Flo beiseite. Was wollte sie mehr? Sie hatte die Liebe ihres Lebens neben sich, die Sonne strahlte vom Himmel und
das Meer war angenehm erfrischend. Sie sollte den Tag
genießen, nicht Trübsal blasen.

Loukas legte die Hände zu einem V und schob eine
Welle in ihre Richtung. Sie schrie leise auf und
schnappte nach Luft, als diese auf ihren Bauchnabel
traf. Auf ihrer aufgeheizten Haut fühlte sich das Wasser kälter an, als es war. Er lachte. »Die imaginäre
Bauchnabelgrenze hast du erreicht. Jetzt kannst du
ganz rein.« Loukas ging in die Hocke, sodass er bis zu
den Schultern im Meer war.

Sophie sprang nach vorn und warf sich ins kühle
Nass. Sie schwamm einige Meter hinaus, dann drehte

sie sich auf den Rücken und ließ sich auf der Oberfläche treiben. Sie erlaubte sich, diesen Moment zu genießen. Es fühlte sich einfach zu gut an.

Gegen sechzehn Uhr packten sie ihr Zeug zusammen und machten sich auf den Rückweg.

»Heute fahren wir in die Stadt zum Essen«, verkündete Loukas. »Ich zeige dir eines meiner Lieblingslokale.«

Sophie hatte nichts dagegen, denn als sie ankamen, knurrte ihr Magen rekordverdächtig.

***

Er sah fantastisch aus. Loukas trug knielange Jeans, Sneakers und ein hautenges T-Shirt, welches das Grau seiner Augen und seine athletische Figur betonte. Er hatte im Bad beinahe länger gebraucht als Sophie und sich nicht nur rasiert, sondern auch seine Haare mit Wachs in Form gebracht. So wie er aussah, hätte er jedem Model Konkurrenz machen können, und mit seinem Gesicht das Titelbild eines Hochglanzmagazins verschönert. Sophie konnte ihren Blick kaum von ihm wenden, noch dazu verströmte er einen sportlich-frischen Duft, der jede Frau schwach werden lassen musste. Auf jeden Fall ließ er ihr Herz höherschlagen.

Anscheinend gefiel auch ihm, was er sah, denn Loukas pfiff anerkennend durch die Zähne.

Ihre Haare glänzten, nachdem sie sie nach dem Tag am Strand vom Meerwasser befreit hatte. Sie hatte sich für ein schmal geschnittenes Minikleid mit Spaghettiträgern entschieden, ihre Füße steckten in hochhackigen Riemchensandaletten.

»Du siehst super aus«, machte Loukas ihr ein Kompliment und zeigte auf ihr Schuhwerk. »Wenn ich dir einen Rat geben darf: Zieh flache Schuhe an. Wir müssen ein Stück durch die Stadt laufen.«

»Das macht nichts«, entgegnete sie und griff nach ihrer Handtasche. »Ich weiß, High Heels sind nicht ideal für Kopfsteinpflaster, aber es wird mich nicht umbringen.«

»Wenn du meinst.« Loukas zog zweifelnd die Brauen in die Höhe. »Dann los.«

Etwa fünfundvierzig Minuten später nahmen sie im Gastgarten des Lokals Platz. Es lag in der Nähe des alten Hafens in einer kleinen Seitengasse der Altstadt und war laut Loukas ein absoluter Geheimtipp. So geheim konnte der Tipp nicht sein, denn sie hatten gerade noch einen Tisch ergattert, und es standen noch Leute Schlange, die warten mussten. Die nächste Überraschung bot die Speisekarte, die im Prinzip aus den ersten beiden Seiten eines Bestellblocks bestand. Loukas lachte, als er Sophies Gesicht sah.

»Hier musst du aufschreiben, was du essen magst.« Er zeigte auf den Kugelschreiber, der daneben lag.

»Aha«, machte Sophie. »Und was empfiehlst du?«

»Das ist das Schöne hier, Süße. Es gibt keine Hauptgerichte, wie du sie kennst. Du suchst dir verschiedene Speisen aus und kannst dadurch von mehreren Sachen kosten.«

»Wie soll ich das verstehen?«, fragte sie irritiert. »Hackfleischbällchen zähle ich jetzt schon zu den Hauptspeisen.«

»Stimmt. Aber es sind kleine Portionen.«

Zuletzt hatten sie auf ihrem Zettel zwei Corfu Red Ale stehen, Shrimps Saganaki, gebackenen Feta mit Honig und Sesam, einen spicy Käseaufstrich und noch diverse Hauptgerichte. Sophie warf einen skeptischen Blick auf ihre Liste.

»Ist das nicht zu viel?«

»Vertrau mir, das schaffen wir.« Er zwinkerte ihr zu und drückte dem Kellner ihre Bestellung in die Hand. Zwei Minuten später stand das Bier auf dem Tisch, dazu ein Schälchen Olivenöl und kleine, knusprige Brotstücke, die wie Zwieback aussahen.

Sophie beträufelte ein Stück davon mit dem Öl und schob es sich in den Mund. Loukas beobachtete sie lächelnd.

»Schmeckt's?«

»Und wie«, bestätigte sie, als sie geschluckt hatte. »Was machen wir morgen?«

»Den Teil im Süden, den wir heute nicht gesehen haben«, informierte Loukas und griff zu seinem Bier. »Prost, mein Engel.«

Die Flaschen klirrten leise, als sie anstießen. Das Bier erinnerte Sophie an Flo, aber sie schob den Gedanken augenblicklich beiseite.

Kurze Zeit später wurden ihre Speisen gleich von zwei Kellnern aufgetischt. Die Portionen waren, wie von Loukas angekündigt, überschaubar, und wurden in verschiedenfarbigen Keramikschalen serviert, was sehr appetitlich und dekorativ aussah. Es gab kaum noch ein freies Fleckchen auf dem Tisch.

»Das ist eine großartige Idee«, fand Sophie und gab sich zwei der Hackfleischbällchen auf ihren Teller, dazu einen Löffel Tsatsiki.

Loukas schnitt den Käse in zwei gleichgroße Hälften und nahm sich seinen Anteil. »Genau deswegen sind hier so viele Leute. Zudem schmeckt es hervorragend.«

Sophie schloss verzückt die Augen, als sie vom gebackenen Feta mit Honig und Sesam probierte. »Es ist irre gut. Hier können wir gern öfter essen, wenn es nicht zu teuer ist.«

Am Ende war sie pappsatt und vom Rechnungsbetrag überrascht. »Keine vierzig Euro? Ich hätte mehr geschätzt.«

Als sie den Tisch verließen, griff Loukas nach ihrer Hand. »Da ist der Verdauungsspaziergang zum Auto höchst willkommen, oder?«

Sie nickte. »Absolut. Aber das nächste Mal beherzige ich deinen Rat und ziehe flache Schuhe an.«

Loukas' Lachen übertönte das Gekreische der Vögel. Hand in Hand tauchten sie in den nächtlichen Trubel der Altstadt ein und schlenderten gemächlich durch die schmalen Gassen zurück zum Parkplatz.

»Es war ein wunderschöner Tag. Danke, Loukas.«

Er drückte ihre Hand, bevor er mit der Fernbedienung die Türen seines Hyundais entriegelte. »Gerne, Süße. Ich verspreche dir: Sofern es in meiner Macht steht, werden noch viele solche folgen.«

15.

Es geht bergauf

Am nächsten Tag erkundeten sie die Westküste Korfus Richtung Süden. Bei der Hinfahrt kamen sie durch Badeorte, aber auch durch winzige Dörfer, die vom Tourismus verschont geblieben waren. Loukas vermied bewusst die Hauptstraße, um Sophie möglichst viel von der wundervollen Landschaft zeigen zu können. Bei der byzantinischen Festung von Gardiki machte er Halt.

»Die Burg ist aus dem dreizehnten Jahrhundert und die einzige erhaltene mittelalterliche Festung im südlichen Teil der Insel, auch wenn sie einer Ruine gleicht, und von den ehemals acht Türmen kaum etwas erhalten ist«, klärte Loukas sie auf, während sie innerhalb der Anlage herumspazierten.

»Es ist riesig.«

Sophie machte Fotos mit ihrem Handy, bevor sie ihre Tour fortsetzten, die am Korission-See endete, den sie tags zuvor nur von oben gesehen hatten. Händchen haltend wanderten sie ein gutes Stück den schmalen Streifen Strand entlang, welcher das Meer von der Lagune trennte. Sophie hatte zuvor Wikipedia aufgerufen und wusste, dass der See etwa fünf Kilometer lang war und unter Naturschutz stand. Wieder einmal bedauerte sie, dass Flo nichts davon gesehen hatte. Sie beobachteten Vögel, freuten sich an den vielen verschiedenen Blumen, die hier wuchsen, und auf dessen Blüten sich Schmetterlinge tummelten. Das Rauschen der Wellen und der Gesang der Vögel entschleunigten Sophie und sie merkte, wie ihr Kummer, der noch immer wie ein Ziegelstein in ihrem Magen lag, ein kleines bisschen leichter wurde. Dennoch konnte sie sich noch nicht überwinden, mehr als eine Umarmung oder Händchen halten zuzulassen, obwohl sie gestern in Loukas' Armen eingeschlafen war. Die Trennung war einfach noch zu frisch, auch wenn sich an ihren Gefühlen zu Loukas nichts geändert hatte. Er war ihr Wirbelwind, der die dunklen Wolken vertrieb. Sicher würde auch bald wieder die Sonne in ihr scheinen. Unwillkürlich löste sich eine Träne aus ihrem Augenwinkel, die sie hastig mit dem Handrücken wegwischte.

»Was ist los, mein Engel?« Loukas hatte die Bewegung offensichtlich bemerkt.

»Nichts«, antwortete sie mit fester Stimme und lächelte ihn an. »Mir ist was ins Auge geflogen.« Sie wollte nicht, dass er merkte, wie traurig sie war.

Langsam kehrten sie zum Auto zurück und machten sich auf den Heimweg. Loukas wählte eine andere Route als auf der Hinfahrt.

»Jetzt hast du den südlichen Teil der Insel gesehen«, meinte Loukas, als er den Wagen in der Einfahrt parkte. »Außer das Radar auf dem Berg, aber das muss man sich nicht unbedingt geben.«

Heute waren sie um einiges später daheim als gestern.

»Lust auf Spaghetti?«, fragte er, als sie das Haus betraten. »Wir können auch essen gehen, aber das wird ein bisschen zu spät, oder?«

Sophie blickte auf die Uhr. »Du hast recht. Ich möchte unter die Dusche, so verschwitzt wie ich bin. Spaghetti sind okay. Außerdem wollte ich heute noch Doro anrufen.«

Loukas öffnete den Kühlschrank und holte eine Flasche Mineralwasser heraus, welches er in zwei Gläser goss. »Ihr seid noch immer befreundet?«

»Ja. Ich finde, sie soll nicht durch Flo von der Trennung erfahren.« Dankbar nahm sie das Getränk entgegen und leerte es auf einen Zug.

»Weißt du was? Ich mache mich schnell frisch und kümmere mich ums Essen. Dabei hast du genügend Zeit, zu telefonieren. Grüß sie von mir.«

***

Sophie schenkte sich ein weiteres Glas Wasser ein und nahm es mit auf die überdachte Terrasse. Für einen Moment starrte sie ihr Smartphone an, als handelte es sich um eine Kiste voller Vogelspinnen. Schließlich seufzte sie und rief Doro an, die nach wenigen Klingeltönen abhob.

»Hi, Bella!«, nahm ihre Freundin den Anruf entgegen. Sie hörte sich überrascht an. »Ich dachte, ihr kommt erst morgen zurück? Oder habe ich mir das falsch notiert? Erzähl, wie war's?«

»Hallo, Doro. Nein, du hast recht, ich bin noch auf Korfu. Störe ich dich?« Ihre Handflächen waren nass vor Aufregung.

»Nö.« Sophie hörte, wie sich ihre Freundin eine Zigarette anzündete. »Wollte mich eben auf den Balkon setzen und lesen. Was gibt's? Ist etwas passiert, weil du mitten im Urlaub anrufst?«

»So kann man es durchaus nennen«, bestätigte Sophie deren Vorahnung. »Sitzt du gut?«

»Jetzt schon«, antwortete Doro trocken. »Mach's nicht so spannend!«

»Wir haben uns getrennt«, ließ Sophie die Bombe platzen.

»Ihr habt ... WAS?« Doros Stimme überschlug sich und Sophie hielt den Hörer für eine Sekunde von ihrem Ohr weg. »Das musst du mir genauer erklären, fürchte ich«, setzte sie etwas ruhiger nach. »Ich weiß zwar, dass du nicht mehr ganz so happy mit Flo warst, aber damit habe ich jetzt nicht gerechnet.«

Also begann Sophie zu erzählen, was sich in den letzten Tagen ereignet hatte, und Doro unterbrach sie kein einziges Mal. Dabei konnte sie sich vorstellen, wie die Augen ihrer Freundin immer größer wurden.

»Das ist ... echt jetzt?« Doros Ton schwankte zwischen ungläubig und schockiert. »Um das noch mal kurz für mich auf die Reihe zu kriegen: Du hast Loukas – also deinen süßen und umwerfenden Loukas vom Tennisplatz – auf der Insel wiedergetroffen, eure Gefühle sind aufs Neue entflammt, und Flo hat das mitbekommen und Schluss gemacht?«

»Richtig. Ich wollte, dass du es von mir erfährst und nicht von Flo. Er ist vorgestern nach Hause geflogen.«

»Jesus. Ich weiß gar nicht, was ich sagen soll. Ich bin grad völlig durch den Wind. Wie geht es dir? Und Flo?«

»Flo wahrscheinlich schlechter als mir«, vermutete Sophie. »Aber mir setzt das trotzdem ganz schön zu.«

»Das glaube ich dir gern, Bella. Ich brauch' dir ja nicht zu sagen, dass es ganz schön dämlich ist, einen Kerl wie Flo sausen zu lassen?«

Sophie schossen die Tränen in die Augen. »Nein«, antwortete sie erstickt.

»Bist du dir sicher, dass du das Richtige tust?«

»Nicht wirklich. Aber ich kann Flo nicht mehr in die Augen sehen. Es stimmt schon, im Groben und Ganzen hat ja alles gepasst – aber es war nicht mehr genug. Das ist mir durch Loukas bewusst geworden. Und ich kann die Gefühle zu ihm nicht mehr einfach wegschieben. Es ist wie früher.«

Doro seufzte. »Es ist nicht so, als würde ich dich nicht verstehen können«, fügte sie versöhnlich hinzu. »Ich kann mich noch zu gut erinnern, wie verrückt du nach Loukas warst, und wenn du mich fragst, ging es ihm auch so. Die Funken sind nur so zwischen euch geflogen, das hat jeder bemerkt, der Augen im Kopf hatte.« Sie machte eine kleine Pause. »Außer Lucy. Die nicht. Entweder war sie zu dämlich, oder sie wollte es nicht sehen.« Wieder schwieg sie einen Moment, als suchte sie nach Worten. »Wenn das mit voller Wucht zurückkam, ist es ein Wunder, dass ihr keinen Waldbrand entfacht habt«, kicherte sie.

Sophie fiel erleichtert mit ein. »Das stimmt allerdings.«

»Und wie geht es jetzt weiter? Seid ihr zusammen?«

Das Interesse ihrer Freundin tat gut. Sie hatte doch gewusst, dass sie sich auf diese verlassen konnte und nicht gleich von ihr zum Teufel geschickt wurde. »Nein. Irgendwas sperrt sich noch in mir. Aber das ist wohl nur eine Frage der Zeit, bis ich diese Gefühle zulassen kann. Deswegen habe ich meinen Rückflug storniert.« Sophie schlug die Beine übereinander.

»Wirklich? Ganz schön mutig von dir«, kam es aus dem Telefon.

Langsam fiel die Spannung von Sophie ab. »Ich bleibe hier, Doro. Ich möchte dem eine Chance geben. Keine Ahnung, ob das richtig ist, aber ich will es versuchen. Sonst mache ich mir wohl ewig Vorwürfe.«

»Uff. Auf den Schock brauch ich heute ein Glas Wein, schätze ich. Das muss ich erst verdauen. Ihr wart so ein tolles Paar.«

Sophie konnte beinahe sehen, wie ihre beste Freundin mit den Beinen auf dem Geländer auf ihrem Balkon saß, sich die nächste Zigarette aus dem Etui holte, und dabei unentwegt den Kopf schüttelte.

»Sag, wenn ich dir helfen kann«, bot Doro an und wechselte das Thema. »Und jetzt erzähl mir, wie es auf Korfu ist. Hat Loukas dir etwas von der Insel gezeigt?«

Sophie merkte, wie eine weitere Last von ihren Schultern fiel, und erzählte mit Enthusiasmus von ihren Ausflügen.

»Das hört sich toll an«, fand Doro. »Ich beneide dich ein wenig. Vielleicht besuche ich euch ja mal.«

»Das wäre echt cool. Aber lass erst etwas Ruhe einkehren.«

Loukas ging an ihr vorbei zum Pool und hauchte ihr einen Luftkuss zu, sein Duschtuch um die Hüfte geschlungen.

»Ich muss Schluss machen, Doro. Wir telefonieren wieder«, beendete sie das Gespräch.

Sophie legte das Handy auf den Tisch und folgte ihm. Sie wollte einfach nur die Beine ins Wasser hängenlassen und ihm nahe sein. Als sie ums Eck kam und einen Blick auf ihn werfen konnte, stockte ihr der Atem. Loukas zog splitterfasernackt seine Bahnen. Sein schneeweißer, knackiger Hintern hob sich deutlich von seiner sonnengebräunten Haut ab. Ihr wurden die Knie weich. Der Impuls, sich unbemerkt zurückzuziehen und so zu tun, als hätte sie ihn nicht gesehen, stritt sich mit dem Wunsch, ihn weiter zu betrachten. Stocksteif stand sie da und war zu keiner Entscheidung fähig. Das Herz klopfte ihr bis zum Hals und sein Anblick ließ ihre Brustwarzen hart werden. Dieses süße Kribbeln trieb ihren Puls weiter in die Höhe. Stünde Flos Schatten nicht zwischen ihnen, hätte sie ihn wohl aus dem Wasser gezogen und ihn an Ort und Stelle vernascht. Aber der Gedanke an ihren Ex-Freund kühlte ihr erhitztes Gemüt ebenso schnell wieder ab. Es fühlte sich falsch an, diesem Verlangen schon nachzugeben.

Leise drehte sie sich um und ging ins Bad. Wann würde das schlechte Gewissen nachlassen? Andererseits waren erst zwei Tage vergangen – und damit war es definitiv zu früh, sich Loukas hinzugeben.

***

»Na, was erzählt Doro?«, erkundigte sich Loukas, als er die Spaghetti auf den Tellern verteilte.

»Nicht viel, sie war überrascht und schockiert.« Sophie gab sich einen ordentlichen Löffel geriebenen Parmesan über ihre Tomatensoße, welche Loukas frisch zubereitet hatte, und wickelte die ersten Nudeln auf ihre Gabel.

»Das wundert mich nicht. Mit dieser Reaktion wirst du wahrscheinlich noch ein paar Mal konfrontiert werden«, prophezeite Loukas. »Wann sagst du es deinen Eltern?«

Sophie schluckte ihren Bissen hinunter und seufzte. »Nachdem morgen unser Rückflug wäre, muss ich da in den sauren Apfel beißen.«

Loukas nickte. »Morgen fahren wir in den Nordwesten. Da gibt es ein paar schöne Strände, das wird nicht so stressig wie heute.«

»Wir können gern einen Tag Pause machen«, schlug sie vor. »Und bitte sag mir, was du an Geld bekommst.«

Er legte sein Besteck zur Seite und sah sie fragend an. »Wofür?«

»Na ja, immerhin wohne ich ja jetzt hier. Und der Sprit ist im Gegensatz zu Österreich auf der Insel sauteuer.«

Loukas lachte, und seine grauen Augen funkelten. »Lass es, Sophie. Wenn ich mir das nicht mehr leisten kann, ist eh alles zu spät. Wenn du unbedingt darauf bestehst, teilen wir uns die Kosten für die Einkäufe der Lebensmittel.«

»In Ordnung.« Damit war sie einverstanden.

»Wenn du nun hier wohnst, solltest du einen Nachsendeantrag bei der Post stellen«, schlug Loukas vor.

»Du willst sicher nicht, dass der Briefkasten in Wien übergeht. Außerdem wäre es fair, Florian Bescheid zu geben, dass du hierbleibst.«

Sie nickte. Daran hatte sie nicht gedacht. Aber das würde auch morgen noch reichen. So schnell hatte er sicher noch keine neue Wohnung gefunden. Dafür fiel ihr etwas anderes ein: »Und ich muss mir einen Laptop zulegen. Meiner ist daheim, ohne kann ich nicht arbeiten.«

»Du kannst meinen verwenden. Ich brauche ihn kaum.«

Sophie atmete erleichtert auf – eine Sorge weniger.

Nach dem Essen spielten sie Backgammon und tranken einen Ouzo auf Eis, später kuschelten sie sich auf dem Sofa zusammen und schauten einen Film an. Loukas hielt sie in seinen Armen. Es fühlte sich gut an, stellte sie fest. Auch das war mit Flo nur noch selten vorgekommen, und wenn, dann war er innerhalb weniger Minuten eingeschlafen und hatte vom Film nichts mitbekommen. Wieso dachte sie schon wieder an ihn? Sophie verkniff es sich, zu seufzen. Sie war sich bewusst, dass das noch öfter vorkommen würde.

Auch im Bett zog Loukas sie in seine Arme, bedeckte ihre Schulter mit kleinen Küssen, und wünschte ihr süße Träume. Sophie war froh, dass er sie nicht drängte, obwohl sie spürte, wie sehr er sie begehrte. Seine Hände auf ihrem Bauch, die sanft um ihren Nabel kreisten, weckten den Wunsch nach mehr, aber sie konnte noch nicht. Es war so, wie sie zu Doro gesagt hatte: Etwas sperrte sich in ihr. Als hätte ein Teil von ihr noch nicht begriffen, dass sie Flo nicht mehr untreu wurde, wenn sie es zuließe.

16.

Urlaubsfeeling mit Wermutstropfen

Tags drauf fuhren sie auf der Schnellstraße Richtung Paleokastritsa, bogen jedoch davor ab nach Lakones, einem kleinen Bergdorf oberhalb des Badeortes.

»Schon wieder Berge«, schmunzelte Sophie und genoss den Ausblick.

»Wir parken vorm Ort und spazieren durch. Das Panorama gibt es sonst nirgends.«

Der Blick war einmalig schön. Das Gebiet um Paleokastritsa bestand aus zwei Halbinseln und fünf Buchten.

»Es ist traumhaft«, bestätigte Sophie.

Sie konnte sich kaum sattsehen an dem malerischen Ausblick, auch das Dorf war sehenswert. In der Mitte war eine Reihe blauer Briefkästen montiert, die von einem rot blühenden Hibiskus überwuchert wurden. Das sah so kitschig aus, dass es schon wieder schön war. Am Ende der Ortschaft befand sich ein Restaurant, vor dem ein Reisebus parkte. Sophie konnte sich nicht vorstellen, dass zwischen den Häusern überhaupt ein Bus durchpasste, wurde aber gleich darauf eines Besseren belehrt. Mit offenem Mund beobachtete sie, wie der Fahrer das Vehikel zwischen den Engstellen hindurch manövrierte. Zwischen Spiegel und Hausmauer hätte keine Briefmarke mehr gepasst.

Loukas grinste. »Heftig, oder? Komm, lass uns zurückgehen. Wir haben noch ein bisschen was vor uns.«

Sie kamen am Angelokastro vorbei, welches sie nur aus der Ferne betrachteten. Sophie hatte bei der Hitze keine Lust auf eine Wanderung, noch dazu bis zur Burg den Berg hinauf.

»Kein Problem, Süße. Nachdem du jetzt hierbleibst, können wir das ein andermal in Angriff nehmen«, meinte Loukas. »Dann weiter zum Agios Georgios Beach.«

Die Bucht sah von oben atemberaubend aus, und Sophie bat Loukas, kurz anzuhalten, um ein Foto zu schießen. An der Strandpromenade angekommen, suchte er einen schattigen Parkplatz.

»Zeit für einen Frappé«, beschloss Loukas und steuerte auf ein Café zu, wo sie sich das eiskalte Getränk schmecken ließen.

»Genau jetzt würde mein Rückflug gehen«, sinnierte Sophie und nippte an ihrem Eiskaffee.

»Bereust du es?«

Sie überlegte eine Sekunde. »Nein. Aber ich weiß noch immer nicht, ob ich die richtige Entscheidung getroffen habe.«

Loukas griff nach ihrer Hand und drückte diese. »Geduld, mein Engel. Du brauchst Zeit, um darüber hinwegzukommen. Und davon hast du hier genug.«

Sie nickte. Zu Hause würde sie wohl noch mehr grübeln.

»Ich dachte mir, dass wir vielleicht mal eine Partie Tennis spielen könnten, wenn du magst.«

Sophies Gesicht erhellte sich. »Eine gute Idee. Aber hab Nachsicht mit mir, ich habe wirklich ewig nicht mehr gespielt.«

»Ich auch nicht«, schmunzelte er und leerte sein Getränk.

Nach einer halben Stunde brachen sie wieder auf. Erneut ging es bergauf, zum Bergdorf Afionas.

»Von hier könnten wir zur Zwillingsbucht, Porto Timoni, wandern. Der Fußmarsch dauert etwa eine halbe Stunde«, klärte Loukas Sophie auf. »Ich überlasse es dir, ob du da ins Meer magst oder ob wir weiterfahren. Porto Timoni ist einer der berühmtesten Strände Korfus.«

»Und wahrscheinlich hoffnungslos überlaufen, obwohl er nicht so leicht erreichbar ist«, mutmaßte Sophie.

»Das kann sein.«

Sie schüttelte den Kopf. »Dann nicht. Bitte fahr weiter.«

Loukas hielt am Strand von Porto Arillas, wo sie sich im Sand einen Platz zwischen den anderen Badenden suchten.

»Das tut gut«, stellte Loukas fest und streckte sich auf seinem Handtuch aus, nachdem sie sich im Wasser abgekühlt hatten.

Sophie saß mit angewinkelten Knien auf ihrer Unterlage und blickte auf die Wellen, die sanft auf dem Sand ausrollten. Eine leichte Brise trug den salzigen Geruch der See mit sich. In der Mitte der Bucht führte ein gemauerter Steg ins Meer hinaus, an dessen Ende eine Bank zum Verweilen einlud.

»Hier lässt es sich aushalten.« Sophie ließ sich ebenfalls auf den Rücken fallen, um sich von der Sonne trocknen zu lassen. »Lass uns später ein Foto auf der Bank machen«, bat sie Loukas.

»Alles, was du willst, mein Engel«, erwiderte er. »Und heute Abend entführe ich dich in ein anderes Lokal in Kerkyra.«

Am Strand verging die Zeit viel zu schnell. Zum Abschluss bummelten sie zur Bank und setzten sich. Loukas legte seinen Arm um ihre Schultern und seinen Kopf an ihren. Sie strahlten um die Wette, als sie ein Selfie von ihnen machte. Loukas beugte sich zu ihr und küsste sie auf die Wange, dann stand er auf und half ihr hoch.

Auf dem Heimweg lenkte Loukas seinen Hyundai Richtung Sidari, um dort auf die Schnellstraße zu gelangen.

»Können wir noch zum Canal d'Amour?«, fragte Sophie. »Das ist doch in der Nähe?«

»Nein, mein Engel, sonst wird es zu spät. Du wirst ihn noch früh genug sehen«, versprach Loukas.

»Na gut«, seufzte Sophie. Wenn sie ehrlich war, war sie ohnehin schon fix und fertig. Sie kam kaum nach, alle Eindrücke zu verarbeiten, und sie hatte heute wenig an Flo gedacht, wie ihr in diesem Moment bewusst wurde. Sie legte ihre Hand auf Loukas' Oberschenkel, der ihr ein zärtliches Lächeln schenkte, und sich dann wieder auf die Straße konzentrierte. Sie fühlte sich wohl bei und mit ihm. Der einzige Wermutstropfen war das Gespräch mit ihren Eltern, welches sie hinter sich bringen wollte, bevor sie in die Stadt aufbrachen. Und außerdem sollte sie Flo eine Nachricht zukommen lassen, dass er sich Zeit lassen konnte, sich eine neue Wohnung zu suchen. Danach, so hoffte sie, konnte sie endlich in die Zukunft blicken, denn dann war das Thema Florian Geschichte.

***

Loukas zog seine Bahnen im Pool, während Sophie auf der Terrasse saß und telefonierte. Wie befürchtet, fiel ihre Mutter aus allen Wolken.

»Bitte überlege dir das nochmal, Sophie«, flehte sie ihre Tochter an. »Das hat Florian nicht verdient. Ihn wegen einer Jugendschwärmerei einfach so abzuservieren. Was denkst du dir dabei?«

»Mama, nicht ich habe Schluss gemacht, sondern Flo – wenn du so willst, in gegenseitigem Einverständnis. Wir sind ja nicht im Bösen ausein...«

»Trotzdem«, fiel ihr ihre Mutter ins Wort. »Du bist in einem wildfremden Land, wo du die Sprache nicht sprichst. Dein Loukas wird nicht ewig Zeit für dich haben. Neue Besen kehren bekanntlich gut, aber auch da wird dich der Alltag irgendwann einholen. Ich bin sprachlos. Das hätte ich nicht von dir erwartet. Du bist doch keine sechzehn mehr, Sophie.«

»Bist du jetzt sauer auf mich?« Sie fühlte sich wie ein gescholtenes Kind.

»Nein. Nicht sauer. Aber ich verstehe es nicht. Florian ist so ein lieber Kerl, er wäre sicherlich ein guter Ehemann und Vater gewesen. Und er hat dich auf Händen getragen.«

»Schon lange nicht mehr«, murmelte Sophie, aber das wollte oder konnte ihre Mutter nicht hören. »Ich kann es nicht ändern, ich mag Flo ja noch, aber das langt nicht mehr. Loukas habe ich schon immer geliebt. Und jetzt ist die Zeit gekommen, in der ich diese Liebe leben darf«, versuchte sie, ihre Entscheidung zu rechtfertigen.

Ihre Mutter seufzte. »Ich hoffe, du bereust es nicht, Sophie. Sagst du es deinem Vater, oder soll ich das übernehmen? Er mäht gerade den Rasen.«

»Wenn du das machen würdest, wäre ich dir sehr dankbar, Mama. Es ist ja nicht so, als ob es mir leichtfällt.«

»Das ist es nie, mein Schatz. So wie ich deinen Vater kenne, wird der nicht viel dazu sagen. Pass auf dich auf. Und melde dich bitte regelmäßig.«

»Natürlich, Mama. Die Beziehung zwischen euch und Flo muss ja nicht darunter leiden.«

Ihre Mutter prustete durch die Nase. »Das wird es unweigerlich, Sophie. Er ist bei uns immer herzlich willkommen, aber wieso sollte er uns dann noch besuchen wollen? Vielleicht stellst du uns deinen Loukas ja mal per Videochat vor. Um ehrlich zu sein, kann ich mich kaum noch an ihn erinnern. Aber ich weiß, dass du für ihn geschwärmt hast. Ich wünsche dir viel Glück, Liebes.«

Mit diesen Worten legte sie auf. Sophie fiel einerseits ein riesiger Stein vom Herzen, andererseits machte sich ein flaues Gefühl im Magen breit, denn nun musste sie Flo schreiben. Ihre Hand zitterte, als sie die wenigen Worte tippte:

Bin nicht nach Hause geflogen. Du kannst dir Zeit lassen mit Packen.

Sie stockte. Und was jetzt? Liebe Grüße? Mach's gut? Schließlich entschied sie sich für:

Sophie

Völliger Schwachsinn, er sah ja an der Nummer, von wem die Nachricht kam. Sie schickte den Text ab, bevor sie es sich noch anders überlegen konnte.

Keine Minute später erschien seine Antwort auf dem Schirm.

War mir fast klar. Wäre sonst auch voll für die Fische gewesen. Thx für die Info. LG.

Ihr schossen die Tränen in die Augen. Aber was hatte sie erwartet? Dass er ihr schrieb, ob er schon ausgezogen war? Wie es ihm ging? Natürlich tat er das nicht. Dennoch taten diese nüchternen, emotionslosen Worte weh.

Und dann ploppte noch eine Nachricht auf:

Die Wohnung ist leer, ohne dich.

Eine Träne löste sich, kullerte über ihre Wange und tropfte auf ihr T-Shirt. Jetzt war es offiziell, dass sie nicht mehr zusammen waren. Die Fäden waren endgültig gekappt. Sie fühlte sich hundeelend, haltlos, wie ein Blatt im Wind. Nicht nur Flo, sondern auch ihre Eltern hatte sie grenzenlos enttäuscht. In sich zusammengesackt starrte sie auf das mittlerweile dunkle Display. Vor ihr lag ein großes schwarzes Loch, in das sie jeden Moment fallen würde, wenn niemand sie auffing. Aber jetzt konnte sie nicht mehr zurück. Die Würfel waren gefallen.

Als hätte er es geahnt, tauchte Loukas hinter ihr auf, tropfnass vom Pool, und legte seine Hand auf ihre Schulter. »Schlimm?«, erkundigte er sich leise.

Sophie nickte, legte das Handy auf den Tisch, drehte sich zu ihm und lehnte ihren Kopf an seinen Bauch. Er umfing sie mit seinen Händen und strich ihr tröstend übers Haar, während lautlos Tränen über ihre Wange liefen und sich mit den Wassertropfen auf seinem Körper vermischten.

»Wenigstens hast du es jetzt hinter dir«, versuchte Loukas, das Positive daran zu sehen. »Wenn du nicht in die Stadt möchtest, verstehe ich das.«

Sie löste sich von ihm und wischte mit dem Handrücken die Tränen aus dem Gesicht. »Nein, Loukas. Lass uns ruhig fahren. Dabei komme ich bestimmt auf andere Gedanken.«

Loukas ging vor ihr in die Hocke und nahm ihren Kopf zwischen seine Hände. »Ich bin für dich da, Sophie. Egal, was ist.« Er hauchte ihr einen Kuss auf die Stirn. »Und jetzt lass uns duschen gehen. Zu zweit.« Sein Tonfall ließ keinen Widerspruch zu.

Sophie stutzte. Was hatte er vor? Nicht, dass sie ein Problem damit hätte, sich ihm nackt zu zeigen. Aber wenn er Sex unter der Dusche haben wollte, ginge ihr das definitiv zu schnell. Unsicher blickte sie ihn an.

Er lachte über ihren Gesichtsausdruck. »Keine Sorge, ich will nur, dass es dir gut geht. Glaube mir.«

Loukas streckte ihr seine Hände hin. Sie zögerte nur eine Sekunde, bevor sie sich daran hochzog. Sie hatte sich für diesen Weg entschieden, also wurde es Zeit, nach vorne zu blicken und die Vergangenheit hinter sich zu lassen. Dazu gehörte auch, ihm zu vertrauen.

Als sie ihm nackt im Badezimmer gegenüberstand, betrachtete sie ihn mit der gleichen Intensität, wie er sie musterte. Er war schlank, trotzdem war ihm anzusehen, dass er viel Sport trieb.

»Du bist wunderschön, Sophie«, sagte er und griff nach ihrer Hand, um sie mit unter den Duschstrahl zu ziehen, der aus einer großen Regenbrause kam. Sie standen eng beieinander, aber berührten sich nicht. Loukas gab einen Klecks ihres Duschgels auf einen Schwamm, schäumte es auf und bat Sophie, sich umzudrehen. Der Duft von Kokos erfüllte das Badezimmer. Mit sanften Strichen verteilte er langsam die Waschlotion, beginnend beim Nacken bis hinunter zu den Knöcheln. Er wanderte um sie herum, und die Prozedur begann von Neuem – diesmal auf ihrer Vorderseite und von unten nach oben. Was er da tat, fühlte sich gut an, und sie wünschte sich, es wären seine Hände und nicht der Schwamm, der so sanft über ihre Haut glitt. Ihre Nippel versteiften sich unwillkürlich. Loukas sog kurzzeitig scharf die Luft zwischen den Zähnen ein, behielt den Rhythmus aber bei. Sogar den Bereich zwischen ihren Beinen ließ er nicht aus. Anschließend nahm er das Shampoo zur Hand und wusch ihr die Haare, dabei massierte er mit sanftem Druck ihre Kopfhaut. Wohlig seufzte sie auf.

»Das tut gut.« Eine Katze hätte wohl geschnurrt. Es war, als würde er allen Kummer von ihr waschen.

»So soll es sein.« Seine Stimme war heiserer als sonst.

Er zog sie an sich. Die Berührung schoss wie ein Blitz durch ihren Körper und weckte die Schmetterlinge in ihrem Bauch, die sich seit der Trennung zur Ruhe gesetzt hatten. Nackte Haut an nackter Haut fühlte sich völlig anders an als die Umarmungen, die sie bisher getauscht hatten. Sie sah ihm in die Augen, in denen das Feuer wie flüssiger Stahl loderte.

»Ich würde dich so gern richtig küssen«, murmelte er.

»Dann tu es«, hauchte sie und schloss die Augen, in Erwartung, dass er genau das machen würde. Seine weichen Lippen berührten die ihren für einen kurzen Moment, knabberten sanft an ihrer Oberlippe, und weckten in ihr den Wunsch nach mehr. Aber als sie sich öffnete, um ihn willkommen zu heißen, beendete er seine Zärtlichkeiten und legte seinen Zeigefinger auf ihren Mund.

»Es ist noch zu früh, mein Engel. Ich möchte nicht, dass du danach ein schlechtes Gefühl hast.«

Sie stand vor ihm wie ein begossener Pudel und konnte kaum fassen, was er da sagte. »Scheiß aufs schlechte Gefühl, Loukas. Küss mich, bitte. Ich brauche dich jetzt.«

Er blickte ihr forschend in die Augen. »Bist du dir ganz sicher?«

Sie nickte. »Ja, es sei denn, du siehst das als Auftakt für mehr.«

Jetzt grinste er sie an. »Wollen würde ich schon, aber ich kann mich beherrschen, Sophie.«

Und dann senkte er seinen Mund abermals auf ihren. Sanft erkundete er ihre Mundhöhle, spielte mit ihrer Zunge, neckte sie mit seinen Küssen, die mal sanft, mal leidenschaftlicher waren, und sprengte damit endgültig diese Sperre, die sie bisher davon abgehalten hatte, ihn zu küssen. Leise aufseufzend presste sie sich an ihn und schlang ihre Hände um seinen Nacken, um ihm noch näher zu sein. Sein Kuss ließ sie alles um sich herum vergessen und ihren Puls in die Höhe schnellen. Es war so viel schöner, als sie sich je in ihren Träumen ausgemalt hatte. Sie spürte seine wachsende Erregung an ihrem Körper und erwiderte gierig seine Küsse, die sie im Moment brauchte wie die Luft zum Atmen.

Viel zu schnell schob er sie sanft von sich. Zumindest für ihren Geschmack – sie hätte noch stundenlang weitermachen können.

»Raus mit dir, sonst garantiere ich für nichts mehr«, befahl er leicht außer Atem und zeigte grinsend auf sein bestes Stück, welches sich in seiner vollen Größe präsentierte. »Wie ich diesen Ständer mit kaltem Wasser kleinkriegen soll, ist mir noch ein Rätsel.«

Sophie warf einen Blick auf das zugegeben imposante Teil und riss überrascht die Augen auf.

»Ups«, sagte sie und wurde rot.

Obwohl sie ihn zuvor durchaus gespürt hatte, hatte sie nicht weiter darauf geachtet. Zu sehr war sie von ihren Emotionen gefangen gewesen. Nicht nur sein Körper war gut gebaut, so viel stand fest.

17.
Der Weg ist das Ziel

Mit Loukas war es nie langweilig, das wurde Sophie schnell klar. Nichts war ihm zu blöd oder zu kindisch, und sie fühlte sich so lebendig wie schon lange nicht mehr. Loukas nutzte die folgenden Tage, um ihr weitere Sehenswürdigkeiten der Insel zu zeigen und lenkte sie ab, sodass sie gar keine Zeit hatte, melancholisch zu werden. Meist fuhren sie vormittags durch die Gegend und verbrachten den Nachmittag an einem der unzähligen, traumhaft schönen Stränden Korfus. Dabei fühlte sie sich leichter, auch wenn sich ihr Herz noch immer verkrampfte, wenn sie an Flo dachte. Aber der Schmerz war nicht mehr so lähmend. Anscheinend begann auch ihr Innerstes langsam zu begreifen, dass es vorbei war. Loukas hatte mit der gemeinsamen Dusche die Weiche gestellt, sich von Florian zu lösen. Und seine Küsse raubten ihr den Verstand.

Abends gingen sie entweder in Kerkyra essen oder bereiteten sich zu Hause etwas zu. Loukas konnte fantastisch kochen, zu zweit machte es gleich noch mehr Spaß. Eine neue Erfahrung für Sophie, denn Florians Kochkünste gingen kaum über Tiefkühlpizza hinaus.

Sie wusste, es war unfair, die beiden Männer zu vergleichen. Aber es ließ sich nicht vermeiden, dass ihr Dinge bewusst wurden, die sie in der Beziehung mit Florian entweder nie erlebt hatte, oder die im Laufe der Zeit eingeschlafen waren. Es war schön, sich von einem Mann so verwöhnen zu lassen, zumal Loukas den Löwenanteil der Kocherei übernahm und sie ihm nur zuarbeitete, indem sie zum Beispiel Gemüse schnippelte. Sie fütterten sich gegenseitig und alberten herum wie zwei kleine Kinder. Loukas schaffte es immer wieder, zur rechten Zeit die richtigen Worte zu finden. Brauchte sie Trost, so spendete er diesen, ließ sie wissen, dass er zu seinem Wort stand, für sie da zu sein.

Die Last auf ihren Schultern verringerte sich mit jedem Tag. Es passierte immer seltener, dass sie sich fragte, was Flo wohl gerade machte oder wie es ihm gehen mochte. Obwohl Loukas oft hyperaktiv war und sie sich oft wunderte, wo er die ganze Energie für seine Unternehmungen hernahm, liebte sie genau das an ihm. Er war das einhundertprozentige Gegenteil zu ihrem gemütlichen, bequemen und bodenständigen Ex, nämlich spontan und für jeden Spaß zu haben. Die einzigen Stunden, wo er keine Hummeln im Hintern hatte, war, wenn sie gemeinsam auf dem Sofa lagen.

Loukas hielt sein Häuschen in Schuss und war in manchen Dingen penibler als Sophie – sei es die geöffnete Zahnpasta oder seine Eigenart, sofort die Küche wieder auf Vordermann zu bringen, sobald sie mit dem Essen fertig waren. Seine täglichen Bahnen im Pool gehörten ebenso dazu. Loukas fand überall und zu jeder Zeit eine Beschäftigung, selbst wenn er nur das Unkraut aus den Beeten entfernte oder Rasen mähte. Er hatte sie auf den Tennisplatz entführt, und es hatte irre Spaß gemacht, endlich wieder einmal den Schläger in der Hand zu halten, obwohl sie nur einen Satz spielten. Ihre Kondition ließ zu wünschen übrig, und sie war danach komplett flügellahm gewesen.

An manchen Abenden spielten sie Karten oder Würfelpoker, und wenn sie dazu keine Lust hatten, sahen sie fern. Diese Stunden genoss Sophie aus vollen Zügen, denn dabei lag er meist hinter ihr und hielt sie fest, knabberte an ihrem Ohrläppchen, hauchte Küsse in ihren Nacken oder strich zärtlich über ihre Schultern, bis sie eine Gänsehaut bekam und nur mit Mühe ein lustvolles Stöhnen unterdrücken konnte. Seine Küsse heizten ihr ein und weckten den Wunsch nach mehr. Allerdings hielt er sich an sein Versprechen, sie nicht zu drängen, obwohl sie das Thema Verhütung bereits angeschnitten hatten, als er beim Einkauf nach einem Päckchen Kondome gegriffen hatte.

»Vorsicht ist besser als Nachsicht«, hatte er lächelnd gemeint. »Nicht, dass wir dann wollen, aber nicht können.«

Sie glaubte ihm, dass er weder Syphilis, Aids oder sonstige ansteckende Krankheiten hatte, denn er hatte für seine Bewerbung einen gründlichen Gesundheitscheck machen lassen, und zudem versicherte er ihr, dass er Safer Sex vollzogen hatte, wenn er in keiner Beziehung gewesen war. So war das Thema Pariser im Falle des Falles schnell vom Tisch gewesen und sie hatte die Präservative wieder zurück ins Regal gelegt. Sie hatte sich erst kürzlich eine neue Spirale setzen lassen – und sollte es passieren, wollte sie ihn spüren, keine Latexschicht.

Inzwischen waren knapp zwei Wochen vergangen. Sophie stellte verblüfft fest, dass der Gedanke an ihren Ex sie zwar noch mit Wehmut erfüllte, aber es tat nicht mehr so weh, dass es sie entzweiriss, was ihr allerdings sofort wieder ein schlechtes Gewissen bescherte. Sollte sie nicht viel länger traurig sein?

Sie telefonierte mit Doro, um ihre Bedenken mit ihr zu besprechen.

»Das ist doch völliger Mumpitz«, meinte Doro. »Du liebst Loukas, er liebt dich, Flo ist Vergangenheit. Und anscheinend kapiert das jetzt endlich dein Herz und dein Verstand.«

»Aber ich kann doch nicht so kurz nach der Trennung von Flo mit einem anderen Mann ins Bett gehen«, protestierte Sophie.

»Du liebst Loukas doch, oder?«

»Natürlich, ich sehne mich mit jeder Faser meines Herzens nach ihm.«

»Dann lass es zu, Bella. Du bist keine vierzehn mehr, die sich vorm ersten Mal ziert. Hör auf deinen Körper, der sagt dir schon, wie viel Intimität du verkraftest. Sobald du ein ungutes Gefühl hast, sagst du es ihm. Er wird es verstehen, und wenn nicht, ist er ein Arschloch.«

Sophie lachte auf und war beruhigt. »Danke, Doro.«

»Nicht dafür. Ich will alle schmutzigen Details, dass das klar ist. Hab Spaß und hör auf, zu denken.« Sie kicherte und verabschiedete sich von Sophie.

Erleichtert legte sie ihr Smartphone zur Seite. Anscheinend stand sie sich mit ihrer moralischen Einstellung selbst im Weg. Doro hatte recht: Langsam durfte sie ihre Liebe zu Loukas mit allen Konsequenzen zulassen. Es machte sie jedes Mal ganz kribbelig, wenn sie ihn mit nacktem Oberkörper sah. Aber sie würde den ersten Schritt machen müssen, das wurde ihr in diesem Augenblick bewusst. Es lag an ihr, wann sie ihre Beziehung in das nächste Level hob. War nicht das der Grund gewesen, hierzubleiben? Herauszufinden, wie es war, mit ihm zusammen zu sein? Das, was sie sich vor zehn Jahren so sehr gewünscht und was sie all die Zeit versäumt hatte? Seufzend dehnte sie ihren Kopf, zuerst auf die linke, dann auf die rechte Schulter, und spürte das Ziehen in ihren Nackenmuskeln. Ihre Schultern waren genauso verspannt und es krachte darin regelrecht, als sie damit kreiste.

Loukas betrat das Wohnzimmer und zählte anscheinend zwei und zwei zusammen. Er hob die Augenbrauen. »Schmerzen?«

»Ein bisschen. Ich verkrampfe mich immer, wenn ich mit dem Handy telefoniere, weiß Gott, warum.«

»Weißt du was? Ich massiere dich heute Abend. Danach geht es dir bestimmt besser.«

***

Hätte sie gewusst, *wie* das endete, hätte sie wohl nicht so leichtfertig ihre Zustimmung gegeben.

Jetzt lag Sophie, lediglich im Slip bekleidet, bäuchlings auf den kühlen Laken des Bettes, Loukas saß in Boxershorts auf ihren Schenkeln. In seinen Händen hielt er ein nach Vanille duftendes Massageöl, welches er auf den Kopf drehte. Sanft landeten die Tropfen auf ihrer Haut. Zuvor hatte sie sich im Pool abgekühlt, deswegen fühlten sich Loukas' Hände heiß an. Mit sanften Strichen verteilte er das Öl auf ihrem Rücken, bevor er mit leichtem Druck begann, ihre Muskeln zu lockern. Sie seufzte leise ins Kopfkissen, weil es so angenehm war. Seine Bewegungen waren regelmäßig und ohne Eile, und Sophie merkte, wie sie entspannte. Gab es irgendetwas, was dieser Mann nicht konnte? Wobei, Florian war darin auch sehr geschickt gewesen und hatte zielsicher ihre Knoten gelöst, aber auch das war im Alltag untergegangen.

»Tut das gut«, gurrte sie verträumt. Sie merkte, wie die Energie wieder zu fließen begann und sich die Blockaden langsam lösten.

Aber seine Massage hatte nicht nur eine entspannende Wirkung, wie sie feststellen musste, als seine Bewegungen in der Nähe ihrer Lenden stoppten. Ihre Knospen zogen sich lustvoll zusammen und sandten erregende Signale durch ihren Unterleib. Sophie musste sich beherrschen, nicht ihr Becken zu heben, zumal er soeben mit dem Daumen den Bereich ihres Steißbeins bearbeitete. Sie wünschte, er würde abrutschen und ihre Scham weiter massieren. Der Gedanke daran ließ sie feucht – und ihre Brustwarzen noch härter werden, dass sie schon beinahe schmerzten. Nun konnte sie sich ein lustvolles Stöhnen nicht mehr verkneifen.

»Es gefällt dir also«, stellte Loukas nüchtern fest.

»Und wie«, keuchte sie. »Ich fürchte nur ...«

»Was denn?« Seelenruhig zog er ihren Slip unter ihre Pobacken und widmete sich diesem Muskelstrang.

Himmel, merkte er denn nicht, was er damit anstellte?

»Es gefällt mir viel zu gut, Loukas. Es erregt mich ungemein«, gestand sie.

Er lachte leise auf und zog ihr das Höschen endgültig aus. »Um so besser. Genieße es einfach, ja?«

Wenn das nur so leicht wäre! Inzwischen waren seine Hände auf ihren Oberschenkeln und er saß auf ihren Waden. Mit kreisenden Bewegungen wanderten seine Daumen auf der Innenseite ihrer Schenkel nach oben, stoppten aber, bevor er auch nur in die Nähe ihrer empfindsamsten Stellen kam, um dann ihren Weg wieder nach unten zu machen. Mittlerweile war sie nicht nur feucht, sondern klitschnass, ohne auch nur das Geringste dagegen unternehmen zu können. Der Kerl machte sie schlichtweg verrückt und sie begann, leise ins Kopfkissen zu wimmern und ihre Hüften zu bewegen.

Wieder lachte er leise, bevor ein sehr sexy gehauchtes »so sorry« seinen Mund verließ.

Sie konnte sich gut vorstellen, wie er gerade in sich hinein grinste. Womit sie allerdings nicht rechnete, war, dass er noch weiter nach unten rutschte, sie an den Füßen nahm und auf den Rücken drehte. Sie musste schlucken, als sie ihm in die Augen blickte. In ihnen war keine Spur von Humor zu sehen, wie sie anhand seiner Reaktion vermutete, sondern spiegelte dieselbe Lust, die sie empfand. Ein Blick auf seine untere Körperregion bestätigte ihre Vermutung.

»Glaub bloß nicht, dass mich das kaltlässt, Sophie«, wisperte er und begann, ihre Fußsohlen zu massieren. In seiner Stimme lag ein erotisches Timbre, welches ihre aufgepeitschten Sinne noch mehr anfeuerte. In diesem Moment beschloss sie, Doros Rat zu befolgen. Scheiß auf die Vergangenheit – Flo hatte nichts mehr in diesem Bett zu suchen. Es wurde Zeit, sich endgültig auf Loukas einzulassen.

Loukas ließ sie nicht aus den Augen, verfolgte jede ihrer Bewegungen. Inzwischen bebte ihr Brustkorb voller Verlangen nach ihm.

Plötzlich nahm er ihre große Zehe in seinen Mund und saugte sinnlich daran, während seine Hände ihre Beine aufwärts wanderten. Sophie keuchte auf. Er erreichte den Punkt ihrer Oberschenkel, auf dem sich ihre Nässe bereits ausgebreitet hatte.

»O mein Gott«, ächzte sie. »Du bringst mich um.«

»Das, meine Schöne, glaube ich jetzt nicht.«

Und dann massierte er ihre Vorderseite ebenso intensiv wie ihren Rücken. Von den Knöcheln über die Schienbeine aufwärts zu den Oberschenkeln bahnte er sich langsam und auf sinnliche Weise seinen Weg nach oben, ohne in die Nähe ihres Geschlechts zu kommen. Als er ihren Bauch mit zärtlichen Strichen verwöhnte, pochte ihre Pussy. Ihre Brustwarzen waren so hart, dass sie glaubte, sie müssten zerspringen. Er strich mit seinem Daumen darüber.

»Habe ich dir schon gesagt, wie verflucht sexy ich deine Brüste finde?«

Seine Stimme war heiser. Mit Hingabe zwirbelte er ihre Nippel zwischen Daumen und Zeigefinger und reizte sie ins Unermessliche.

Sophie sog die Luft tief ein. »Schlaf mit mir, Loukas«, bat sie leise.

Ihr schlug das Herz bis zum Hals, während sie versuchte, genug Sauerstoff in ihre Lungen zu pumpen. Loukas löste sich von ihren Brüsten, wanderte mit seinem Mund über ihr Schlüsselbein nach oben und blickte ihr überrascht in die Augen. »Sicher?«

Sophie nickte voller Sehnsucht. »Ich will dich spüren.«

Er küsste sie zärtlich. »Wir müssen nicht ...«, murmelte er.

»Ich will aber. Es wird Zeit, die Vergangenheit hinter mir zu lassen.« Sophie richtete sich auf und leckte sich über die Lippen. »Zeig mir, wie sehr du mich willst.«

»Das habe ich mir so sehr gewünscht, Sophie. Endlich richtig mit dir zusammen zu sein. Es war höllisch schwer, mich in Geduld zu üben«, flüsterte er und griff unter ihr Kinn, um sie erneut zu küssen und sie wieder auf den Rücken zu befördern. »Du bist so wunderschön.«

Beinahe andächtig ließ er seinen Mund über ihren Bauchnabel wandern, spielte mit dem Piercing, und küsste ihre Leisten. Als er schließlich zwischen ihren Beinen verschwand, stöhnte sie auf und vergrub ihre Hände in seinen Haaren. Nur kurz schoss die Erinnerung an Flo, wie er sie dort unten verwöhnt hatte, durch ihren Kopf. Loukas wusste aber auch sehr genau, was er tat, und verscheuchte jeden Gedanken an seinen Vorgänger. Seine Zunge war sanft und trotzdem fordernd, als er ihren Venushügel mit dem Mund erkundete. Sie konnte gar nicht anders, als dem süßen Verlangen nachzugeben und spreizte die Beine, damit er leichteres Spiel hatte.

»Du schmeckst so gut«, murmelte er und tauchte seine Zunge tief in sie, dass sie nach Luft schnappte und sich ihre Hüften automatisch bewegten.

Ihr Puls beschleunigte sich, das Blut pulsierte durch ihre Adern, aber er kannte kein Erbarmen. Seine Oberlippe massierte ihre Klit und steigerte ihre Gier ins Unermessliche.

»O mein Gott«, keuchte sie. »Das halte ich nicht lange durch.«

»Umso besser. Wir haben die ganze Nacht und darüber hinaus Zeit«, murmelte er und umschloss ihr Lustzentrum mit den Lippen, leckte sie, bis ihr beinahe die Sinne schwanden. Seine Hände wanderten zu ihren Brüsten und spielten mit ihren Knospen. Sophie rang nach Luft. Was er mit ihr anstellte, übertraf ihre kühnsten Träume. Oder war es nur so schön, weil es ihr erstes Mal war? Es war egal, denn sie konnte nicht mehr denken, und als er plötzlich sanft zubiss, schrie sie vor Lust auf. Der leichte Schmerz erregte sie noch mehr, aber damit nicht genug, denn gleichzeitig löste er seine Hand von ihrem Oberkörper und schob seinen Finger in sie. Zielsicher traf er den Punkt, der sie keine fünf Sekunden später explodieren ließ. Erneut schrie sie auf und kam zuckend unter ihm.

Loukas robbte, über ihre Haut streichelnd, wieder nach oben. Sophie griff hinter seinen Nacken und zog ihn an sich, spürte seine nackte Haut, die sich heiß anfühlte. Seine Härte drückte gegen ihre Hüfte.

Sophie löste sich mit vor Lust verschleiertem Blick. »Jetzt ich«, wisperte sie und küsste ihn zärtlich, bevor sie ihren Mund auf Wanderschaft schickte. Sie revanchierte sich auf dieselbe Weise, bis ...

»Wenn du so weitermachst, komme ich gleich«, warnte er sie schwer atmend vor.

»Ich habe kein Problem damit, wenn du in meinem Mund kommst«, antwortete sie. »Du hattest auch keines damit.«

Er stöhnte auf. »Du musst aber nicht ...«

Sie hörte noch so was wie: »Könnte heftig werden.« Aber da hatten sich ihre Lippen schon wieder um ihn geschlossen. Sie massierte mit der Hand sanft seine Hoden, während ihre Zunge seine Spitze liebkoste, bis er sich pulsierend in ihr entlud und sie kaum so viel schlucken konnte, wie da in ihr landete.

»Fuck«, röchelte er. »Sorry, Sophie. Ich wusste nicht, wie viel da kommen wird.«

»Schon gut«, grinste sie und wischte mit dem Handrücken über ihren Mund. »Da hab ich einmal gut bei dir.«

Loukas lachte und zog sie zurück in seine Arme. »Jetzt gleich?«, erkundigte er sich, wobei es sich anhörte, als würde er schnurren.

»Ich glaube nicht, dass du sofort wieder kannst«, entgegnete sie.

Sein Blick glich dem eines Raubtieres, das sich seiner Beute sicher war. »Täusch dich nicht, Süße. Ich habe so lange darauf gewartet. Wie ich schon sagte: Wir haben die ganze Nacht für uns.«

Erneut begann ihr Liebesspiel, bis beide so erregt waren und der Wunsch, endlich Eins zu werden, überhandnahm.

Er kniete vor ihr und zog ihr Becken auf seine Schenkel. Das Gefühl, als er sanft in sie drang, sie weitete und sie jeden Zentimeter spüren konnte, bis er sie schließlich ganz ausfüllte, war unbeschreiblich. Für einen Moment verharrten sie still, genossen die Intimität dieses Augenblicks, bevor er anfing, sich zu bewegen. Sophie schlang ihre Beine um seine Hüften und überkreuzte die Knöchel, aber er löste mit seiner Hand die Umklammerung, hob ihre Beine auf seine Schultern und beugte sich über sie. Dabei schob er sich tiefer in sie, als jemals irgendwer zuvor gewesen war. Sie keuchte auf.

»Ich könnte ewig in dir sein«, murmelte er zwischen zwei Küssen. »Es ist so schön, dich so zu spüren.«

Sophie stöhnte nicht, sie wimmerte vor Lust. Ihr Orgasmus baute sich langsam auf, dafür umso intensiver, dass sie beinahe Angst davor hatte, zu kommen. Die Grenze zwischen leichtem Schmerz, den er dank seiner Größe auslöste, und ihrer Lust verschwamm und ließ die Leidenschaft, die in ihr brannte, wie ein Höllenfeuer auflodern, was alles um sich herum versengen würde, wenn sie ihre Erfüllung fand.

Loukas deutete ihr Wimmern falsch und zog sich aus ihr zurück, um ihre Beine wieder freizugeben.

»Sag doch, wenn ich dir weh tu«, raunte er und blickte sie erschrocken an.

»Das Gegenteil ist der Fall«, keuchte sie atemlos. Ihre Augenlider flatterten. »Wenn du so weitermachst, kann ich nicht garantieren, ob man mich nicht noch in der Hauptstadt hört. Es ist so schön, so langsam … aber andererseits will ich, dass du mich hart nimmst.«

Er grinste. »No Chance, Darling. Das erste Mal wird lange, intensiv und sehr, sehr zärtlich sein. In der zweiten Runde können wir uns ja dann austoben und unseren Instinkten nachgeben. Aber gut zu wissen, dass du es auch härter magst.« In seinen stahlgrauen Augen loderte dieselbe Leidenschaft, die ungezügelte Gier. »So vielleicht?«

Mit einem Ruck schob er seine gesamte Länge in sie, während er ihre Handgelenke über ihrem Kopf wie Schraubstöcke festhielt. Sophie biss sich auf die Lippe, um nicht laut zu schreien, denn das war beinahe mehr, als sie verkraften konnte. Nun war sie seinen Bewegungen ausgeliefert, musste sich seinem Tempo anpassen, ob sie wollte oder nicht, denn er drückte sie mit seinem Gewicht auf die Matratze. Er bewegte sich kaum, massierte nur ganz sanft mit seiner prallen Eichel diesen sensiblen Punkt in ihr. Sie lief richtiggehend über, jede Bewegung verursachte schmatzende Geräusche.

»Du bist so herrlich nass«, murmelte er. »Ich liebe das.«

Jetzt nahm er keine Rücksicht auf ihr Betteln, sondern liebte sie langsam und zärtlich, wie er ihr angedroht hatte, bis sie ihm ihre kurzen Fingernägel über den Rücken zog, weil sie es schlichtweg nicht mehr aushielt. Dann gab es auch für ihn kein Halten mehr. Loukas steigerte das Tempo und stieß immer schneller in sie, bis ihrer Kehle erst ein leiser Ton entwich, welcher in einem langgezogenen Schrei endete, und ihr die Tränen über die Wangen liefen, ohne es zu bemerken. Erst dann ließ auch er los, und er kam in ihren Höhepunkt hinein, was in einem gemeinsamen und noch heftigeren Orgasmus endete.

Die Wellen der Erlösung, die durch ihren Unterleib tobten, glichen einem Vulkanausbruch. Sein Pulsieren überlagerte sich mit ihrem, sein Sperma mischte sich mit ihrer Nässe und ließen sie endgültig übergehen. Zitternd und nach Atem ringend krallten sie sich aneinander fest, bis sich ihr Herzschlag endlich normalisierte. Erst dann stützte sich Loukas auf seine Unterarme und blickte ihr in die Augen. Das Feuer darin brannte lichterloh.

»Himmel, Sophie, für das erste Mal war das gigantisch.« Dann zog er sie abermals in seine Arme und küsste sie mit all seiner Liebe.

18.
Auf Wolke sieben

Das warme Wasser tat gut. Obwohl die Sonne bereits aus voller Kraft schien, hatte sich Sophie ein Vollbad eingelassen, dessen Lavendelduft ihren Sinnen schmeichelte. Sie fühlte sich wund an, denn es war klarerweise nicht bei dem einen Mal geblieben. Im Gegenteil, sie hatten sich die halbe Nacht geliebt. Ihre Lust hatte auch nach dem dritten Mal kaum nachgelassen, zu lange hatten sie aufeinander verzichten müssen. Zehn Jahre Vorspiel war einfach zu viel, um es mit einem Mal abgebaut zu haben. Sicher hatte Flo auch gewusst, wie er sie um den Verstand bringen konnte, aber das geriet anhand der letzten Nacht in Vergessenheit und spielte keine Rolle mehr. Sie hatte währenddessen kein einziges Mal an ihren Verflossenen gedacht. Loukas hatte schnell erkannt, dass sie abging wie eine Rakete, sobald er in die dominante Rolle schlüpfte. Er hatte sich genommen, was er wollte, und ihr dabei noch mehr gegeben. Wenn sie nur daran dachte, zog sich ihr Unterleib vor Wonne zusammen. Loukas war unbeschreiblich. Göttlich. Köstlich. Gierig. Und ihr absoluter Traummann, in jeglicher Hinsicht. Sie lächelte vor sich hin, als sie ihn in der Küche hantieren hörte. Es wurde Zeit, aus der Wanne zu steigen.

Herrlich entspannt nahm sie am Frühstückstisch Platz, wo ein weichgekochtes Ei und eine große Tasse Kaffee auf sie warteten, mit Milch und Zucker, so wie sie ihn mochte.

»Du bist ein Schatz«, bedankte sie sich und lächelte ihn zärtlich an. Ihr Herz quoll über vor Liebe, die sie für ihn empfand.

Er gab ihr einen sanften Kuss und strahlte bis über beide Ohren. »Gern geschehen. Was möchtest du heute machen?«

Sie zuckte die Schultern. »Ich richte mich ganz nach dir.«

»Dann lass uns heute einen faulen Tag einlegen«, schlug er vor. »Und was hältst du von einer Tennispartie am Abend?«

Sophie grinste. »Das nennst du faul? Aber von mir aus, gern.« Es konnte zumindest nicht schaden, nicht nur Matratzensport zu betreiben. »Ich habe nichts dagegen, einen Tag am Pool zu liegen.«

***

»Was gibt es denn heute Leckeres?«, erkundigte sich Sophie und blickte von ihrem Buch auf, als Loukas am späten Nachmittag eine Hand voll Kräuter aus dem Beet erntete.

»Ich dachte an einen Gemüseauflauf. Im Garten meiner Eltern sind so viele Tomaten und Zucchini reif, die möchte ich nicht verkommen lassen.«

»Kann ich dir helfen?«

Er verneinte. »Ist schon alles vorbereitet. Das muss nur noch in den Ofen. Und dann machen wir einen kleinen Spaziergang und holen frisches Brot.«

Sie begleitete ihn in die Küche und schielte ihm über die Schulter, als er die Zucchini abwechselnd mit den Tomatenscheiben in die Auflaufform schichtete. Zuletzt kamen Fetawürfel und kleingehackte Kräuter obenauf, bevor das Ganze mit einer Tasse Olivenöl, in dem zwei Zehen Knoblauch hineingepresst waren, übergossen wurde.

»Es sieht jetzt schon lecker aus«, bekannte Sophie, deren Magen beim Anblick des noch nicht fertigen Gerichts verdächtig knurrte.

Zehn Minuten später wanderten sie Hand in Hand die Straße entlang. Bis zum Supermarkt war es etwa ein Kilometer, und zum Glück war es leicht bewölkt, sodass die Hitze erträglich war.

»Ich bin so froh, dass du hier bist«, sagte Loukas und hob ihre Hand an seine Lippen. »Das Zusammenleben mit dir macht Spaß.«

»Das kann ich zurückgeben, Loukas. Du bist ein Wirbelwind, der mich lebendig fühlen lässt.«

»Mir graut davor, dass wir nur noch etwas über eine Woche haben, bevor ich zu arbeiten beginne. Noch dazu habe ich doofe Arbeitszeiten.«

»Inwiefern?«, erkundigte sich Sophie und wich der Hinterlassenschaft eines Hundes aus.

»Vormittags Animation mit Sportangebot. Dann geht es nachmittags mit Schichten im wochenweisen Wechsel weiter, sodass ich am Abend für dich Zeit habe, oder

Abenddienst, wo ich dafür bis Mitternacht die Gäste bespaßen darf.« Er seufzte leise. »Hätte ich gewusst, dass wir zusammenkommen, hätte ich versucht, einen Teilzeitjob zu ergattern, um für dich da zu sein.«

»Ich muss auch wieder arbeiten, Loukas«, tröstete sie ihn. »Ich kann dir ja nicht dauernd auf der Tasche liegen.«

Er blieb stehen und sah ihr ernst in die Augen. »Und wieso nicht? Als Mann bin ich in der Lage, meine Familie zu ernähren.«

»Freundin, Loukas«, widersprach Sophie lächelnd. »Ein Schritt nach dem anderen. Wir haben gerade zum ersten Mal miteinander geschlafen.«

»Was nicht an mir lag«, konterte er mit einem liebevollen Zwinkern. »Auch wenn es nicht spruchreif ist, könnte ich mir gut vorstellen, irgendwann ein Baby mit dir zu haben.«

»Loukas!« Sophie wurde rot. »Dein Haus ist gar nicht ausgelegt für eine Familie.«

»Na und? Dafür das meiner Eltern. Da passt eine halbe Fußballmannschaft rein.«

Sie lachte. »Du bist unmöglich.« Aber ihr Herz machte einen freudigen Hüpfer bei dem Gedanken, mit ihm in ferner Zukunft eine Familie zu gründen. Er wäre bestimmt ein toller Vater.

»Und wenn meine Oldies ihren Jahresurlaub machen, können die in meinem jetzigen Haus wohnen«, führte er seine Gedanken fort. »Alles ist möglich, sofern man es nur will.«

Sie waren beim Bäcker angekommen. Loukas kaufte noch süßes Gebäck, anschließend machten sie einen

Abstecher in den Minimarkt, um frisches Obst mitzunehmen. Vollbepackt schlenderten sie zurück nach Hause, wo ihnen der aromatische Duft der Kräuter aus dem Backofen entgegenschlug, als sie die Haustür öffneten.

»Perfektes Timing«, meinte Loukas und warf einen Blick ins Backrohr. »Die Tomaten sind genau richtig. Deckst du bitte den Tisch?«

***

Nach dem Essen machten sie zusammen die Küche sauber. Als Sophie sich über die Lade des Geschirrspülers beugte, trat Loukas hinter sie, griff um ihre Hüften und zog sie mit einer eindeutigen Bewegung an sich. Seine Härte drückte an ihren Hintern. Aufreizend schob sie ihm diesen ein Stückchen entgegen.

»Gott, Sophie«, raunte er und verteilte Küsse quer über ihren Rücken, nachdem er ihr Shirt ein Stück nach oben geschoben hatte. »Wenn du so dastehst, ist das für mich wie eine Einladung.«

Sie richtete sich auf und drehte sich zu ihm. »So siehst du das?«, fragte sie keck und warf ihm einen Blick unter halb geschlossenen Lidern zu, während sie ihre Hände in seinem Nacken verschränkte.

»Und dieser Blick erst recht«, knurrte er, griff mit beiden Händen unter ihren Po und hob sie auf die Arbeitsfläche, wo er sich direkt zwischen ihre Beine schob. Dabei zog er ihr das Oberteil über den Kopf, küsste sie heftig und zerrte ihren Slip nach unten.

Sophie« stöhnte leise an seinen Mund. Sie war auch schon wieder heiß auf ihn, allein seine Zunge versetzte sie in Ekstase. Aber er würde sie doch wohl kaum hier auf der Arbeitsfläche der Küche ...? Sie hatte das noch nicht zu Ende gedacht, als er mit seinem Daumen bereits über ihre Scham rieb, was wie ein Stromschlag in ihre Brüste fuhr. Ihre Nippel verhärteten sich und gleichzeitig merkte sie, wie sie feucht wurde. Sophie schnappte nach Luft, anhand der Lust, die sie durchfuhr.

»Du kleines Luder«, stöhnte er. »Du bist schon wieder patschnass.«

Hatte er sie gerade Luder genannt? Sie stand voll darauf, wenn beim Sex schmutzigere Wörter fielen.

»Nur für dich«, hauchte sie und biss ihn zart in die Schulter, während sie sich ihm entgegendrängte.

Loukas schlüpfte aus seinen Shorts. Er stand schon wieder wie eine Eins, stellte Sophie bewundernd fest. Sein Schwanz war größer als der ihrer wenigen Ex-Beziehungen, aber dieser leichte Schmerz, wenn er jeden Zentimeter davon in sie rammte, hatte sie gestern mehr als einmal kommen lassen. Sie leckte sich über die Lippen und griff mit einer Hand nach ihm. Sanft begann sie, seinen Schaft zu massieren, aber er hielt sie fest.

»Nichts da, mein Engel. Erst kriegst du, was du verdienst.« Und dann schob er zwei Finger in sie und massierte ihre Scheidewand, bis sie spürte, wie sich ihre Liebesmuskeln um ihn schlossen, während ihr Puls raste.

»Yes, Baby. Ich will dich hören, wenn du kommst.«

»Hier?«, keuchte sie.

Er zog seine Finger aus ihr, leckte sie ab und blickte ihr tief in die Augen. »Genau hier, Sophie. Ich werde dich jetzt nehmen, dass du nicht mehr weißt, wie du heißt.«

Sie stöhnte auf, als sie seinen Schwanz an ihrem Eingang spürte. Er schob sich nur mit der Spitze in sie, als würde er an ihre Tür klopfen. Er griff nach ihren Beinen, legte sie um seine Hüfte, und sie überkreuzte aufstöhnend die Knöchel hinter seinem Rücken, denn dabei drang er langsam in sie.

Sie warf einen kurzen Blick auf sein Gesicht, wollte wissen, ob er die Augen geschlossen hatte. Aber nein, im Gegenteil. Er beobachtete sie bei allem, was sie tat, und stimmte die Intensität seines Liebesspiels auf ihre Reaktionen ab. Jetzt war ihr auch klar, wieso er anscheinend immer wusste, was sie sich gerade wünschte: Indem er sie dabei beobachtete, behielt er die Kontrolle.

»Was schaust du?«, erkundigte er sich und hielt inne.

»Ich wollte nur wissen, ob du es auch so schön findest.«

Er lachte leise, und das leichte Beben seines Körpers übertrug sich auf sein Glied, bis es in ihr nachhallte. »Ich koste es aus, Sophie. Jede einzelne Sekunde, in der ich im Besitz deines Körpers bin. Wenn ich merke, dass ich eigentlich zu groß für deine süße Muschi bin. Ich genieße es, wenn du mich anflehst, dich zu nehmen. Ich liebe es, wenn du um mehr bettelst. Und ich kann mir nicht vorstellen, dass sich das jemals ändern wird. Ich kriege von dir nicht genug, Sophie. Also ja, ich finde es schön. Mehr als das.«

Bevor sie irgendetwas sagen konnte, versiegelte er ihren Mund mit einem leidenschaftlichen Kuss. Er zog sie ein Stück an sich, sodass ihr Po kaum noch Halt auf der Arbeitsfläche hatte und sie dadurch ganz auf seinen Zauberstab rutschte. Sie schrie leise auf, denn genau das war die Grenze, wo es schmerzhaft wurde. Aber das verflüchtigte sich in dem Augenblick, in dem er anfing, sein Becken zu bewegen. Er hielt sie an den Hüften fest, während ihre Beine um seine Taille geklammert waren, und benutzte für seine Stöße die volle Länge seines Schwanzes. Rein, raus, vorsichtiges Necken an der Pforte, mit vollem Schwung und bis zum Anschlag in sie. Sophie japste nach Luft, wenn er Einlass begehrte und sie dadurch noch feuchter wurde, schrie bei jedem Stoß, und als er seinen Mund um ihre Nippel schloss, war es endgültig um sie geschehen. Im Takt der Wellen, die durch ihren Unterleib rasten, schrie sie auf. Gleichzeitig löste sich ein Ton aus den Tiefen seines Brustkorbs, den man noch im Ort hören musste, und Sophie spürte das heiße Pulsieren seines Höhepunkts tief in ihr.

Erschöpft und schweißüberströmt lehnte er seinen Kopf an ihre Wange. »Zehn Jahre, Sophie. Ich wusste zehn verdammte Jahre nicht, wie geil das mit dir ist.«

Glücklich strich sie sanft über seinen Rücken. »Glaubst du, dass es damals auch schon so gewesen wäre?«

Loukas richtete sich auf und nickte. »Da bin ich mir absolut sicher. Wir gehören zusammen, mein Engel.« Er atmete tief ein. »Ist dir auch so heiß wie mir?«

»Und ob«, bestätigte sie. »Ab in den Pool. Und dann müssen wir uns langsam fürs Tennis herrichten, oder?«

Er grinste. »Scheiß aufs Tennis, Süße. Ich glaube, ich kann heute die Finger nicht mehr von dir lassen.«

»Aber du hast doch reserviert?«

»Na und? Ich kann nicht spielen, wenn du nach vorne gebeugt auf dem Court stehst und ich den hübschen Ansatz deines Busens sehen kann. Da fallen mir tausend andere Dinge ein, die ich viel lieber mache.«

Lachend rutschte sie von der Arbeitsfläche. »Du kleiner Nimmersatt«, wisperte sie und schlüpfte durch die Terrassentür nach draußen.

»Das sagt die Richtige«, konterte er und folgte ihr.

19.

Ein Versprechen am Canal d'Amour

In den nächsten Tagen kamen sie kaum aus dem Bett – im wortwörtlichen Sinne. Sie liebten sich mehrmals täglich, ein einziger Kuss reichte aus, um die Lust erneut aufflammen zu lassen. Diese Gier nacheinander, die Sophie bei Flo so vermisst hatte, ließ mit keiner Sekunde nach. Weder der Küchentisch, die Dusche noch die Terrasse waren vor ihnen sicher. Sophie schwebte wie auf Wolken und war glücklich wie noch nie in ihrem Leben. Das Leben mit Loukas war schöner und bunter als sie es sich hatte vorstellen können, und sie genoss jede Sekunde davon. Die Trennung von Flo rückte in den Hintergrund, auch wenn sie ab und zu einen Anflug von schlechtem Gewissen hatte, so schnell wieder glücklich geworden zu sein. Aber ein Blick von Loukas, und all ihre Bedenken waren wie weggeblasen.

***

Am Montag der darauffolgenden Woche machte Loukas ein geheimnisvolles Gesicht.

»Ist dein Handy-Akku voll aufgeladen?«, wollte er wissen. »Heute wirst du mit Sicherheit viele Fotos machen wollen.«

»Wohin geht es denn?« Sophie warf ihrem Liebsten einen fragenden Blick zu.

»Lass dich überraschen.« Er grinste wie ein Honigkuchenpferd, während er Sandwiches, Tomaten und zwei Flaschen Wasser in einen Rucksack packte. »Richtest du bitte die Badetasche her?«

»Jetzt sag schon«, drängte sie und zog eine Schnute, seine Bitte ignorierend.

Er seufzte lächelnd. »Du Neugierdsnase. Also schön, wir fahren heute in den Norden. Der Canal d'Amour fehlt noch auf deiner Sightseeing-Liste.«

Sophie strahlte. »Super! Ich habe nicht mehr daran gedacht. Du hast es geschafft, dass mir das nicht mehr so wichtig war.«

»Aha?« Seine Augenbraue hob sich. »Erinnere mich nicht daran, sonst werfe ich meine Planung noch um.«

Sie hob lachend die Hände. »Schon gut. Ich glaube, wir hatten genug, um mal einen Tag ohne Sex auszukommen.«

»Vergiss es, mein Engel. Du glaubst doch wohl selbst nicht, dass ich nachts die Finger von dir lasse?« Loukas zwinkerte ihr zu. »Packst du jetzt die Badesachen, bitte?«

Sophie machte sich schmunzelnd an die Arbeit.

Kurz darauf steckte Loukas sein Gesicht durch die Tür. »Bist du fertig?«

»Jepp, wir können los.« Sie packte die Tasche ins Auto und nahm auf dem Beifahrersitz Platz. »Hoffentlich kommen wir bald ans Meer«, meinte sie. »Es ist noch nicht mal zehn Uhr und es hat schon sechsundzwanzig Grad. Das wird heute noch heißer als sonst.«

Er warf ihr einen zweideutigen Blick zu. »Das könnte durchaus möglich sein«, schmunzelte er.

Loukas hatte seinen USB-Stick mit Rocksongs im Radio angeschlossen, und sie wippte den Takt mit dem Fuß mit. Inzwischen kannte sie die Straße, auf der sie fuhren, allerdings verließ er diese mittendrin.

»Wohin fahren wir?«, erkundigte sich Sophie, als sie durch einen Olivenhain fuhren.

»Nach Nimfes. Wir können einen Spaziergang zu den Wasserfällen machen. Wahrscheinlich bekommen wir lediglich ein Rinnsal zu sehen. Trotzdem ist der Ort sehr nett, alte Torbögen und enge Gassen bieten genügend Fotomotive. Auf den Feldern in der Umgebung werden Zwergorangen, besser bekannt als Kumquats, angebaut. Das ist die Spezialität dieser Insel, angeboten wird zum Beispiel Likör oder Marmelade.«

Sophie nickte. »Sogar Seife und Pralinen habe ich schon gesehen.«

»Mhm«, machte Loukas. »Gegenüber des Dorfplatzes befinden sich Quellen, welche hervorragendes Trinkwasser führen. Außerdem ist vor dem Ortseingang eine ganz besondere Kirche. Es dürfte im gesamten griechischen Raum die Einzige sein, deren Bauweise an einen buddhistischen Stupa erinnert.«

Loukas stellte seinen Wagen in der Nähe des Sportplatzes ab. Gemütlich erkundeten sie den Ort, bevor sie sich auf den Weg zum Gotteshaus machten.

»Das ist sie. Die Stawromenos-Kirche.«

Sophie staunte und machte Bilder. »Das kann man nicht beschreiben. Außer, dass sie sich völlig von den Kirchen unterscheidet, die ich bisher auf Korfu gesehen habe.«

»Stimmt. Und die sehen wiederum anders aus als zum Beispiel auf Santorin. Keine runden, blauen Kuppeldächer, auf Korfu steht der rechteckige Glockenturm vorm Gebäude.«

»Ja, Griechenland besteht anscheinend nicht nur aus weißen Häusern mit blauen Fensterläden.«

»Auf dieser Insel sowieso nicht. Wollen wir weiter?«

Sophie nickte. »Ich bin schon so gespannt auf Sidari.«

Dort gestaltete sich die Suche nach einem Parkplatz als schwierig. Nach etwa zwanzig Minuten, in der Loukas auf Griechisch vor sich hin schimpfte, fanden sie eine Parklücke.

»Na endlich«, brummte er. »Ich dachte schon, wir finden in diesem Scheißkaff nie einen Parkplatz.«

Sophie ließ sich dadurch nicht aus der Ruhe bringen, sondern blickte auf die vielen Touristen, welche die Gehwege verstopften.

»Ist hier immer so viel los?«

Loukas nickte. »Ja, und das ist der Grund, wieso ich nicht gern hier bin. Hierher kommen all die Leute, die meinen, etwas Besseres zu sein.«

Als sie endlich am Canal d'Amour ankamen, musste Sophie ihm innerlich recht geben. So schön diese Sandsteinformationen auch waren, der Weg war von Menschen überfüllt und im Wasser kaum ein freier Fleck. Als Strand hätte Sophie diesen Uferstreifen nicht bezeichnet, was die Leute jedoch nicht davon abhielt, ihre

Handtücher auf den natürlich entstandenen Terrassen abzulegen.

»Jesus Maria, geht's hier zu. Schlimmer als auf dem Stephansplatz.«

»Es hat trotzdem was, oder?«, erwiderte er.

»Ja, doch.«

Sie nahm seine dargebotene Hand. Zusammen wanderten sie den Pfad entlang, an Hotelanlagen vorbei. Dort saßen die Leute bei einem Kaffee oder tummelten sich am beziehungsweise im Pool.

»Sehen und gesehen werden«, kommentierte Sophie die zur Schau gestellten Luxuskörper, woraufhin Loukas lachte.

Wenig später gab es einen winzigen Sandstrand, der zum Bersten voll war.

»Der normale Badestrand von Sidari liegt im Osten der Ortschaft. Dort gibt es einen richtig schönen Sandstrand«, klärte Loukas sie auf. »Möchtest du hier ins Wasser? Der Legende nach wird die Liebe niemals enden, wenn man zusammen mit dem Partner durch den Kanal schwimmt.«

»Und mit wie vielen Frauen hast du das schon gemacht?«, wollte Sophie wissen, während sie den Blick über den Fjord wandern ließ.

»Du bist die Erste, Sophie. Und auch die Letzte, wenn es nach mir geht.«

»Legende oder nicht, ich denke, ein Versuch kann nicht schaden«, grinste sie.

Loukas ergatterte einen freien Fleck auf dem Steinplateau und breitete die Handtücher darauf aus. »Na, dann los.«

Das Wasser war glasklar, der Meeresgrund am Ufer flach und von weichem Sand bedeckt.

»Kein Wunder, dass hier so viele Leute sind«, meinte Sophie und stürzte sich ins Meer.

Loukas folgte ihr. Gemeinsam schwammen sie die Klippen entlang, bis sie das offene Meer erreichten.

»Wie weit muss man raus?«, wollte Sophie wissen und ließ sich treiben, da ihr so weit draußen ein wenig mulmig zumute wurde.

»Keine Ahnung«, sagte Loukas und zog sie an sich. »Ist mir aber egal. Ich liebe dich, Sophie, und kann mir ein Leben ohne dich nicht mehr vorstellen. Du weißt nicht, wie glücklich ich bin, dass wir uns wiedergefunden haben. Ich verspreche dir, dass sich das niemals ändern wird.«

»Doch, das weiß ich, denn mir geht es ebenso. Ich liebe dich auch, Loukas«, erwiderte sie aus vollem Herzen.

Und dann küssten sie sich, wobei sie Wasser traten, um nicht unterzugehen.

Kichernd löste sie sich von ihm. »Wenn das nicht reicht, dann weiß ich auch nicht. Wollen wir wieder zurück?«

»Wie du magst.«

Sie ließen sich auf ihren Handtüchern von der Sonne trocknen und machten sich dann auf den Weg zum anderen Strand, um dort den Rest des Nachmittags zu verbringen.

Sophie legte ihre Hand auf seinen Brustkorb und lächelte ihn an. »So schön habe ich mir den Canal d'Amour nicht vorgestellt, obwohl ich Fotos davon gesehen habe.«

Er küsste ihre Fingerspitzen. »Vielleicht besuchen wir Sidari in der Nachsaison, wenn nicht mehr so viel los ist«, schlug er vor.

Das war keine schlechte Idee, fand Sophie. Mit weniger Menschen wäre dieses Fleckchen Erde bestimmt reizvoller.

***

Als krönenden Abschluss dieses wundervollen Tages fuhren sie abends nach Kerkyra, um in ihrer Lieblingstaverne zu essen. Sophie liebte das Flair der Altstadt, obwohl sie beim Anblick der alten Festung jedes Mal an Flo denken musste. Aber die Erinnerung an ihn und ihre gemeinsame Zeit tat nicht mehr weh, sondern war einem leisen Bedauern gewichen. In ihrer Glücksblase hatte Trauer keinen Platz und auch nichts zu suchen.

Nachdem sie die Liste für ihre Speisen zusammengeschrieben und bestellt hatten, griff Loukas über den Tisch und nahm beide Hände in seine. »Bist du glücklich?«, fragte er leise und blickte ihr tief in die Augen.

»Und wie«, antwortete sie ebenso leise. »Ich kann es noch immer kaum glauben, dass wir nach so langer Zeit endlich unsere Liebe leben dürfen.«

Sie sah ihn an. Sein Anblick bescherte ihr jedes Mal weiche Knie und Herzflattern, weil er so verdammt gut aussah und seine Ausstrahlung sie in Bann zog. Das Grübchen am Kinn machte sein Gesicht noch faszinierender.

»Dann ist es gut. Ein kleines bisschen habe ich Angst davor, dass du das Ganze doch bereust oder Heimweh bekommst.« Zart drückte er ihre Finger, bevor er sie wieder losließ.

»Bestimmt nicht, mein Herz. Ich liebe dich viel zu sehr, und ich mag die Insel. Ich bin gern hier.« Sie runzelte kurzzeitig die Stirn. »Natürlich vermisse ich meine Eltern oder Doro, aber das ist nicht so schlimm.«

Das strahlende Lächeln, welches er ihr daraufhin schenkte, konnte einen Stein erweichen – auf jeden Fall ließ es ihr Herz davongaloppieren. In ihrem Kopf formten sich Bilder, für die es noch viel zu früh war. Sie sah sich im weißen Kleid am Strand neben ihm in einem dunkelgrauen Anzug unter einem blumengeschmückten Bogen stehen, wo sie sich an den Händen hielten, während der Pastor rührende Worte fand.

20.

Zweisamkeit

Sophie konnte kaum glauben, wie schnell die Zeit verging – und dass sie nun schon über drei Wochen auf Korfu war. Nachdem Loukas ihr die Woche zuvor noch die letzten Orte gezeigt hatte, von denen er meinte, dass sie sie unbedingt gesehen haben musste, waren ihre Tage zwar etwas ruhiger geworden, aber bestimmt nicht langweilig. Nach dem Besuch des Canal d'Amour und dem anschließenden Abendessen hatten sie den Abend in einem Klub ausklingen lassen.

Heute, am letzten Tag, an dem er noch zu Hause war, half sie ihm, Tomaten und Paprika zu ernten, um daraus Sugo zu machen. Außerdem waren etliche Himbeeren reif, die sie zu Marmelade verarbeiteten.

»Es wäre ja schade drum. So viele Tomaten können wir gar nicht essen, wie derzeit wachsen«, meinte er und gab eine Prise Salz in die Soße. Sophie strich die heißen Himbeeren durch ein Sieb, um die Kerne daraus zu entfernen.

»Ich habe vorher noch nie Marmelade eingekocht«, gestand sie. »Macht aber irre Spaß.«

Er warf ihr einen schnellen Blick zu. »Wie auch? Ich glaube nicht, dass du in deiner Wohnung Obst züchtest?«

Sie lachte. »Stimmt. Obwohl der Nachbar einen Feigenbaum hat, dessen Früchte in unseren Vorgarten fallen.«

»Was machst du damit?«

Sophie blickte Loukas irritiert an. »Mit den Feigen?«

»Nein, mit der Wohnung. Du brauchst sie doch nicht mehr?«

Sophie überlegte kurz. »Stimmt, aber so lange Flo darin wohnt, bleibt alles erst einmal, wie es ist.« Sie seufzte. Würde sie Flo irgendwann ganz vergessen können? Aber sie war schon froh darüber, dass die Gedanken an ihn nicht mehr wehtaten.

Er nickte. »Trotzdem solltest du das Kündigungsschreiben aufsetzen.«

»Ich weiß nicht«, zögerte sie. Irgendwie war das alles so weit weg. Leisten konnte sie es sich, selbst wenn Flo die Hälfte der Miete nicht mehr bezahlte, denn sie hatte dank einer guten Auftragslage noch genug Geld auf der Kante. Und irgendwas sträubte sich in ihr, die Wohnung jetzt schon aufzugeben. Außerdem würde sie ihren Ex damit nur unnötig unter Druck setzen, und das wollte sie ihm nicht antun. Sie konnte nicht noch mal ein schlechtes Gewissen brauchen.

Loukas zog sie kurz in seine Arme. »Ich wollte es nur anmerken. Wie sieht es aus, hast du heute Lust auf eine Tennispartie?«

Sophie war froh über den Themenwechsel. »Sehr gern.«

Er wischte die Hände am Geschirrtuch ab. »Ich reserviere einen Platz«, sagte er und griff nach seinem Smartphone.

Sophie nutzte die Zeit und telefonierte mit Doro.

»Ich bin urhappy«, offenbarte sie ihr, nachdem sie von ihrem Ausflug nach Sidari und Loukas' Liebeserklärung am Canal d'Amour erzählt hatte. »Loukas ist ein Schatz, respektiert mich und trägt mich auf Händen.«

»Das freut mich für dich, Bella«, erwiderte ihre Freundin. »Du hörst dich auch sehr glücklich an, aber es ist gut, dass du das mit deiner Wohnung nicht sofort in Angriff nimmst. Wann fängt er seinen Job an?«

»Morgen.« Sophie seufzte leise. »Das wird komisch, wenn er den ganzen Tag nicht da ist.«

»Ach komm, du hast ja bestimmt auch was zu tun?«

»Das schon«, bestätigte sie ihrer Freundin und dachte an die beiden Aufträge, die sich in ihrem E-Mail-Postfach befanden. »Es wird dennoch anders sein, wenn ich allein in seiner Bude bin und auf ihn warten muss.«

»Wird sicher nicht so schlimm werden«, prophezeite Doro. »Immerhin kannst du jederzeit in den Pool. Ist doch was anderes, als in Wien in der Wohnung zu hocken. Und wenn dir langweilig wird, komme ich dich besuchen.«

»Das wäre toll«, schloss Sophie das Gespräch. »Mach's gut, Doro. Wir gehen jetzt Tennis spielen.«

»Viel Spaß!«

***

Nach dem Match hatten sie keine Lust mehr, essen zu gehen, und machten sich eine Kleinigkeit zu Hause. Nun saßen sie auf der Terrasse bei einem Glas Wein und ließen den Tag ausklingen.

»Mir graut davor, dass ich dann den ganzen Tag allein bin«, brachte Sophie ihre Gedanken zum Ausdruck.

Loukas legte den Arm um ihre Schulter und drückte sie zart, dabei vergrub er seine Nase in ihren Haaren, die nach der Dusche noch nicht ganz trocken waren, bevor er antwortete:

»Dann komm mit«, schlug er ihr vor. »Du kannst an der Poolbar arbeiten.«

Sie sah in fragend an. »Dein Ernst?«

»Natürlich. Mir wäre auch lieber, wenn wir zusammen sein könnten. In der ersten Woche habe ich Spätschicht, das bedeutet, ich kann nachmittags nach Hause fahren.«

»Das wäre schön, aber rentiert sich das?«

»Ich brauche knapp dreißig Minuten ins Hotel und habe fünf Stunden frei, bevor ich wieder dort sein muss.«

Sophies Freude darüber währte nur kurz. »Das bedeutet aber, dass ich abends allein bin?«

»Dann komm da mit. Wenn nichts los ist, können wir an der Bar würfeln oder so.«

Sie lachte. »Und du glaubst, dein Chef hat nichts dagegen?«

»Wieso sollte er? Kann ihm doch egal sein, solange die Gäste ihre Drinks bekommen.« Seine Miene wurde ernst. »Am liebsten würde ich gleich kündigen. Der Job geht mir auf den Sack, noch bevor ich ihn angetreten habe. Wer konnte auch ahnen, dass ich dann mit dir zusammen sein werde?«

»Du kannst den Job nicht einfach hinwerfen, Loukas«, mahnte Sophie. »Ich weiß zwar nicht, wie viel Kohle du auf die Seite gelegt hast, aber es wird bestimmt nicht so viel sein, um nicht mehr zu arbeiten, oder?«

Er zog seufzend die Brauen in die Höhe. »Leider nicht. Das stimmt. Auch wenn es wohl für drei oder vier Monate reichen würde.«

»Wir kriegen das schon hin«, machte Sophie ihm Mut. »Ich bin das halt nicht gewohnt, dass mein Freund abends nicht daheim ist.«

»Außerdem ist es befristet«, räumte Loukas ein. »Sobald die Urlaubssaison vorbei ist, brauchen die keine Animateure mehr. Dann muss ich mir sowieso etwas anderes suchen.«

»Und was?«

Er zuckte die Schultern. »Darüber zerbreche ich mir den Kopf, wenn es soweit ist. Und bis dahin ...« In seine Augen trat ein schelmisches Glitzern, »... weiß ich zumindest, wie ich dich ablenken kann«, murmelte er und versiegelte ihren Mund mit einem Kuss, während seine Hand zärtlich über ihre Schulter strich.

Sophie schlang die Hände um seinen Nacken, schloss die Augen und schob alle störenden Gedanken zur Seite. Ab morgen würde ein neues Kapitel ihres Lebens beginnen – bisher war alles in ihren Augen Urlaub gewesen. Sie hatte nicht gearbeitet, nur genossen – und das aus vollen Zügen. Sie war gespannt, wie es werden würde, wenn Loukas einer geregelten Arbeit nachging. Aber heute wollte sie noch nicht daran denken.

Loukas hob sie hoch, als würde sie nichts wiegen, und trug sie ins Schlafzimmer, wo er sie sanft auf dem Bett ablegte.

»Ich liebe dich«, murmelte er und streifte ihr das T-Shirt über den Kopf. »Wir sollten die Zeit nutzen, die uns noch bleibt, ohne dass wir auf die Uhr schauen müssen.«

Und dann dachte sie an nichts mehr, denn seine Hände hatten sich vervielfacht. Zumindest fühlte es sich so an, als er sie über ihren Körper wandern ließ.

***

Der Wecker klingelte um sechs Uhr morgens. Sophie grunzte und gähnte, erst dann öffnete sie die Augen zur Hälfte. Loukas hatte die Beine bereits aus dem Bett geschwungen und den Alarm ausgestellt.

»Schlaf weiter, Süße«, raunte er ihr zu.

»Wieso stehst du schon auf? Du musst doch erst um acht dort sein?« Verschlafen rieb sie sich über die Lider.

»Ich will vernünftig frühstücken, meine Runden im Pool schwimmen und duschen, ohne dass ich in Zeitnot gerate.«

Sie stöhnte leise. »Du hast echt Hummeln im Arsch. Ich mache dir Frühstück, dann musst du dich nicht so hetzen.«

Er umrundete das Fußende und beugte sich über sie, um ihr einen Kuss zu geben. »Du bist die Beste.« Seine grauen Augen strahlten voller Tatendrang und Unternehmungslust. Auch etwas, worüber Sophie sich immer wieder wunderte. Wie konnte man nur so schnell aus dem Bett kommen und dann gleich gut drauf sein? Flo und sie hatten sich morgens grundsätzlich angeschwiegen, während sie ihren Kaffee tranken. Erst wenn er zur Arbeit aufgebrochen war, hatte es ein obligatorisches »Bis heute Abend, Schatz« gegeben.

Loukas war längst im Pool, als sie endlich in der Küche stand. Sophie blickte aus dem Fenster und bewunderte ihn, wie er das Becken durchpflügte. Mit eleganten, regelmäßigen Bewegungen – kraftvoll und ausdauernd. Himmel, sie würde nie genug von seinem Anblick bekommen, und sie hatte Respekt vor seiner eisernen Disziplin. Um diese Zeit war es draußen noch kühl, sie selbst hätten bei dieser Temperatur keine zehn Pferde ins Wasser gebracht.

Sophie gab die letzte Scheibe Brot, die der Toaster gerade ausspuckte, in das Körbchen und stellte es aufs Tablett, als Loukas in die Küche kam. Im Vorbeigehen hauchte er ihr einen Kuss in den Nacken. »In fünf Minuten bin ich bei dir.«

Höchste Zeit, die Eier in den Topf zu geben. Zuvor lief sie zurück ins Schlafzimmer und schlüpfte in seinen herrlich flauschigen Bademantel. Nur mit dem leichten Top war es ihr definitiv zu kalt auf der Terrasse, und drinnen wollte sie nicht essen. Es war schön, so früh wach zu sein, mitzuerleben, wie der Tag begann. Wobei das so nicht stimmte, die Sonne war bereits aufgegangen, hatte aber noch keine Kraft. In drei Stunden würde das anders aussehen und das Thermometer sicher auf fünfundzwanzig Grad steigen. Sie grinste, als sie ihn unter der Dusche singen hörte. Nicht schön, dafür laut. Anscheinend gab es doch etwas, was ihr Mister Perfekt nicht ganz so perfekt konnte.

Eingehüllt in einer Wolke seines sportlich-herben Duschgels, einer Jeans und einem Shirt, das eng an seinem Brustkorb lag und ihr den Atem stocken ließ, betrat er mit nassen Haaren die Terrasse und gab ihr einen pfefferminzfrischen Kuss.

»Danke, mein Engel. Ich finde es schön, mit dir gemeinsam zu frühstücken.« Loukas griff nach seinem Kaffee und pustete hinein.

»Gern geschehen. Ich wusste nur nicht, dass du so früh aufstehst.« Sophie angelte nach einem Toastbrot und bestrich es mit Butter und Marmelade.

»Du hättest ruhig liegen bleiben können«, erwiderte er und widmete sich dem Ei, das vor ihm stand. »Ich verlange nicht, dass du mit mir aufstehst.«

»Ich wollte aber. Wann wirst du am Nachmittag hier sein?«

»Wenn ich pünktlich gehen kann, gegen zwei Uhr.«

»Was möchtest du zu Mittag?«

Er blickte sie mit hochgezogener Augenbraue an. »Du musst nicht kochen, Sophie. Ich kann im Hotel etwas zu mir nehmen.«

»Ich brauche ja auch etwas zu essen«, schmunzelte sie. »Also kann ich auch für zwei Leute kochen. Ich verspreche dir, dass ich die Küche wieder sauber machen werde.«

Loukas lachte. »Was hältst du von Thunfisch-Salat? Ich bringe frisches Olivenbrot mit.«

»Gute Idee.« Mittags brachte sie bei der Hitze sowieso kaum etwas hinunter. Bisher hatten ihr das Obst und die Sandwiches immer gereicht, wenn sie unterwegs gewesen waren.

»Das Windows-Passwort für meinen Laptop weißt du noch?«, wechselte er das Thema.

Sie nickte. Den Namen des amtierenden Weltranglisten-Ersten im Tennis konnte sie sich auf jeden Fall merken.

Loukas beendete sein Frühstück und brachte sein Geschirr in die Küche. Sophie folgte ihm.

»Lass es stehen, Loukas. Ich mache das«, sagte sie und stellte ihre Tasse unter den Kaffeevollautomaten, um sich noch einen zu gönnen.

Loukas stützte die Hände rechts und links von ihr auf der Arbeitsfläche ab und beugte sich zu ihr. »Ich muss mich noch daran gewöhnen, dass ich nicht mehr alles selbst machen muss«, antwortete er und warf einen Blick auf die Uhr. »Verdammt, ich muss langsam los. Mach dir einen schönen Tag, Sophie. Ich liebe dich.« Er küsste sie zärtlich, bevor er sie wieder freigab.

»Ich wünsche dir einen guten Start in den Job und nette Gäste«, rief sie ihm hinterher, als er die Haustür öffnete.

Er drehte sich nicht mehr um, sondern winkte ihr lediglich zu, bevor die Tür ins Schloss fiel.

Sophie seufzte und setzte sich mit ihrem zweiten Kaffee und ihrem Handy auf die Terrasse. Ohne Loukas war das Haus völlig anders. Ruhiger. Als wäre es seiner Seele beraubt. Nachdenklich ließ sie ihren Blick über das Grundstück schweifen und horchte in sich hinein. Fühlte sie sich hier wohl, auch ohne Loukas?

21.
Der erste Arbeitstag

Nach einer Stunde war sie endlich wach genug, um mit ihrer Arbeit zu beginnen. Sie holte den Laptop aus dem Wohnzimmer und stellte ihn auf den Tisch der überdachten Terrasse, auf der es noch schattig und angenehm war. Es wäre schade, den sonnigen Tag im Haus zu verbringen. Arbeit hatte sie genug, wie sie mit einem Blick auf ihr Postfach feststellte. Eine Autorin hatte wegen eines Exposé-Lektorats angefragt, zudem hatte sie ein Manuskript in Arbeit, welches zum Glück erst in einer Woche zurückgeschickt werden musste. Wenn sie sich dahinterklemmte, schaffte sie das locker. Allerdings durfte sie sich dabei nicht ablenken lassen. Dennoch schweifte ihr Blick immer wieder über den Garten. Zu ihrer Arbeitsroutine gehörte, alle Stunde eine kurze Pause einzulegen, um den Kopf wieder frei zu kriegen. Diese nutzte sie, um nackt in den Pool zu hüpfen und sich anschließend wieder an den Laptop zu setzen, ein Handtuch als Unterlage auf dem Stuhl. Sie schmunzelte innerlich. Pudelnackt zu arbeiten war eine neue Erfahrung, aber die Sonne hatte die Terrasse erreicht und ließ das Thermometer erbarmungslos nach oben klettern. Schon bald tauchte sie alle fünfzehn Minuten kurz ins Wasser, um sich abzukühlen – dazu jedes mal aus dem Bikini zu schlüpfen wäre reine Zeitverschwendung. Zudem behielt sie den Computer im Auge, nicht dass der Akku überhitzte. Trotz ihrer Unterbrechungen ging ihr das Lektorat flott von der Hand. Die Story war witzig und interessant geschrieben, der Autor hatte kaum Grammatik- oder Rechtschreibfehler drin, und so hielten sich ihre Anmerkungen dementsprechend in Grenzen. Als es an der Zeit war, den Salat herzurichten, hatte sie die ersten vierzig Seiten geschafft.

***

»Bin da«, rief Loukas von der Eingangstür her und schlüpfte aus seinen Turnschuhen, nachdem er das noch warme Olivenbrot auf dem Sideboard zwischenparkte, wo er normalerweise seine Schlüssel aufbewahrte oder die Post ablegte.

Sophie lief auf ihn zu und ließ sich von ihm in eine Umarmung ziehen, die mit einem sanften Kuss endete.

»Hallo, mein Herz. Na, wie gefällt dir dein erster Arbeitstag bisher?«, erkundigte sie sich und nahm das Brot, um es in Scheiben zu schneiden. »Der Salat ist fertig. Was magst du trinken?«

Loukas betrat die Küche und Sophie bemerkte, wie er prüfend seinen Blick durch den Raum wandern ließ und anschließend lächelte. Anscheinend war er zufrieden, wie sie diesen hinterlassen hatte. »Wasser reicht.

Ist welches im Kühlschrank?« Ohne eine Antwort abzuwarten, öffnete er diesen.

»Natürlich. Wir können sofort essen, wenn du magst.«

Loukas brachte die Flasche mitsamt Gläsern nach draußen, während Sophie das Brot nahm.

»Könnte schlimmer sein«, beantwortete er ihre Frage. »Die Kollegen sind voll okay, aber das wusste ich bereits. Ich habe sie kennengelernt, als ich mich vorgestellt hatte. Eine Urlauberin ist dabei, die meint, wir Animateure seien Freiwild. Die baggert jeden an. Aber ansonsten geht's.«

»Echt?« Sophies Augen wurden groß. »Wieso macht sie das?«

»Was weiß ich, vielleicht will sie sich etwas beweisen.« Loukas brach ein Stück vom Brot ab und schob es sich in den Mund. »Das Schlimme ist, dass man ihr nicht über den Mund fahren kann und den Korb möglichst nett verpacken muss, obwohl man ihr einfach nur sagen möchte, dass sie Leine ziehen soll. Notgeiles Miststück. Ich hasse Gäste, die meinen, wenn sie dir 'nen Fuffi zustecken, tust du alles für sie. Ich hoffe nur, dass mir das keine Probleme mit dem Chef einbringt.«

Sophie grinste. »Der wird schon wissen, dass er sich auf sein Personal verlassen kann. Hast du schon mal was mit einer Urlauberin gehabt?«

Loukas hob spöttisch die Augenbraue. »Auf den Kreuzfahrtschiffen? Du weißt schon, welches Durchschnittsalter die Gäste da haben?«

»Ja, aber es werden doch bestimmt auch jüngere Frauen dabei sein?«

»Manchmal«, bestätigte er ihre Vermutung. »Ein Mönch war ich nicht, Sophie. Aber das kam eher selten vor – eher bin ich mit einer Kollegin im Bett gelandet.« Er musterte sie kurz, tunkte das Dressing mit dem Brot auf und meinte dann: »Es gibt keinen Grund, eifersüchtig zu sein, Süße.«

»Wieso sollte ich?«, entgegnete sie und fischte nach einem Stück Gurke im Salat. »Aber es wundert mich nicht, dass dir die Frauen nachschauen. Du bist nun mal verdammt heiß.«

Seine Stimme wurde eine Spur rauer. »So, bin ich das?«, raunte er.

Sophie grinste. »Das weist du ganz genau, also fische hier nicht nach Komplimenten.«

Er zwinkerte ihr zu. »Und wie ging es dir? Bist du mit der Arbeit vorangekommen?«

»Durchaus. Aber trödeln darf ich trotzdem nicht.«

»Was heißt das im Klartext?« Loukas stapelte die Teller übereinander und brachte sie in die Küche.

»Dass ich nachmittags nicht arbeite, so lange du hier bist, und ich deine Arbeitszeiten übernehme, bis ich mit dem Manuskript fertig bin.« Sophie verstaute das restliche Brot in einem Behälter.

»Ich weiß nicht, wann ich nachts heimkomme«, wandte er sich ihr zu. »Wenn du müde bist, geh ruhig schlafen. Du musst nicht auf mich warten.«

»Ist mir klar. Ich mache, so lange ich fokussiert bin. Zur Not setze ich mich mit einem Glas Wein raus.«

»Schade, dass du nicht mitkommst«, murmelte er. »Ich mag nicht so lange auf dich verzichten.«

»Musst du doch auch gar nicht.« Sophie lächelte ihn an, legte ihre Arme um ihn und zog ihn an sich.

Loukas verstand die Aufforderung. Sanft knabberte er an ihren Lippen, teilte sie mit seiner Zunge und brachte sie allein damit um den Verstand. »Sex am Nachmittag«, raunte er. »Daran könnte ich mich gewöhnen.«

»Spinner«, murmelte sie lächelnd, nahm ihn bei der Hand und zog ihn ins Schlafzimmer.

***

Nachdem Loukas wieder aufgebrochen war, goss sich Sophie ein Glas Wasser ein und brachte den Laptop hinaus. Sie war froh, dass sie am Nachmittag nicht gearbeitet hatte und sie der brütenden Hitze nicht ausgesetzt gewesen war, inzwischen ließ es sich aushalten. Mit frischem Elan setzte sie ihre Arbeit fort, wobei die Story sie sofort wieder fesselte. Als sie drei Seiten gelesen hatte, ohne auch nur einen Kommentar abzugeben und lediglich ein paar Tippfehler ausgebessert hatte, riss sie sich zusammen. Das war alles andere als professionell, aber das passierte ihr bei guten Geschichten leider oft. Manchmal las sie das Manuskript vorab, um sich besser auf ihre Arbeit konzentrieren zu können. Bei diesem Projekt reichte die Zeit nicht mehr dafür, nachdem sie diese mit Loukas verbracht hatte, statt zu arbeiten. Sie bemerkte erst, wie spät es geworden war, als sie die Tastatur nicht mehr sah und das Außenlicht einschalten musste.

Sophie kreiste mit dem Kopf, lockerte die verspannten Muskeln im Nacken und in der Schulter. Sie war weit gekommen, wie ihr ein Blick auf die Seitenzahl verriet. Vor allem lockte der beleuchtete Pool ungemein.

Mit einem leisen Jauchzer glitt sie ins Wasser und genoss die Abkühlung. Es war herrlich, so spät noch in den Pool gehen zu können, welchen sie ganz für sich hatte.

Sie wickelte sich in ein Handtuch, blickte in den Sternenhimmel und genoss die Geräusche der Nacht. Komischerweise wanderten ihre Gedanken zu Flo. Der arme Kerl musste bei der Temperatur in der Wohnung sitzen. Oder war er mit Freunden unterwegs? Sie zuckte mit den Schultern. Es ging sie nichts an. Seufzend schlüpfte sie in Leggins und T-Shirt und machte sich wieder an die Arbeit.

Nach einer weiteren Stunde begannen die Buchstaben vor ihren Augen zu verschwimmen – es wurde höchste Zeit, Feierabend zu machen. Morgen war schließlich auch noch ein Tag. Aber sie wollte das Lektorat so schnell wie möglich fertig bekommen. Vielleicht würde sie gegen Ende der Woche mit Loukas ins Hotel mitfahren können, um ihm den Abend zu versüßen. Sophie speicherte die Datei, brachte den Laptop zurück ins Haus und schenkte sich ein Glas gekühlten Weißwein ein, mit dem sie es sich auf der Loungegarnitur gemütlich machte. Sie zündete ein Windlicht an, zog die Beine auf die Sitzfläche und ließ die Seele baumeln, während sie insgeheim hoffte, dass Loukas bald nach Hause kam.

Sie hatte ihr Glas erst zur Hälfte geleert, als sie die Scheinwerfer in der Einfahrt sah. Dann hörte sie die Autotür zufallen, gefolgt vom Klappern des Schlüsselbundes, und kurz darauf stand Loukas vor ihr.

»Du bist noch wach«, freute er sich. »Ich hole mir auch ein Glas und setze mich zu dir. Ich bin noch viel zu aufgekratzt, um schlafen zu gehen.«

Als er mit seinem Wein zurückkam, streckte er die Beine auf der Garnitur aus und zog sie zwischen sich, sodass sie mit dem Rücken an seinem Oberkörper lehnte. Seine Hand lag locker auf ihrer Hüfte, mit der anderen verwuschelte er ihre Haare.

»Es ist schön, nach Hause zu kommen, wenn du da bist. Sonst wäre ich bestimmt der Letzte gewesen, der Feierabend macht«, meinte er leise.

»War viel zu tun?«

»Die Hölle. Am Nachmittag sind ein paar Männer eingetroffen, die Junggesellenabschied feierten. Die haben gesoffen wie die Löcher. Aber Toni hatte die gut im Griff.« Sanft malte er kleine Kreise auf ihren Nacken, und Sophie erschauerte unter der zarten Berührung. »Und du? Hast du viel geschafft?«

»Sehr viel. Mit etwas Glück kann ich Ende der Woche mit dir mitfahren. Wer ist Toni?« Sie strich zart über seine Oberschenkel.

»Eine Kollegin«, antwortete er und fuhr dann fort: »Echt? Cool. Am Freitagabend ist Karaoke, das wird bestimmt lustig.« Seine Lippen liebkosten die zarte Haut unterhalb ihres Ohrläppchens.

Eine Gänsehaut überzog ihren Körper. Wäre sie eine Katze, hätte sie zu schnurren begonnen. Leider griff er zu seinem Weinglas und unterbrach seine Zärtlichkeiten. Er prostete ihr zu.

»Auf uns, Sophie.«

»Auf uns«, wiederholte sie seine Worte und leerte ihr Glas. »Stehst du morgen wieder so früh auf?«

Sie spürte sein Nicken in ihrem Rücken. »Deswegen ist es höchste Zeit, ins Bett zu gehen. Schließlich will ich dich noch ein bisschen verwöhnen.«

Sophie löste sich von ihm und blickte ihn mit großen Augen an. »Du bist nicht müde?«

»Doch«, gab er zu. »Aber heute Nachmittag ging mir zu schnell, auch wenn es schön und befriedigend war. Und ich genieße es, dich in den Wahnsinn zu treiben.«

»Als ob du das nicht zuvor auch geschafft hättest«, murmelte sie lächelnd.

Wie sollte sie Nein sagen können, wenn er sie mit diesem Schlafzimmerblick anschaute? Erst recht, wo er über ihre Brüste strich und sich ihre Nippel prompt aufrichteten, was ihm ein wölfisches Grinsen ins Gesicht zauberte. Das Raubtier in ihm war geweckt, und sie war nur zu gern seine Beute.

22.
Neue Bekannte

Am Freitag war Sophie mit dem Lektorat fertig und fuhr abends mit Loukas ins Hotel. Sie hatte gemischte Gefühle, denn ein wenig hatte sie Angst davor, dass alles dort sie an Flo erinnern würde.

Es war nicht so schlimm, wie sie befürchtet hatte. Ihr Blick wanderte an der Poolbar zu dem Platz, an dem sie mit Flo immer gesessen hatte. Kurz schoss die Erinnerung an ihren letzten gemeinsamen Kaffee durch ihren Kopf, und wie sie sich über die Frau mit der Bildzeitung lustig gemacht hatten. Zum Glück fand das Karaoke auf der Frühstücksterrasse statt, auf der sie nie gewesen waren. Neben Loukas gab es noch zwei weitere Animateure. Zum einen Antonia Nikitas, eine rothaarige Schönheit mit perfekter Figur und sympathischem Lächeln.

»Toni«, stellte sie sich bei Sophie vor. »Und du bist Loukas' Freundin? Freut mich, dich kennenzulernen.« Sie sprach beinahe akzentfreies Deutsch, wechselte aber gleich darauf ins Englische, als sie ein vorbeikommendes Pärchen dazu aufforderte, bei der Show mitzumachen.

Zum anderen sein männlicher Kollege Mario Caruso, er war Italiener und erinnerte Sophie ein bisschen an Jason Momoa. Auch von ihm wurde sie herzlich begrüßt, als würde sie zur Crew gehören. »Ich habe schon viel von dir gehört«, meinte er auf Englisch. »Naturalmente solo cose buone«, zwinkerte er ihr zu. Sie sprach kein Italienisch, aber das konnte sogar sie übersetzen: *Nur Gutes, natürlich.* Sie saß in der Nähe von Loukas, etwas abseits der Hotelgäste, und hatte einen super Blick auf die Bühne.

Am Anfang zierten sich die Gäste noch, aber Loukas setzte der Scheu ein Ende, indem er den ersten Auftritt machte. Sophie grinste, als er auf die Bühne trat. Ausgerechnet Loukas? Seine Gesangseinlagen unter der Dusche waren nicht dazu prädestiniert, sich bei Voice of Germany zu bewerben. Dafür überraschte er sie mit seiner Anmoderation.

»Um das Eis zu brechen, eröffne ich den Karaokeabend«, sprach er ins Mikrofon. »Dazu möchte ich meiner Freundin, die heute hier ist, ein Lied widmen. Sophie, hör auf den Text, denn genau das verkörperst du für mich. I love you, Darling. Partypeople, it's freestyle!«

Applaus brandete auf, wohl eher wegen seiner Liebeserklärung als seiner Ansprache. Sie war gespannt, welchen Song er gewählt hatte. Wenn sie raten müsste, würde sie auf *I was made for lovin' you* tippen. Aber ihr Freund hatte sich eine andere Scheibe aus dem letzten Jahrtausend ausgesucht: *Fantasy Girl* von *Johnny O.*

Sie kannte die Melodie, die direkt in die Beine ging und den Wunsch weckte, zu tanzen. Gebannt blickte sie zu Loukas, der die Choreografie des Songs perfekt beherrschte. Seine beiden Kollegen unterstützten ihn, und schon nach den ersten Takten rissen sie die Gäste mit, die begeistert klatschten, johlten und teilweise pfiffen, wobei seine Stimme beinahe unterging. Sophie konnte den Text jedoch lesen und ihr schossen fast die Tränen in die Augen. Der Titel war ein Lovesong sondergleichen.

Toni tanzte zu einem Tisch und zog einen Mann hoch, der unbeholfen mitmachte, während sich Mario eine Dame in den Mittvierzigern schnappte, die den Move draufhatte. Schon bald war kaum noch jemand auf seinem Platz, sondern beinahe alle tummelten sich auf der behelfsmäßigen Tanzfläche.

»Oh, sweet love, won't you be mine?
I'll treat you like no other man has tried
I'll be your man, never let you down
And I'll always be true not to make you go«,
intonierte Loukas die letzten Zeilen und verbeugte sich übertrieben, während die anderen noch einmal den Refrain mitgrölten. Er löste sich aus dem Pulk und ging auf sie zu.

Sophie strahlte und schüttelte lachend den Kopf. Das war ihr Loukas – für jeden Blödsinn zu haben. Und sie liebte ihn. Flo wäre niemals auf so eine Idee gekommen, geschweige denn, hätte sich zum Kasper gemacht. Allerdings hatte Loukas das auch nicht getan. Auch wenn seine Stimme nicht für den Eurovision-Song-Contest reichte, mit seinen geschmeidigen Bewegungen hätte er jederzeit bei Dancing Stars mitmachen können.

»Du warst super«, jubelte Sophie und fiel ihm um den Hals.

»Ich hoffe doch«, grinste er und küsste sie leidenschaftlich, was einen weiteren Applaus der umstehenden Gäste zur Folge hatte.

Sophie wurde rot, aber es war ihr egal. Mochten die Leute denken, was sie wollten – deutlicher konnte er ihr seine Liebe kaum zeigen.

***

Der Abend war lustiger, als Sophie anfangs vermutet hatte. Es wurden Lieder aus sämtlichen Bereichen gespielt, von den Beatles über Helene Fischer bis ACDC war alles dabei. Manche Gäste hatten richtig gute Stimmen, manche sangen so falsch, dass einem die Ohren wehtaten. Soweit Sophie das beurteilen konnte, wurde gut getrunken und die Stimmung immer ausgelassener. Aber kurz nach zweiundzwanzig Uhr war Zapfenstreich. Zumindest für die Musik, die Bar hatte noch bis Mitternacht geöffnet. Nachdem die Animateure die Karaokemaschine im Keller verstaut hatten, halfen sie am Ausschank mit, da der Andrang groß war.

Schließlich war auch an der Bar Feierabend, der letzte Gast hatte sich lallend und schulterklopfend von der Crew verabschiedet, die nun bei einem Absacker zusammensaß.

»War recht erfolgreich«, zog Mario Resümee.

»Dank Loukas' Anfangseinlage«, lachte Toni.

»Fein, dass ihr mitgemacht habt«, bedankte sich dieser bei seinen Kollegen. »Das hat gleich viel mehr hergemacht. Wie schaut's aus, wollen wir noch irgendwo abtanzen? Ich bin grad so gut drauf.«

»Why not«, meinte Mario und kippte seinen Drink auf Ex.

Auch Toni nickte. »Bin dabei. Morgen haben wir ja zum Glück frei.«

Ach so? Sophie zog eine Braue in die Höhe. Das hatte er ihr noch gar nicht gesagt. Sie fühlte sich ein wenig wie das fünfte Rad am Wagen.

Der Barkeeper schüttelte bedauernd den Kopf. »Nope. Ich bin froh, wenn ich ins Bett komme, bin völlig kaputt.« Er legte das Geschirrtuch zur Seite und stellte das eben polierte Glas aufs Regal. »Kalinichta«, wünschte er und winkte zum Abschied.

Sophie blickte ihm nach. Sie war gleichzeitig aufgekratzt und müde und hätte nichts dagegen gehabt, mit Loukas den Abend daheim ausklingen zu lassen.

»Sophie?«

Sie blickte in seine stahlgrauen Augen, die sie fragend musterten. »Ist das okay für dich?«

»Natürlich«, bestätigte sie, schließlich wollte sie kein Spielverderber sein.

»Cool«, freute sich Toni und hakte sich bei ihr unter. »Endlich bin ich mal nicht in der Unterzahl.«

Sophie konnte nicht anders und lachte. »Wieso? Die tun dir ja nichts.«

»Das nicht. Aber wenn mich jemand mit den beiden scharfen Hasen sieht, glauben alle, wir schieben danach 'nen Dreier!« Sie verdrehte die Augen und schüttelte den Kopf, dass ihre rote Mähne nur so flog.

»Und wieso sollte das wer denken?«

Toni zog in gespielter Verzweiflung die Nase kraus. »Na hör mal, hast du uns zusammen tanzen sehen? Das geht auch noch ein bisschen heftiger, à la Dirty Dancing, wenn dir der Film was sagt.«

So schlimm konnte es doch nicht sein. Oder etwa doch? Anscheinend sprach ihr Blick Bände.

»Keine Angst«, beruhigte Toni sie gleich darauf. »Ich bin glücklich verliebt. Und mit Kollegen fange ich grundsätzlich nichts an, egal wie süß sie sind. Außerdem bist du mir sympathisch.«

Sophie schmunzelte. »Das glaube ich dir aufs Wort. Ich kann dich auch gut leiden.«

Vielleicht war das ja der Auftakt einer neuen Freundschaft? Sie kannte auf Korfu keine Menschenseele, und gegen eine Freundin hätte sie nichts einzuwenden.

***

Sie fuhren mit zwei Autos in die Stadt – Loukas und Sophie in seinem Hyundai, Toni nahm Mario in ihrem Mini Cooper mit. Es dauerte geraume Zeit, bis sie einen Parkplatz ergatterten, aber innerhalb von zehn Minuten trafen sie sich am Eingang des Klubs wieder. Die Bässe hörte man bereits draußen auf der Straße. Der Türsteher nickte ihnen zu und ließ sie durch, nachdem Toni mit einem gekonnten Augenaufschlag ein paar griechische Wörter mit ihm gewechselt hatte. Drinnen schlug ihnen die Wärme wie eine Wand entgegen, die einem sofort den Schweiß aus den Poren trieb. Dazu war es so laut, dass sie sich nur schreiend untereinander verständigen konnten. Mario steuerte die Bar an, wo noch freie Hocker waren. Sophie hielt sich an Loukas fest, denn das blitzende Licht des Stroboskops brachte sie aus dem Gleichgewicht. Sie sah so gut wie nichts, nur abgehackt tanzende Menschen und die chromglänzende Reling der Bar, und sie war froh, dass Loukas sie führte.

Die Frauen setzten sich. Loukas stellte sich hinter Sophie und umfing sie schützend mit seinen Armen.

Mario grinste. »Sie wird dir schon nicht geklaut werden«, rief er gegen die Lautstärke der Musik an.

Toni hob die Hand und winkte dem Barkeeper. Kurz darauf standen vier Gin Tonic vor ihnen. Loukas deutete auf die Tanzfläche. »Wollen wir?«

Das ließen sie sich nicht zweimal sagen, und Loukas bahnte ihnen einen Weg durch die Leute, Sophie hinter sich an der Hand haltend.

Sophie schmunzelte. Zuerst war sie jahrelang nicht mehr weg gewesen, seit sie hier war dafür umso öfter. Aber war es nicht genau das, was sie wollte? Sich endlich wieder jung fühlen – besser gesagt, so alt zu fühlen wie sie war und nicht wie eine alte Oma, die Socken strickend im Schaukelstuhl saß? Voller Liebe lächelte sie Loukas an, der sie inmitten der ganzen Menschen an sich zog und küsste, bevor er sich dem Rhythmus der Musik hingab. Ihr Blick streifte Toni, die zusammen mit Mario derart aufreizend tanzte, dass man meinen konnte, die beiden würden sich jeden Augenblick die Wäsche vom Leib reißen. Sie konnte sich das Lachen kaum verkneifen, denn Toni hatte mit ihrer Aussage recht behalten: Die Menschen in ihrer Umgebung gafften sie an – ob schockiert, amüsiert oder neidisch, konnte sie nicht beurteilen. Sie hatte Lust, mitzumachen. Und wieso auch nicht? Sophie tanzte hinter Mario, sodass dieser in der Mitte von den beiden Frauen war – wie eine Wurst in einem Hotdog. Loukas grinste, schob sich hinter Sophie und zog sie mit einer Hand an der Hüfte an sich, dass ihr Hintern an seinem Schritt klebte, als wären sie zusammengeschweißt. Lachend passte sie sich seinen Hüftschwüngen an.

Sein Mund verharrte neben ihrem Ohr, und sie verstand trotz der Lautstärke jedes Wort. »Yes, Baby. Das Schlimme daran ist nur, dass ich so hammergeil auf dich werde.«

Als ob das nicht genug wäre, schob er seinen Oberschenkel zwischen ihre Füße und ließ sein Becken kreisen, während er seinen Rücken leicht nach hinten beugte und seinen linken Arm nach oben streckte. Er musste aussehen wie ein Cowboy auf einem Rodeo, dachte Sophie grinsend, wobei sie seine Härte an ihrem Steißbein spürte, was zur Folge hatte, dass ihr Slip feucht wurde und sich ihre Knospen verhärteten. Durch das abgehackte Licht wirkte es, als würde er sie gerade nehmen. Beim Gedanken daran wurde sie gleich noch feuchter. Himmel, was stellte er nur mit ihr an, um auf solche Gedanken zu kommen? So etwas würde ihr nicht im Traum einfallen. Hier, mitten auf der Tanzfläche unter den Augen der ganzen Leute? Sie konnte nicht verhindern, dass ihr Gehirn unaufgefordert dazu passende Bilder lieferte. Sophie schloss für einen Moment die Augen und versuchte, das sehnsüchtige Ziehen zwischen ihren Beinen zu ignorieren. Erfolglos. Zum Glück hörte niemand, als sie aufkeuchte, aber Loukas musste es wohl gespürt haben, denn er wirbelte sie herum, sodass sie ihn anblicken konnte. Er grinste sie dermaßen unverschämt an, dass sie genau wusste, dass er wusste, was sie dachte. Loukas nickte mit dem

Kopf in die Richtung, in der sich die Toiletten befanden. In seinen Augen tanzten kleine Teufelchen, und genau so sah er auch gerade aus.

Sophie riss ungläubig die Augen auf. »Hier?«, formte sie mit den Lippen.

Sein Grinsen wurde breiter, als er zu tanzen aufhörte und sie nah an sich zog. »Gib es ruhig zu, dass du grad patschnass bist.«

»Aber wenn uns jemand …«, brachte sie stockend hervor.

»Und wenn schon? Ist doch scheißegal.«

Sie schüttelte den Kopf. Bei aller Liebe, aber allein die Vorstellung, es in einer engen Kabine zu treiben, in der es nicht gerade nach Rosen duftete, törnte sie ab. »Du wirst dich gedulden müssen, bis wir daheim sind. Ich mach's bestimmt nicht auf einem Klo.«

Loukas lachte. »Ich auch nicht. Aber wir könnten kurz rausgehen und ich vernasche dich an der Hausmauer!«

»Das garantiert auch nicht«, erwiderte sie grinsend, wand sich aus seiner Umarmung, um dem Feuer nicht noch mehr Nahrung zu geben, und tanzte zu Toni.

23.

Von neuen und alten Besen

Sophie gewöhnte sich schnell an Loukas' Schichtdienst. Am effektivsten arbeitete sie, wenn er abends weg war, denn nachmittags war es so heiß, dass ihr Gehirn streikte. War er zu Hause, verbrachten sie jede einzelne Minute zusammen. Nach drei Wochen hatte sie all ihre Aufträge erledigt, die Rechnungen dafür geschrieben, und in ihrer Freizeit die Wohnung auf Vordermann gebracht, obwohl diese ohnehin sehr ordentlich und sauber war. Ihr war nun das erste Mal, seit sie bei Loukas lebte, langweilig. Zumindest dann, wenn er seinem Job nachging.

In diesen ruhigen Minuten passierte es ihr immer öfter, dass sie an Flo denken musste. An seine bodenständige Art, an seine Zuverlässigkeit, Dinge anzupacken und ein Projekt durchzuziehen, egal welche Probleme auftauchten – jene Eigenschaften, die sie als langweilig und spießig empfunden hatte. Manchmal wünschte sie sich beinahe, Loukas hätte ein bisschen was von Florians Ruhe. Sie hatte das Gefühl, als könne er gar nicht alle Viere von sich strecken und einfach mal Nichtstun. Loukas brauchte dauernd Action und war bei allem schnell Feuer und Flamme, allerdings hielt seine Begeisterung oft nicht lange an, wie sie inzwischen herausgefunden hatte. Das Zusammenleben mit ihm war turbulent und glich manchmal einem Ritt auf dem Pulverfass, und so sehr sie seine stürmische Art liebte – mittlerweile war sie froh um die Momente, in denen ihr langweilig war. Sophie spürte regelrecht, wie sie dann entschleunigte – als würde sie vom Rennwagen auf eine Pferdekutsche umsteigen.

Ab und zu begleitete sie Loukas auf die Arbeit, aber viel hatte sie dabei nicht von ihm. Meist konnte sie ihm nur dabei zusehen, wie er die Leute bespaßte, fremden Frauen zuzwinkerte oder mit ihnen scherzte, um sie für Wassergymnastik oder Beachvolleyball zu animieren. Natürlich wusste sie, dass das zu seinem Job gehörte, aber teilweise nagte die Eifersucht an ihr, wenn er an der Bar mit Damen herumschäkerte, deren Körpersprache eindeutig darauf schließen ließ, dass sie Loukas gern in ihrem Bett sehen würden, oder deren Ausschnitt so tief war, dass ihm die Möpse ins Gesicht sprangen. Fing er Sophies Blick auf, zog er entschuldigend die Schultern in die Höhe und schickte ihr einen Luftkuss zu. Hin und wieder ging er aber auch zu ihr, zog sie an sich und versicherte ihr, dass er sie liebte und sie nichts zu befürchten hatte – was sie ohnehin wusste. Denn manchmal kam es vor, dass er später als sonst nach Hause kam und Sophie ohne ihn schlafen ging, was ihn jedoch nicht daran hinderte, sie mit liebevollen Küssen aufzuwecken, um ihre Leidenschaft auszuleben. Einerseits freute sie sich darüber, so begehrt zu werden, andererseits wünschte sie sich ab und zu, einfach weiterschlafen zu können, denn mit einer schnellen Nummer gab er sich bei Gott nicht zufrieden.

Nachmittags konnte sie nicht mal mit Doro telefonieren, die zu dieser Zeit im Büro war. Es blieb ihr also kaum was anderes übrig, als sich entweder mit einem Buch ans Meer zu setzen oder an der Poolbar die Gäste zu beobachten. Hatte Loukas Nachmittagsschicht, blieb sie lieber gleich zu Hause, wo sie sich auf dem Laptop *World of Warcraft* installiert hatte, und in die Welt des Online-Rollenspiels eintauchte. Abends war es einfacher – an der Bar ergab sich immer mal wieder die Möglichkeit eines Würfelspiels, und auch Mario oder Toni hatten Zeit für eine Plauderei.

Als sie innerhalb von zwei Wochen ihren Charakter auf das maximale Level gespielt hatte und keine weitere Spielfigur anfangen wollte, stand sie abermals vor dem Problem der Langeweile. So schön die Landschaft war, so wohl sie sich in seinem Haus fühlte – so einsam fühlte sie sich, wenn Loukas arbeiten musste. Sie verstand die Sprache nicht, kannte außer Toni und Mario keinen Menschen, und die beiden hatten die gleichen Schichten wie Loukas. Ihr fiel sprichwörtlich die Decke auf den Kopf. Loukas brauchte das Auto für die Arbeit, was bedeutete, dass sie mit dem Bus fahren müsste, und das traute sie sich nicht zu, nachdem sie weder die Schrift lesen konnte, noch die Sprache verstand. Mit einem Rad käme sie nicht weit, denn sie wohnten ein gutes Stück abseits des Trubels. Die einzige Möglichkeit wäre, sich einen Roller zu mieten – und dafür war ihr der Aufwand zu groß und das Geld zu schade. Loukas' Häuschen glich einem goldenen Käfig – und war der einzig faule Apfel im Paradies.

Eines Abends klagte sie Loukas ihr Leid, als an der Bar nichts los war.

»Mir ist stinklangweilig, wenn du nicht daheim bist«, informierte sie ihn frustriert und nippte an ihrem Ouzo.

»Hast du derzeit keine Aufträge?«, fragte Loukas und wischte mit einem Tuch über die Theke.

Sophie schüttelte den Kopf. »Nein, das Lektorat bekomme ich erst in ein paar Tagen zurück. Und ich mag nicht mehr zocken.«

Loukas lachte. »Frag Doro, ob sie kommen möchte. Sie kann auf dem Sofa schlafen«, schlug er ihr vor.

Sophies Gesichtszüge erhellten sich. »Das ist eine gute Idee«, begeisterte sie sich. »Sie hatte auch vorgeschlagen, dass sie mich besuchen kommt.«

»Na bitte, Problem gelöst.« Loukas lächelte sie zärtlich an. »Es tut mir leid, dass ich nicht mehr Zeit für dich habe.«

»Du brauchst dich nicht zu entschuldigen. Wir wussten ja, was auf uns zukommt.«

»Und die Hälfte haben wir schon geschafft«, munterte er sie auf, bevor er sich einem neuen Gast zuwandte.

Sophie nickte und entsperrte das Display ihres Smartphones. Je eher sie mit Doro sprach, umso besser.

***

»Hi, Bella, schön, von dir zu hören«, begrüßte Doro sie. »Was gibt's Neues?«

Sophie warf einen Blick auf Loukas, der angeregt mit einem Paar plauderte. »Nichts, das ist ja das Problem.«

»Wie soll ich das denn verstehen?«

»Es ist … ich weiß nicht«, begann sie und ließ sich vom Barhocker gleiten. Sie konnte ihre Gedanken einfacher in Worte fassen, wenn sie dabei durch die Hotelanlage schlenderte. »Heimweh, ein klein wenig. Mir ist langweilig, wenn Loukas nicht zu Hause ist. Möchtest du nicht deine Drohung wahrmachen und mich besuchen?« Sie hörte, wie Doro sich eine Zigarette anzündete.

»Das muss ich erst mit meiner Abteilung klären, Sophie. Ich wollte zwar noch Urlaub nehmen, aber derzeit ist irre viel zu tun. So schnell klappt das wahrscheinlich nicht.«

»Schade«, sagte Sophie und sie bemerkte, wie bedrückt sie sich anhörte. »Du weißt ja, dass sich die Auftragslage bei mir schnell ändern kann. Aber momentan ist tote Hose.«

Doro kicherte. »Im Bett auch?«

Sie prustete durch die Nase. »Nein. Da hätte ich manchmal nichts dagegen, wenn die Hose etwas toter wäre«, murmelte sie.

»Oha. Ist doch nicht alles so rosig?«

»Doch, schon. Aber manchmal bin ich müde, wenn er nach Hause kommt, aber er will dann trotzdem noch.«

»Das ist doch schön, wenn er nicht genug von dir bekommt.«

»Das schon, aber mir würde da ein Quickie genügen – ihm nicht. Manchmal vermisse ich Florians Lethargie«, gestand sie leise, nachdem sie einen schnellen Blick über die Schulter geworfen hatte, um sich zu vergewissern, dass niemand hörte, was sie ihrer besten Freundin anvertraute. »Und das nicht nur in der Horizontalen«, fügte sie hinzu. Das Schweigen am anderen Ende der Leitung zeigte ihr, dass sie Doro mit dieser Aussage zum Grübeln brachte.

Schließlich antwortete diese. »Bist du noch glücklich?«

»Natürlich!«, antwortete Sophie wie aus der Pistole geschossen. »Mir ist halt nur fad. Und manchmal erdrückt mich Loukas mit seiner stürmischen Art, auch wenn er es gut meint«, gab sie zu.

»Hör zu, Bella. Ich kann dir nichts versprechen, aber ich versuche, so schnell wie möglich zu kommen. Deine Worte machen mir deutlich, dass du deine beste Freundin an deiner Seite brauchst.«

»Das stimmt.« Sophie seufzte wehmütig, während sie unbewusst den Weg zum Strand einschlug. »Ich vermisse dich. Ein Glück, dass in ein paar Tagen das Lektorat zurückkommt. Aber bis dahin fällt mir die Decke auf den Kopf.«

»Ich melde mich, sobald ich Genaueres weiß, okay?«

»Danke, Doro.« Sie zögerte kurz, fasste sich dann aber ein Herz. Ihre Stimme war brüchig, als sie fragte: »Weißt du, wie es Flo geht?« Auch wenn sie es sich nicht eingestehen wollte: Es belastete sie tief in ihrem Inneren, nichts von ihm zu hören.

»Nicht wirklich«, antwortete Doro – vielleicht eine Spur zu schnell.

Zumindest vermutete Sophie, dass Doro sehr wohl darüber Kenntnis hatte, wie es ihrem Ex ging, es ihr aber nicht sagen wollte, aus welchen Gründen auch immer. Obwohl sie ihre Freundin war, kannte Doro Florians Freunde und Sophie wusste, dass sie mit Jonas, einem seiner besten Kumpels, regelmäßig verkehrte, im wahrsten Sinne des Wortes. Nichts Festes, eher eine Friends-with-Benefits-Kiste. Sophie konnte sich nicht vorstellen, dass die beiden sich nicht über die Geschehnisse austauschten. Schon klar, dass sie ihrem Lover nicht in den Rücken fallen würde, denn eines war Doro auf jeden Fall: Loyal gegenüber den Menschen, die ihr am Herzen lagen. Also ging sie nicht weiter auf ihre Aussage ein.

»Hoffentlich klappt das mit deinem Urlaub. Ich hab dich lieb, Doro.«

»Ich dich auch, Bella. Du hörst von mir, versprochen. Bussi.« Damit legte sie auf.

Sophie starrte noch einen Moment auf das Display, dann gab sie ihrer Neugier nach und rief Florians Facebook-Profil auf. Was ihr sofort ins Auge stach, war sein Beziehungsstatus. »Single« stand dort. Und das versetzte ihrem Herzen einen Stich, mit dem sie nicht gerechnet hatte. Sie schluckte den Kloß in ihrem Hals hinunter und steckte das Handy zurück in ihre Hosentasche. Wieso zum Kuckuck hatte sie das getan? Sie wollte ihn nicht ausspionieren, schließlich hatten sie sich getrennt. Trotzdem überkam sie eine Wehmut, die sie sich nicht erklären konnte.

Inzwischen war sie am Strand angekommen. Niedergeschlagen setzte sich auf eine Liege und starrte für einen Moment auf das Meer, das dunkel vor ihr lag. Leise drang das Rauschen der Wellen an ihr Ohr und weckte die Erinnerung, wie sie mit Flo am ersten Abend hier gesessen hatte. *Was war bloß mit ihr los?*, fragte sie sich bedrückt. Lag es nur an der Langeweile, dass sie Heimweh hatte, oder vermisste sie ihre Freundin so sehr, dass sie das sogar auf Flo ausweitete? Sie hatte keine Ahnung, aber es wurde Zeit, zu Loukas zurückzukehren, bevor der sich noch Sorgen machte.

Sie versuchte, die Gedanken abzuschütteln, bis sie sich so weit gefasst hatte, um ihrem Freund unter die Augen treten zu können, ohne dass er ihren Gemütszustand bemerkte – was ihr auch gelang, wie sie aufatmend feststellte, als sie wieder auf ihrem Barhocker Platz nahm.

»Na, was sagt sie?«, erkundigte sich Loukas, während er ein Glas mit Orangensaft füllte.

»Sie muss das mit ihrer Abteilung checken, will aber, so schnell es geht, herkommen.«

Er griff nach ihrer Hand und blickte ihr liebevoll in die Augen. »Das freut mich sehr für dich. Ich weiß, dass meine Arbeitszeiten beschissen sind. Sag nur ein Wort, und ich werfe den Job hin.«

Sophie schüttelte den Kopf. »Das hatten wir doch schon besprochen, Loukas. Die paar Wochen schaffen wir schon.«

In seinem Blick lag leiser Zweifel. »Wirklich?«

»Wirklich«, bekräftigte sie. »Jetzt kümmere dich lieber wieder um die Gäste, der da drüben guckt schon komisch.«

***

Loukas war nicht so aufgekratzt wie üblich, als sie
nach Hause fuhren, um nicht zu sagen, in sich gekehrt.

»Du bist so ruhig«, stellte Sophie fest. »Was ist los?«

»Es ist nichts, mein Engel. Ich überlege nur, ob ich mir
im Anschluss überhaupt einen Job suchen soll.«

»Wieso das denn?« Sophie fand diese Einstellung etwas befremdlich. »Du kannst doch nicht einfach nichts
tun?«

»Das sage ich auch nicht. Aber wir könnten darüber
nachdenken, eine Familie zu gründen. Und dann wäre
es schön, wenn wir mehr Platz im Haus hätten. Um ehrlich zu sein, möchte ich mit unserem Nachwuchs nur
ungern zurück ins Elternhaus. Wir könnten anbauen.«

Sophie war völlig perplex. Sie brauchte einen Moment, bis sie antwortete. »Ist das nicht viel zu früh?
Nicht böse sein, mein Herz, aber das geht mir zu
schnell«, wandte sie ein. »Wir sind noch nicht mal drei
Monate zusammen!«

Er setzte den Blinker und bog in ihre Auffahrt ein.
»Aber dann wäre dir nicht mehr langweilig«, schluss-
folgerte Loukas und parkte den Wagen.

Ihr klappte die Kinnlade nach unten. »Sag bitte, dass
du das jetzt nicht ernst meinst. Du kannst doch nicht
einfach ein Kind in die Welt setzen, nur damit ich beschäftigt bin?« Sophie löste den Sicherheitsgurt.

»War nur so eine Idee«, sagte er und stieg aus. »Ich
dachte, du möchtest auch Kinder?«

»Ja schon, aber doch nicht so schnell.« Typisch
Loukas, dachte sie. Er war doch selbst noch so ein
Kindskopf – wie sollte er da einen verantwortungsbe-
wussten Vater abgeben? Auch wenn sie bis vor Kurzem

noch anders darüber gedacht hatte – inzwischen war
sie sich dessen nicht mehr so sicher. Spielen würde er
mit dem Kind – aber sonst?

24.
Veränderungen

Ein paar Tage später war in ihrem Postfach der zweite Lektoratsdurchgang, über welchen sie sich mit Feuereifer machte. Es tat gut, nicht mehr tatenlos herumzusitzen und nicht zu wissen, wie sie den Tag herumbekommen sollte. Vor allem würde sie nicht mehr in Versuchung geraten, Flos Profil aufzurufen. Oft genug hatte sie dem Drang widerstanden, auf seinen Social-Media-Kanälen herauszufinden, wie es ihm ging oder was er machte. Mindestens genauso oft hatte sie trotzdem darauf geklickt, und jedes verdammte Mal zog sich ihr Herz schmerzhaft zusammen, wenn sie sein Foto sah, obwohl er nichts postete. Der letzte Eintrag war die Statusänderung gewesen. Sie kam sich vor wie jemand, der gerade zu Rauchen aufhörte – angeblich war nach drei Monaten die Rückfallquote am höchsten. Anders konnte sie es sich nicht erklären, wieso ihr Ex derzeit ungewollt so viel Raum in ihren Gedanken einnahm. Sie war doch glücklich mit Loukas!

Sie befand sich im dritten Kapitel des zu lektorierenden Manuskriptes, als ihr Handy vibrierte. Schnell griff sie danach – die Neugier, wer sich meldete, war größer als das Pflichtbewusstsein, mit der Arbeit weiterzumachen.

Es ging jetzt doch schneller. Ich würde den Flug für nächsten Montag buchen, wenn das okay für euch ist?

Sophie strahlte übers ganze Gesicht, als sie die Nachricht von Doro las. Das Timing war perfekt, bis dahin hatte sie locker die Arbeit an dem Roman fertig.

Super! Wann landest du? Loukas ist grad auf der Arbeit, aber ich bin sicher, dass das passt! Wir holen dich ab.

Dahinter setzte sie ein Herz-Emoji.

Ich lande um 15:15

Mist. Loukas hatte nächste Woche am Nachmittag Dienst. Vielleicht konnte er ihr ja das Auto überlassen oder seine Schicht tauschen?

Ich freu mich total! Hab den Termin notiert. Bis dann!

Ihr Brustkorb zog sich zusammen. Wieder einmal wurde ihr bewusst, dass sie nicht nur ihre Freundin vermisste, sondern auch ihre eigene Wohnung. Es war etwas völlig anderes, wenn man auf Korfu wohnte und arbeitete, statt Urlaub zu machen. Sicher tröstete die Liebe zu Loukas über vieles hinweg, trotz allem fühlte sie sich hier nicht heimisch – eher wie ein Langzeitgast. Zwar hatte sie ihren Freund gebeten, ihr die Sprache beizubringen, aber bisher hatte es sich noch nicht ergeben, dass sie auch nur ein Wort gelernt hätte – vielleicht sollte sie recherchieren, ob es Online-Kurse dafür gab. Tennis spielen, zusammen kochen, eine Serie gucken, kuscheln, egal was – alles andere hatte in Loukas' Augen Vorrang, denn lernen war langweilig, und mit Englisch käme sie locker durch, wie er betonte. Aber wenn sie hier Fuß fassen wollte, so war es ihr ein Bedürfnis, die Sprache zu verstehen.

Als er Mitternacht nach Hause kam, saß sie noch immer am Manuskript.

Loukas schlüpfte aus seinen Turnschuhen und ging zu ihr, um ihr einen Kuss in den Nacken zu hauchen. »Nanu, du bist noch fleißig?«

Sie lächelte ihm entgegen. »Ja, es ging mir gut von der Hand. Ist es denn schon so spät?«

Er wuschelte ihr liebevoll durchs Haar. »Jepp, ist es. Ich habe dich vermisst.«

»Doro hat geschrieben«, informierte sie ihn. »Sie kommt nächsten Montagnachmittag.«

»Fuck. Da muss ich arbeiten.« Loukas schenkte sich ein Glas Wasser ein und setzte sich.

»Ich weiß. Ich könnte mitkommen und sie mit deinem Auto abholen. Anschließend fahren wir zurück ins Hotel, und wir können gemeinsam heim«, schlug sie vor.

Seine eben noch gerunzelte Stirn glättete sich. »Das ist eine gute Idee. Ich versuche, ein paar Dienste zu tauschen, damit ich Zeit für euch habe. Sie will sicher die Insel sehen.«

»Gut möglich. Ich könnte sie ihr auch zeigen – obwohl ich nur auf der Hauptstraße fahren würde. Wann ist dein freier Tag?«

Loukas grinste schief, als sie ihren Vorschlag brachte. »Du würdest dir eher in die Hosen machen, als diese engen Gassen fahren«, stellte er fest. »Am Donnerstag habe ich frei. Vielleicht kann ich da arbeiten und dafür nächste Woche freinehmen. Ich check das morgen.«

Sophie speicherte die Datei und fuhr den Laptop herunter, was er mit funkelnden Augen beobachtete.

»Wollen wir noch ins Wasser?«, raunte er ihr zu. »Und danach hemmungslosen Sex haben?«

Sophie lachte auf. »Du bist ein kleiner Nimmersatt, was?«

Er zog entschuldigend die Schultern nach oben und zog die Nase kraus. »Ich kann nichts dafür. Wenn ich dich sehe, will ich dich. Ich bin süchtig nach dir.«

Während er aus seinem T-Shirt schlüpfte, bewunderte sie seinen nackten Oberkörper. Bei seinem Anblick klopfte ihr das Herz bis zum Hals. »Das beruht auf Gegenseitigkeit«, flüsterte sie. »Ich liebe dich.«

Loukas zog sie an sich und eroberte ihren Mund. »Scheiß auf den Pool«, murmelte er zwischen zwei Küssen und bugsierte sie ins Schlafzimmer.

Seine Zärtlichkeiten zauberten die wehmütigen Gedanken weg, die sie beschäftigt hatten, und entfachten die Lust in ihr. Was wollte sie mehr? Loukas war alles, was sie brauchte, dachte sie und ließ sich fallen.

Obwohl sie Doro gesagt hatte, dass ihr das manchmal zu viel war – heute genoss sie jede Minute ihres Liebesspiels. Vielleicht lag es daran, weil sie gearbeitet und nicht nur auf ihn gewartet hatte, wie es in letzter Zeit der Fall gewesen war. So fühlte es sich mehr nach einer Beziehung an als nach Dauergast.

Danach lagen sie eng umschlungen im Bett, Loukas strich ihr die Haare aus dem erhitzten Gesicht.

»Die sind ganz schön lang geworden«, fiel ihm auf. »Willst du nicht mal zum Friseur?«

»Doch. Ich weiß nur nicht, wann und wie.«

»Sag doch was. Ich fahr dich gern. Zudem können wir auch shoppen gehen?«

Damit rannte er offene Türen ein. Bis auf einmal, wo sie ihre Garderobe aufgestockt hatte, um nicht nur mit ihrem Kofferinhalt auskommen zu müssen, hatte sie sich nichts Neues zugelegt.

»Das wäre traumhaft«, gurrte sie.

»Dann ist das abgemacht. Schlaf gut, Süße.«

***

Hand in Hand schlenderten sie die schmale Gasse entlang. Sophie fragte sich, ob sie hier richtig waren. In der Stadt waren alle Straßen schmal, aber die hier kam ihr heruntergekommener und besonders eng vor.

»Toni schwört auf diesen Friseur«, verkündete Loukas. »Er muss ein wahrer Künstler sein.«

»Er soll mir die Haare schneiden, kein Vogelnest daraus basteln«, grinste Sophie.

»Banause«, spottete er liebevoll. »Toni hat ihn extra angerufen, dass er dich nicht warten lässt.«

»Das war sehr lieb. Bedank dich bitte in meinem Namen bei ihr«, antwortete Sophie.

»Mache ich. Hm, hier müsste es sein.«

Grübelnd betrachtete Loukas das für Friseursalons typische Poster eines perfekt gestylten Models, welches an der Tür angebracht war. Von außen war der Laden unscheinbar. Sophie glaubte nicht, dass sich je Touristen hierher verirrten. Das Fenster sah nicht einladend aus und war verdammt klein. Ein Glöckchen oberhalb der Tür bimmelte, als sie diese öffneten. Sie standen in einem winzigen Flur, auf dessen Boden altes Mosaik verlegt war. An den Wänden befanden sich Garderobenhaken. Sophie runzelte die Stirn. Wo war sie hier gelandet? Ihr war ein bisschen unheimlich, und sie war heilfroh, dass Loukas bei ihr war.

»Dort geht's rein.« Loukas zeigte auf eine Tür, auf dessen Schild etwas auf Griechisch stand, was Sophie nicht entziffern konnte. Ohne anzuklopfen traten sie ein und Sophie kam es vor, als hätten sie einen Zeitsprung von der Antike in die Moderne gemacht: Plötzlich standen sie in einem großen, lichtdurchfluteten Raum. Von sechs Plätzen waren drei besetzt. Moderne Musik tönte aus den Lautsprechern – nicht das griechische Gedudel, das man an jeder Ecke hörte, sondern die derzeit angesagten Hits. Edelstahl, Glas und kühler Marmor glänzten um die Wette mit blank polierten Spiegeln. Orchideen und Yuccapalmen milderten die kühle Eleganz ab. Sophie fiel die Kinnlade nach unten.

»Leck mich am Arsch«, entfuhr es ihr. »Das glaubt doch kein Mensch, wenn er das Schaufenster sieht.«

Loukas machte ein betretenes Gesicht und räusperte sich. »Gut möglich, dass ich von der falschen Straßenseite gekommen bin und wir den Hintereingang erwischt haben«, gab er ein wenig kleinlaut zu. Er zeigte auf eine große, graue Glastür. »Ich schätze, dort ist der richtige Eingang.«

Sophie lachte. Dass Loukas einen Fehler zugab, war selten. »Das glaube ich auch, denn sonst wäre es hier nicht so hell.«

»Kalispera!«, tönte es hinter der Theke hervor, bevor der Kopf eines unfassbar gut aussehenden Kerls zum Vorschein kam.

Sophie erwiderte lächelnd den Gruß.

Während Loukas gestikulierend mit dem Mann sprach, musterte sie diesen verstohlen. Das gepflegte Äußere, sein moderner Haarschnitt, das glatt rasierte Gesicht und die beinahe schwarzen Augen unter gezupften Augenbrauen, standen im Kontrast zu den Tattoos auf seinen Armen. Sein trainierter Oberkörper steckte in einem Muskelshirt, welches in einer Jeans verschwand.

Sie war noch dabei, den Eindruck zu verdauen, als er auf sie zutrat und sie auf Deutsch ansprach.

»Du bist also Sophie. Ich bin Carlo. Antonia hat mir gesagt, dass du heute kommst. Nimm Platz, ich bin in einer Sekunde bei dir. Kaffee oder Wasser?«

»Wasser bitte. Vielen Dank!«

Loukas nahm neben ihr Platz. »Wenn ich schon mal da bin, schadet es nicht, mir auch die Haare schneiden zu lassen«, meinte er.

Der Friseur kam mit einem Tablett zurück, auf dem neben zwei Gläsern Wasser auch kleine, abgepackte Kekse lagen.

»So, meine Liebe. Was machen wir? Strähnchen? Dauerwellen? Einen Pixie-Cut?« Während er sprach, ließ er ihr inzwischen kinnlanges Haar durch die Finger gleiten und betrachtete es mit prüfendem Blick.

Eigentlich wollte sie nur die Spitzen schneiden lassen – aber seine Worte weckten die Lust, etwas Neues zu versuchen. Viele Frauen änderten ihren Look, wenn sich ihr Leben veränderte. Und ihres hatte sich verändert.

»Ich weiß nicht so genau«, gab sie zu. »Ein neuer Schnitt würde mich schon reizen. Was schlägst du vor?«

Abermals griff er in ihr dichtes Haar, hob es auf einer Seite in die Höhe, legte seine Hand schief auf die andere, sodass die Fingerspitzen zu ihren Mundwinkeln zeigten. »Was hältst du von asymmetrisch? Würde dir gut stehen. Kein Undercut, aber das Ohr frei, die andere Seite lassen wir schräg auf dieser Länge auslaufen?« Er wackelte mit dem Finger, der zu ihrem Mund zeigte. »Die Längen dünnen wir aus, dass es schön fransig fällt.«

Sophie warf einen schnellen Blick auf ihren Freund. »Was meinst du, Loukas?«

»Mach, wie du glaubst, mein Engel. Ich liebe dich auch mit einem Irokesenschnitt.«

Sie zögerte nur kurz. »Okay, dann machen wir das so. Ich verlasse mich da auf den Meister.«

Nach etwas über einer Stunde war sie fertig und mit dem Ergebnis mehr als zufrieden. Sie erkannte sich kaum wieder, als sie in den Spiegel blickte. Es war ungewohnt, plötzlich kurze Haare zu haben – wenngleich nur auf einer Seite. Automatisch fragte sie sich, was Flo zu diesem Look sagen würde.

Loukas pfiff durch die Zähne. »Steht dir, macht dich gleich um fünf Jahre jünger«, meinte er und gab ihr einen Kuss, als sie wieder auf der Straße standen – diesmal nahmen sie die richtige Tür. »Und jetzt ab in die Boutiquen.« Er warf einen kurzen Blick auf die Uhr. »In drei Stunden muss ich zur Schicht im Hotel sein. Schaffen wir das?«

»Ganz bestimmt«, gab sich Sophie zuversichtlich und hakte sich bei ihm unter.

25.
Ein Hauch von Sehnsucht

Erleichtert klappte Sophie den Laptop zu. Es war Samstagabend, zweiundzwanzig Uhr, und sie war soeben mit dem Korrektorat fertig geworden. Morgen musste sie das Manuskript nur noch zurückschicken und die Rechnung schreiben. Und übermorgen würde sie endlich Doro wiedersehen. In den vergangenen Tagen war sie sich nicht so nutzlos wie die letzten Wochen vorgekommen, was daran lag, dass sie ihrer Arbeit nachging und somit finanziell zum gemeinsamen Leben beisteuerte. Als sie nichts zu tun gehabt hatte, hatte sie sich wie ein Hund gefühlt, der tagsüber allein zu Hause war und abends schwanzwedelnd sein Herrchen begrüßte. Das einzige Highlight eines langweiligen Tages war Loukas gewesen, selbst wenn das manchmal Sex nach Plan bedeutete. Theoretisch nicht viel anders, als es mit Flo gewesen war. Ärgerlich schüttelte sie den Kopf. Das stimmte nicht. Die Lust auf Loukas war ungebremst, bei Flo war es größtenteils nur noch Pflicht gewesen.

Dennoch, das gestand sie sich ein, war eine gewisse Routine daraus geworden.

Sie seufzte leise. Anscheinend war sie bereits im sogenannten Alltag ihrer neuen Beziehung angekommen. Anders zwar als mit Flo, aber trotzdem. Und wieder einmal überkam sie ein Hauch von Sehnsucht. Wonach konnte sie beim besten Willen nicht sagen. Wahrscheinlich hatte sie einfach Heimweh – die Einsamkeit zermürbte. Umso glücklicher war sie, dass Doro sie besuchen kam, das würde sie von ihren trüben Gedanken ablenken.

Vielleicht sollten sie sich einen Hund zulegen? Platz war genug. Der würde sie auf Trab halten und wäre doch etwas anderes, als gleich ein Kind in die Welt zu setzen, wie Loukas vorgeschlagen hatte. Ein zärtliches Lächeln huschte über ihr Gesicht. Manchmal war Loukas ein wenig realitätsfremd und baute Luftschlösser. Aber genau das war ja das Schöne an ihm – immer für eine Überraschung gut.

Sie wachte auf, als die Tür ins Schloss fiel, und rappelte sich vom Sofa auf.

»Ich bin anscheinend eingeschlafen«, begrüßte sie ihn und gähnte herzhaft. Dann warf sie einen Blick auf die Uhr und war mit einem Schlag hellwach. Es war zwei Uhr nachts. »Wieso kommst du erst jetzt nach Hause?«, wollte sie wissen.

Loukas ging zu ihr und hauchte ihr einen Kuss auf den Mund. Er sah müde aus. »Wir haben die Zeit vergessen, ich habe noch mit Toni und Mario zusammengesessen.«

Sein Oberteil verströmte einen intensiven Duft nach *Black Opium*. Sie schnupperte daran. »Das rieche ich.

Dein T-Shirt duftet nach ihrem Parfum.« Zum Beweis stach ihr ein rotes Haar direkt auf seinem Ausschnitt ins Auge, welches sie ihm unter die Nase hielt. Eifersucht nagte an ihr, wahrscheinlich grundlos, aber sie konnte es sich nicht verkneifen, zu fragen: »Sie ist wohl auf deinem Schoß gesessen?« Ihre Stimme triefte vor Ironie.

Loukas fuhr sich mit den Fingern durch die Haare. »Sie brauchte Trost und ich habe sie umarmt. Sie hat ihren Freund mit einer anderen erwischt. Hör zu, Sophie. Da war nichts. Ehrenwort.«

Sie zögerte kurz und blickte ihm prüfend in die Augen. Was sie darin sah, war die Wahrheit. Langsam nickte sie. »Ich glaube dir. Trotzdem hättest du Bescheid geben können, dass es später wird. Ich hätte mir Sorgen gemacht, wäre ich nicht eingeschlafen.«

»Du hast recht. Tut mir leid, mein Engel. Entschuldige bitte.« Er ging zum Kühlschrank und trank einen Schluck Saft direkt aus der Flasche.

Sophie folgte ihm und lehnte sich an die Küchenzeile. »Musst du morgen trotzdem so früh raus?«

Er nickte betreten. »Ja. War eine blöde Idee, so zu versumpfen. Aber Toni ist nicht nur eine Kollegin, sondern eine Freundin.«

»Für mich auch. Tut mir sehr leid für sie. Du bist sicher müde.«

»Ja. Bist du mir böse, wenn wir heute nicht mehr miteinander schlafen?« Er schaute sie mit einem Dackelblick an.

Sophie grinste. »Nein. Solange du mich in deinen Armen hältst?«

»Worauf du Gift nehmen kannst«, sagte er und zog sie an sich.

Sein zärtlicher Kuss fegte auch die letzten Zweifel beiseite, dass mit Toni mehr gewesen war.

***

Am Montag fuhr Sophie morgens mit Loukas ins Hotel. Sie wollte an den Strand, bis sie Doro vom Flughafen abholen musste. Vorerst begleitete sie ihren Freund in den Aufenthaltsraum der Belegschaft. Mario strahlte ihr entgegen.

»Kaliméra«, grüßte er. »Du siehst gut aus, die neue Frisur steht dir!«

»Dankeschön. Ist Toni noch nicht da?«

»Sie kommt etwas später«, klärte Mario sie auf und warf einen mahnenden Blick auf Loukas, der ein Nicken andeutete und zwei Tassen unter den Kaffeeautomaten stellte. »Das weiß aber der Chef nicht.«

Sophie lächelte verständnisvoll. »Meine Lippen sind versiegelt.«

Mario schlug mit der Hand auf ihre Schulter. »Ich wusste, man kann sich auf dich verlassen.«

»Hier verbringt ihr eure freie Zeit?«, erkundigte sie sich und nahm dankend die Tasse entgegen, die ihr Loukas hinhielt. Genüsslich nahm sie einen Schluck und verbrannte sich prompt die Zunge. »Autsch, der ist ja kochend heiß.«

Loukas grinste. »Sorry, Süße. Und ja, hier verbringen wir unsere Pausen.«

»Es ist gemütlich.« Sophie stellte ihre Tasse ab. Aus einem Radio plärrte Musik. »Nicht viel los?«

»Die anderen sind im Frühstücksraum. Wir haben noch ein paar Minuten, bevor wir raus müssen. Wassergymnastik um neun, glaube ich.«

Mario nickte. »Machst du, oder nimmst du die Zumbagruppe?«

»Ich geh ins Wasser. Zumba steht dir besser«, meinte Loukas und legte seine Füße quer über den Tisch, was Sophie mit einer hochgezogenen Augenbraue quittierte. Zu Hause würde ihm so etwas nicht im Traum einfallen. »Hoffentlich kommt Toni pünktlich zur Malstunde.«

Sophie riss ungläubig die Augen auf. »Malstunde? Sachen gibt's … «

Loukas kratzte sich am Ohr. »Jepp. Keine Ahnung, wer auf den Mist gekommen ist.« Er trank seinen Kaffee aus und stand auf. »Ich zieh mich um«, verkündete er und verschwand hinter einer Tür.

»Machst du mit?«, fragte Mario. »Zumba macht richtig Spaß.«

Sophie schüttelte den Kopf. »Nein, ich wollte an den Strand.«

Mario verabschiedete sich mit einem neuen Schulterklopfer. »Schade. Bis später, Sophie.«

Sie wurde einer Antwort enthoben, denn Loukas kam zurück. Es war wie ein Déjà-vu – als er sie damals auf der Poolterrasse angesprochen hatte, hatte er genau so ausgesehen. Die knapp sitzende Badehose, das Handtuch über seiner Schulter, das strahlende Lächeln, als er sie sah. Er hatte nichts von seiner Wirkung auf sie eingebüßt. Sein Anblick bescherte ihr noch immer weiche Knie und die Sehnsucht danach, ihn zu berühren. Aber im Gegensatz zu damals durfte sie das nun.

»Ich mache bei der Wassergymnastik mit, wenn ich darf«, sagte sie spontan.

Loukas' Strahlen wurde intensiver. Er half ihr hoch und raunte: »Ich werde meine Augen nicht von dir wenden können. Und ob ich dich dann nicht für einen Quickie in die Besenkammer zerre, kann ihr dir nicht garantieren. Ich gebe dir jetzt keinen Kuss, ich will nicht mit einem Ständer da raus.«

Sophie lachte glockenhell.

***

Nach der Gymnastik war am Strand keine Liege frei, deswegen machte sie es sich am Pool gemütlich und beobachtete Loukas und seine Kollegen bei der Arbeit. Toni leistete ihr nach der Malstunde Gesellschaft.

»Es tut mir so leid, Toni. Ich verstehe nicht, wie man eine Frau wie dich betrügen kann«, meinte Sophie und umarmte die Rothaarige.

Diese erwiderte die Umarmung und machte anschließend eine wegwerfende Handbewegung. »Ich war viel zu blauäugig. Ich hasse Männer. Das war das letzte Mal, dass ich mich auf einen eingelassen habe, das schwöre ich dir.« Sie sah eher wütend als traurig aus.

»Ach komm, es sind nicht alle so«, versuchte Sophie sie zu trösten.

»Bist du dir da sicher?«, fragte Toni und blickte sie spöttisch an. »Loukas liebt dich, das ist dein Glück.«

Irritiert fragte Sophie: »Wie meinst du das?«

»Die Frauen rennen ihm reihenweise hinterher. Bist du denn blind? Er bräuchte nur mit dem Finger schnippen und könnte jeden Tag mit einer anderen vögeln, wenn er wollte.«

Sophie schluckte. Es stimmte, was Toni da von sich gab. Sie hatte bei der Gymnastik gesehen, wie die Mädels – beziehungsweise Frauen – ihn beinahe geifernd angeblickt hatten, aber soweit sie das beurteilen konnte, war das an ihm abgeprallt. Er war zu jedem Gast gleich charmant. Wobei – ein einziges Mal hatte er einer zugeblinzelt, als diese die Balance verloren hatte und seitlich ins Wasser gefallen war. Ihre kunstvoll aufgesteckte Hochsteckfrisur hatte danach wie ein zerrupftes Vogelnest ausgesehen und sie hatte vor Verlegenheit einen roten Schädel aufgehabt.

»Er tut es aber nicht«, sagte sie leise und hoffte, dass das der Wahrheit entsprach. Schließlich wusste sie, dass er die letzten zehn Jahre nicht gerade im Zölibat gelebt hatte. Die Zweifel schlichen wie Gift durch ihre Adern.

Toni schüttelte vehement den Kopf. »Nein. Und wenn er es täte, würde ich ihm eine scheuern.« Grinsend zwinkerte sie ihr zu. »Du siehst übrigens fantastisch aus. Ich wusste, dass Carlo der Beste seines Faches ist. Ich muss wieder los, Sophie.«

Mit einem Küsschen auf die Wange verabschiedete sie sich.

Sophie blickte ihr nach und sah, wie sie mit einem High Five Mario und Loukas begrüßte, ein paar Worte wechselte, und dann im Hotel verschwand.

Würde Loukas ihr fremdgehen? Bestimmt lag es nicht in Tonis Absicht, aber diese hatte mit ihren Worten ihre geheimen Ängste befeuert. Normalerweise neigte sie nicht zur Eifersucht – aber zu Hause in Wien hatte sie Freunde. Hier war sie auf Loukas angewiesen. War das der Grund für ihre Zweifel? Es wurde höchste Zeit, dass sie mit Doro über alles reden konnte.

26.
Langersehnter Besuch

Sophie war etwas nervös, als sie das allererste Mal allein durch die Stadt fuhr. Der Hyundai war schön zu fahren und klein genug, um nirgendwo anzuecken. Loukas würde ihr das Auto sicher nie wieder borgen, sollte sie dieses mit einer Delle im Blech zurückbringen. Endlich erreichte sie den Flughafen und fand rasch einen Parkplatz. Sophie eilte in die Ankunftshalle. Laut Anzeigetafel war die Maschine aus Wien bereits gelandet, aber noch waren lediglich Menschen zu sehen, die auf die Ankommenden warteten. Sophie stellte sich etwas abseits der Menge hin, aber so, dass Doro sie sehen musste.

Und dann war es so weit: Die Türen öffneten sich und die Leute strömten heraus, ihre Koffer hinter sich herziehend. Sophie hüpfte hoch, winkte und rief den Namen ihrer Freundin, als sie diese entdeckte. Sie bemerkte nicht, dass ihr Tränen aus den Augen liefen, während Doro ihr entgegenstrahlte.

Die Freundinnen fielen sich um den Hals.

»Du bist hier, ich glaube es kaum«, stammelte Sophie und drückte Doro gleich noch einmal. »Du weißt nicht, wie froh ich darüber bin.«

Doro schob Sophie sanft von sich. »Ich bin hier. Und hey, ich freue mich riesig. Neuer Look? Gefällt mir.«

Sophie nahm ihrer Freundin das Handgepäck ab und lotste sie zum Auto. Währenddessen tauschten sie Belanglosigkeiten aus, etwa wie der Flug gewesen war, wie lange Loukas heute arbeiten musste und ob Doro ihre Badesachen griffbereit hatte.

»Loukas hat einige Dienste getauscht, um dir die Insel zeigen zu können«, informierte Sophie ihre Freundin und wechselte auf die Spur, die aus Kerkyra hinausführte. Inzwischen kannte sie die Strecke. Noch vor wenigen Wochen hätte sie sich nicht getraut, diese allein zu fahren. »Gleich siehst du das Meer«, plapperte sie weiter. »Gott, ich bin so happy, dass du da bist«, wiederholte sie.

»Ist es so schlimm?«, erkundigte sich Doro und legte kurz die Hand auf ihren Oberschenkel.

»Jein. Loukas ist ein Schatz, aber irgendwie ...« Sie zuckte die Schultern und schwieg.

»Ja?«

Sophie seufzte. »Das ist ein Thema für einen Mädelsabend, Doro. Der Gesprächsstoff wird uns bestimmt nicht ausgehen. So, da wären wir.« Zielsicher manövrierte sie den Wagen in eine Parklücke.

»Ich bin gespannt, wie Loukas jetzt aussieht«, meinte Doro und löste den Sicherheitsgurt. »Der Koffer bleibt im Auto?«

»Ja. Nimm aber deine Badesachen mit. Umziehen kannst du dich im Aufenthaltsraum der Crew.«

»Das hört sich an, als wärst du Bestandteil davon«, grinste Doro.

***

Die Animateure waren alle anwesend, als Sophie mit Doro den Aufenthaltsraum betrat. Loukas sprang auf, zog Sophie in seine Arme und gab ihr einen sanften Kuss.

»Ging alles glatt?«, fragte er, wohl besorgt um seinen fahrbaren Untersatz.

»Ja. Hier, deine Schlüssel«, antwortete sie. »Darf ich vorstellen? Hier ist meine beste Freundin, Dorothea. Doro, das sind Toni, Mario und ...«

»Loukas«, vervollständigte Besagte die Aufzählung und streckte diesem lächelnd die Hand entgegen. »Lange nicht mehr gesehen. Wie geht's dir?«

Er schlug ein und antwortete: »Bestens. Hi, Doro. Fein, dass du da bist. Du bist noch attraktiver, als ich dich in Erinnerung habe.«

Mario lächelte breit. »Nett, dich kennenzulernen. Sophie spricht von nichts anderem mehr, seit sie weiß, dass du herkommen wirst. Möchtest du einen Kaffee?«

Auch Toni stellte sich vor. »Endlich bist du da«, vertraute diese Doro an. »Es stimmt, was Mario sagt. Sophie hat dich sehr vermisst.«

Loukas zeigte auf die Tür, hinter der er morgens in seine Badehose geschlüpft war. »Dort kannst du dich umziehen, du willst bestimmt ins Wasser?«

Doro nickte. »Sehr gern. Und ja, den Kaffee nehme ich auch.«

Kaum war Doro im anderen Zimmer verschwunden, meinte Mario: »Du hast mir nicht gesagt, dass sie so hinreißend ist.«

Sophie lächelte. »Sorry, ich wusste nicht, dass das von Belang ist.«

Toni grinste. »Vielleicht sattle ich um. Diese Frau wäre eine Sünde wert.«

»Ich muss euch beide enttäuschen«, dämpfte Sophie die Euphorie. »Sie ist mehr oder weniger in festen Händen.«

»Weniger wäre mir lieber«, antwortete Mario grinsend und stellte Doros Kaffee auf den Tisch. »Gut, Leute, greifen wir's an. Die letzten paar Stunden schaffen wir auch noch. Sophie, wenn ihr mögt – jetzt steht Darts auf dem Programm.«

Loukas stöhnte. »Ich habe so was von keinen Bock. Hoffentlich ist bald Feierabend. Wollt ihr in der Stadt essen oder machen wir etwas daheim?«

»Ich weiß es noch nicht, ich frag sie.«

Kaum waren die drei weg, kam Doro zurück.

»Dein Kaffee«, deutete Sophie auf die Tasse. »Pass auf, der ist sauheiß. Loukas fragt, ob du heute in der Stadt essen willst oder lieber zu Hause?«

»Was weniger Umstände macht«, antwortete ihre Freundin und nippte vorsichtig an dem Getränk.

»Wir könnten in unser Lieblingslokal gehen. Liegt beinahe auf dem Weg und du siehst gleich noch die Altstadt.«

»Hört sich gut an.« Doro stellte die benutzte Tasse in den Geschirrspüler. »Jetzt lass uns ein wenig Sonne tanken. Immerhin habe ich Urlaub!«

Sophie lotste Doro zum Strand hinunter, wo es freie Liegeplätze gab. Um diese Uhrzeit gingen die Gäste in ihre Zimmer zurück, um sich langsam für das Abendessen herzurichten.

»Es ist schön hier«, meinte Doro. »Ich kann verstehen, dass du hierbleiben willst. Aber du wirkst nicht glücklich, und ich habe schon durch die Zeilen gehört, dass nicht alles so rosig ist. Möchtest du gleich darüber reden?«, fragte sie und zündete sich eine Zigarette an.

»Nein, das verschieben wir auf die Tage, wo Loukas wieder arbeitet. Wahrscheinlich bin ich einfach nur ein bisschen gaga. Es gibt Momente, wo mir die Decke auf den Kopf fällt. Vor allem, wenn ich nichts zu tun habe und nicht weiß, wie ich die Zeit totschlagen soll. Das zerrt am Gemüt.«

»Und Toni? Die macht doch einen sehr netten Eindruck?« Doro ließ die Beine von der Liege baumeln und vergrub ihre Zehen im Sand.

»Ja, das ist sie. Aber sie hat die gleichen Arbeitszeiten wie Loukas.«

Doro legte den Kopf schief und betrachtete Sophie aus halb geschlossenen Augen. »Das ist natürlich doof. Du bist ohne Loukas also aufgeschmissen?«

»So in etwa«, gab Sophie zu. »Können wir das Thema verschieben? Wir haben genügend Zeit, alles zu bequatschen.«

»Natürlich. Vor allem möchte ich mehr von Loukas kennenlernen, sehen, wie ihr miteinander umgeht, um mir ein Bild machen zu können, bevor ich meine Meinung dazu sage. Wollen wir noch mal kurz ins Wasser? Sonst wird es zu spät.«

Sophie blickte auf ihr Handy. »Stimmt. Loukas hat bald Feierabend. Das Salzwasser kannst du auch beim Pool abduschen.«

Doro dämpfte die Kippe im Sand aus und gab sie zurück in die Zigarettenschachtel. Sie griff nach ihrem Handtuch und stand auf. »Wir können auch gleich im Pool schwimmen. Ins Meer komme ich hoffentlich noch öfter.«

»Das ist eine gute Idee«, fand Sophie und packte ebenfalls ihre Sachen. »Davon kannst du ausgehen. Loukas hat jeden Tag einen Badestopp eingeplant. Ich bin gespannt, wie dir später die Taverne gefällt.«

»Notfalls würde ich auch einen Burger von einer Fast-Food-Kette essen. Ich habe langsam Kohldampf!«, antwortete ihre Freundin grinsend.

27.

Doro

Das Abendessen verlief in gelöster und heiterer Stimmung. Sophie schmunzelte über Doro, die sich kaum an den kleinen Gassen und Schaufenstern sattsehen konnte, und freute sich, dass ihre Freundin von der Taverne begeistert war, wo Loukas die Auswahl der Speisen übernahm. Sophie überredete Doro zu einem Red Ale, obwohl diese normalerweise kein Bier trank.

»Das schmeckt wirklich gut«, war deren Kommentar und spießte ein frittiertes Käsebällchen auf ihre Gabel, von dem sie genussvoll abbiss. »Ich würde hier kugelrund und fett werden. Seid ihr immer hier?«

Loukas antwortete. »Wenn wir essen gehen, ist das eines unserer Lieblingslokale. Das andere wirst du auch noch kennenlernen.« Er kratzte den letzten Rest seines Käsedips vom Teller und lehnte sich zufrieden zurück. »Die nächsten drei Tage habe ich frei, da fahren wir ein bisschen auf der Insel herum«, versprach er. »Das bedeutet, wir sollten spätestens um neun Uhr los, damit wir etwas schaffen. Ist das okay für dich?«

Doro nickte. »Natürlich. Wir dürfen halt heute nicht übertreiben.«

»Das werden wir auch nicht.« Loukas signalisierte dem Kellner, dass er die Rechnung bringen sollte. »In Griechenland wird nicht separat bezahlt«, klärte er ihre Freundin auf. »Wir laden dich ein.«

»Das muss doch nicht sein«, protestierte Doro. »Ich kann euch meinen Anteil geben.«

Sophie schüttelte den Kopf. »Lass' gut sein. Immerhin hättest du deinen Urlaub auch woanders verbringen können, aber du hast das Geld für den Flug hierher ausgegeben, um mich zu besuchen. Also sei unser Gast.«

»Ihr habt doch einen an der Waffel«, brummte Doro und zeigte ihr lachend einen Vogel. »Aber bitte, wenn ihr darauf besteht, dann sage ich herzlichen Dank. Das nächste mal zahle ich, damit das klar ist.«

Als sie zu Hause ankamen, verschlug es Doro abermals die Sprache. »Donnerwetter«, meinte sie. »Kein Wunder, dass Sophie sich hier wohlfühlt. Die Fotos waren schon toll, aber in echt sieht es noch um Klassen besser aus.«

»Wollen wir noch auf deinen Besuch anstoßen?«, schlug Loukas vor und öffnete den Kühlschrank. »Wir haben Wein, Cola, Saft ... Was zum Geier – wann hast du bitte den Sekt gekauft?«, fragte er Sophie, als er über das Etikett des Schaumweins stolperte.

»Vor zwei Tagen. Ist doch dem Anlass angemessen, oder etwa nicht?«

Loukas runzelte die Stirn. »Ich mag das pappsüße Zeug nicht. Das weißt du doch.«

Eigentlich nicht, dachte Sophie bei sich. Aber sie hätte es sich denken können, da er trockene Weine bevorzugte. Deswegen widersprach sie ihm. »Bisher haben wir noch nie welchen getrunken. Sorry, ich hätte dich fragen sollen, welche Marke du magst.«

Doro warf ihr einen überraschten Blick zu, während Loukas abwinkte. »Schon gut. Asti Martini – noch sü-ßer geht's nicht. Ich habe nichts gegen halbtrockenen Sekt, und der eine oder andere Schampus schmeckt so-gar hervorragend, aber das hier? Na ja. Wieso hast du mir nicht gesagt, dass ihr welchen mögt? Ich hätte ein gutes Tröpfchen besorgt, in Kerkyra gibt es mehr Aus-wahl.«

»Es ist meine Lieblingssorte«, warf Doro ein. »Sophie wollte mir eine Freude machen.«

Sie warf Doro einen dankbaren Blick zu. »Richtig«, be-stätigte sie deren Aussage.

»Also, was darf's sein?«, fragte er und wandte sich wie-der dem Kühlschrank zu.

»Lass uns ein Glas Wein trinken«, lenkte Sophie ein. »Sekt belebt den Kreislauf nur unnötig.«

»Ganz wie du meinst, mein Engel.«

Loukas schnappte sich die Flasche, entkorkte sie fach-männisch und nahm die Gläser mit hinaus auf die Ter-rasse. Sophie füllte Chips in eine Schale und drückte sie Doro in die Hand, sie selbst brachte Kerzen nach drau-ßen und zündete diese an.

Doro nahm auf dem Sessel Platz, während sich Loukas und Sophie auf der Loungegarnitur niederlie-ßen. Die Nacht war inzwischen hereingebrochen, Sterne funkelten am wolkenlosen Himmel. Die Kerzen und der beleuchtete Pool sorgten für eine angenehme Atmosphäre, das Zirpen der Grillen erfüllte die Nacht-luft.

Sophie ließ dies alles für einen Moment auf sich wirken, und wieder fühlte sie sich, als wäre sie hier im Urlaub.

Loukas hob sein Glas in die Höhe. »Willkommen auf Korfu, Doro. Ich hoffe, es gefällt dir hier, sodass du Sophie öfter besuchen kommst.«

Doro prostete ihnen zu. »Danke, dass ich hier sein darf. Das, was ich bisher gesehen habe, ist sehr, sehr schön.«

Nachdem sie angestoßen hatten, legte Loukas seinen Arm um Sophies Schultern und zog sie an sich. »Ich bin auch froh, dass du hier bist«, flüsterte er ihr ins Ohr.

***

In den nächsten drei Tagen zeigte Loukas ihnen die Highlights der Insel. Sophie kannte das alles bereits, war jedoch genauso fasziniert wie beim ersten Mal, wo sie diese Orte besucht hatten. Den Süden hakten sie innerhalb eines Tages ab, für den Norden waren zwei Tage vorgesehen. Nachdem sie auf den Hauptverkehrsrouten schnell vorangekommen waren, war am letzten Tag noch etwas Zeit übrig. Kurzerhand schlug Loukas den Weg auf den Pantokrator ein.

»Wow«, machte Doro und blieb überwältigt im Klostergarten stehen.

»Hier wurde mir bewusst, dass die Gefühle für Loukas noch immer da sind«, sinnierte Sophie. Der Platz hatte sich kein bisschen verändert, auch jetzt konnte sie sich dem besonderen Flair nicht entziehen. »Was war ich innerlich zerrissen.«

Loukas lächelte sie zärtlich an. »Ich stand genau hier, als du aus der Tür kamst«, erinnerte er sich. »Da dachte ich noch, wir hätten keine Chance. Aber dann hast du mich so angesehen, all deine Gefühle lagen in diesem Blick und ließ die Mauer bröckeln, mit der ich die meinen im Zaum hielt. Ein Tag später kam dein Anruf.«

Sophie verzog das Gesicht, denn mit einem Mal sah sie diese verhängnisvollen Stunden bildlich vor Augen und bescherten ihr ein Déjà-vu, mitsamt der gesamten Skala ihrer Stimmungslage, die sie damals durchgemacht hatte: Von himmelhoch jauchzend bis zu Tode betrübt. Sie schnappte Doros fragenden Blick auf.

»Erinnere mich bitte nicht daran. Das war die schlimmste Nacht meines Lebens.« Sie versuchte, sich die Trauer nicht anmerken zu lassen, die sie so plötzlich mit aller Gewalt übermannte, dennoch kippte ihre Stimme.

»Tut mir leid, Süße. Ich wollte keine alten Wunden aufreißen.« Loukas drückte sie an sich und strich ihr liebevoll über den Rücken, während er sein Kinn auf ihren Kopf legte. »Des einen Freud, des anderen Leid«, murmelte er.

Sophie lehnte ihre Stirn an ihn und schloss die Augen. Anscheinend hatte dieser Ort eine magische Wirkung, denn auch jetzt stürmten all ihre Gedanken auf sie ein und so sehr sie Loukas liebte, so verwirrt war sie. Wieso war Florians Geist schon wieder bei ihr? Wieso wünschte sie sich beinahe, er würde sie gerade im Arm halten und trösten? Und vor allem: Wieso, in drei Teufels Namen, musste sie überhaupt getröstet werden? Verstohlen wischte sie sich über die Augen, da sie merkte, wie sich Tränen sammelten, und löste sich aus der Umarmung.

Mit einem schiefen Lächeln meinte sie: »Tja, so war das. Dieser Berg ist etwas Besonderes. Wie du damals schon sagtest: Man fühlt sich klein und unbedeutend, ein Staubkorn in der Unendlichkeit. Hier wird einem bewusst, wie kurz das Leben ist.«

Doro nickte und ließ ihren Blick in die Ferne schweifen. »Ich verstehe, was du meinst. Diese Aussicht und dieser Berg werden noch lange nach uns fortbestehen.«

Damit wiederholte ihre Freundin beinahe jene Worte, die Loukas vor einer gefühlten Ewigkeit genau an dieser Stelle zu ihr gesagt hatte. Dabei war es noch gar nicht so lange her, als ihr bis dahin geregeltes Leben völlig auf den Kopf gestellt wurde.

»Und wir sollten das Beste daraus machen«, fügte Doro hinzu und riss sie aus ihren Grübeleien. Es klang, als wäre dieser Satz allein für sie bestimmt.

Loukas holte sie endgültig zurück in die Gegenwart. »Wollen wir den Ausflug mit einem Essen in unserer anderen Lieblingstaverne abschließen?«

***

Wie Sophie vermutet hatte, gefiel es Doro auch hier. Ihre Freundin kam aus dem Schwärmen nicht mehr heraus – zum einen über die Eindrücke, welche sie in den letzten Tagen von der Insel gesammelt hatte, zum anderen über die leckeren Gerichte, die ihnen serviert wurden. Auf Sophies Anraten hatte sich Doro das

Hühnchen in Mavrodaphne-Sahne-Soße bestellt, wogegen sie sich für das in Orangen-Soße entschieden hatte. Beides roch fantastisch und ließ ihnen das Wasser im Mund zusammenlaufen. Vor Loukas stand ein gegrillter Oktopus mit Pommes, der sehr appetitlich aussah und einen Hauch von Knoblauch verströmte.

»Lasst es euch schmecken«, wünschte Loukas und säbelte ein kleines Stückchen des Tintenfischs ab, um es Sophie in den Mund zu schieben. »Und?« Mit fragendem Blick wartete er auf ihr Urteil.

Sie kaute, leckte sich über die Lippen und antwortete: »Superzart und wirklich gut. Aber meins ist besser.« Sie gab ihm eine Gabel ihres Gerichts.

Doro schmunzelte und machte sich mit Heißhunger über ihren Teller her.

***

Weitere zwei Stunden später ließen sie den Abend auf der Terrasse ausklingen. Doro bedankte sich bei Loukas.

»Es war super, dass du mir die Insel gezeigt hast. Ich kann Sophie verstehen, dass sie dieses wunderschöne Fleckchen Erde liebt. Ich habe viel über Korfu gelesen und Fotos im Netz angeschaut, aber das kommt nicht im Entferntesten an die Realität heran.«

»Ich freue mich, dass es dir gefällt. Sophie habe ich viel mehr zeigen können, weil ich damals noch nicht gearbeitet habe.«

Sophie griff nach ihrem Glas. »Es gibt ein paar nette Bergdörfer, die wir nicht gesehen haben. Vielleicht beim nächsten Mal.«

»Auf das trinken wir«, meinte Loukas. »Du bist jederzeit willkommen, Doro. Und vielleicht hast du nächstes Jahr sogar dein eigenes Zimmer«, schloss er kryptisch und zwinkerte Sophie zu.

Verlegen senkte sie den Blick und nahm einen Schluck. Sie wollte die Fragezeichen in Doros Augen erst gar nicht sehen. Zum Glück ging ihre Freundin nicht darauf ein.

»Loukas steht morgen früh auf und dreht seine Runden im Pool«, wechselte Sophie das Thema. »Normalerweise frühstücken wir da auch. Ich kann aber gern auf dich warten«, bot sie an.

Doro winkte ab und leerte ihr Glas. »Entscheiden wir spontan. Je nachdem, ob ich noch mal einschlafe. Okay?«

Loukas wandte sich an Sophie: »Du musst nicht aufstehen, mein Engel. Ich kann im Hotel frühstücken. Und sonst gehe ich es leise an, dass ich Doro nicht wecke. Oder wollt ihr morgen mit?«

Sie schüttelte den Kopf. »Wir verbringen den Tag zu Hause und lassen es uns gut gehen.« Vor allem konnten sie endlich über alles reden, dachte sie bei sich. Ihr Herz klopfte vor Freude, mit ihrer Freundin allein zu sein. Wahrscheinlich würde sie Loukas ausnahmsweise kein bisschen vermissen.

28.
Gespräche unter Freundinnen

Loukas hatte sein Versprechen gehalten und war so leise aufgestanden, dass er Doro nicht geweckt hatte. Sophie hatte den Wecker nur im Unterbewusstsein gehört, so tief hatte sie geschlafen. Gestern waren sie gegen Mitternacht zu Bett gegangen und hatten sich noch leise und zärtlich geliebt. Um halb zwei hatte sie das letzte Mal auf die Uhr geschaut, bevor sie in seinen Armen eingeschlafen war.

Nun saß sie zusammen mit Doro auf der Terrasse bei einem ausgiebigen Sektfrühstück, besser gesagt, Brunch mit allem. Bevor sie mit Flo zusammengezogen war, war das eine Tradition gewesen, an einem Tag des Wochenendes gemeinsam zu frühstücken.

»Fast wie früher«, philosophierte Doro, nahm einen Schluck vom eiskalten Sekt und gab sich einige Oliven auf ihren Teller. »Ein wenig beneide ich dich – jeden Tag bei Sonnenschein hier sitzen zu können – das hat schon was. Vor allem mit so einem heißen Typen wie Loukas als Freund.«

Sophies Wangen färbten sich dezent. Grinsend rollte sie mit der Gabel eine Scheibe Salami auf, welche den Weg auf ihr Brötchen fand. »Irgendwie schon, ja. Wobei du dich über deinen Jonas nicht beschweren kannst. Das ist ja auch ein Sahneschnittchen. Aber stell dir vor, du bist jeden verdammten Nachmittag allein hier. Das wird schnell fad.«

Doro nickte. »Verstehe ich völlig. Wo wir gerade dabei sind …« Sie machte eine rhetorische Pause und ließ den Blick über ihren Teller schweifen. »Ich habe mir in den letzten Tagen eine Meinung gebildet. Ich gehe davon aus, dass du sie hören willst?«

Sophie nickte kauend und machte eine Handbewegung, die signalisierte, dass sie fortfahren sollte.

»Oberflächlich gesehen ist Loukas ein Traumtyp, wie er im Buche steht. Nicht viel anders als zu der Zeit, wo ich ihn kannte, nur älter, männlicher und noch attraktiver.« Sie nahm eine Olive und schob sie sich in den Mund. Verzückt kauend schloss sie die Augen: »Leck mich, schmecken die gut. Das ist was anderes als das Zeug in unseren österreichischen Supermärkten.« Sie nahm den Faden wieder auf. »Ich kann verstehen, wieso deine Gefühle da postwendend hochgekommen sind, als du ihm in die Arme gerannt bist. Schätze, an deiner Stelle wären auch mir die Knie weich und die Muschi feucht geworden.«

Sophie schmunzelte. »Ah ja? Danke. Jetzt bin ich gespannt auf die ungeschminkte Wahrheit. «

Doro zündete sich eine Zigarette an und lehnte sich zurück. »Um ehrlich zu sein, erkenne ich dich in

Loukas' Beisein kaum wieder. Seit wann entschuldigst du dich, weil du Sekt gekauft hast, oder fragst nach, was du besorgen sollst? Das ist nur eines der Dinge, die mir aufgefallen sind. Du hängst an ihm wie ein kleiner Hund, als wäre er der Dreh- und Angelpunkt deines Lebens.«

»So fühle ich mich auch«, gestand Sophie und schob ihren Teller zur Seite. »Wenn ich meine Arbeit habe, dann nicht. Aber sobald ich Däumchen drehe, ist die Bude ein goldener Käfig. Und oft genug plagt mich die Eifersucht, wenn er mit den weiblichen Gästen herumschäkert. Ich bin nicht blind, ich sehe, wie Frauen auf ihn reagieren. Nicht nur Toni, auch du hast es mir soeben bestätigt.«

»Du und eifersüchtig? Das sind ja ganz neue Töne. Ich glaube, Flo wäre froh gewesen, wenn du das manchmal gezeigt hättest.« Doro zog an ihrer Zigarette, bevor sie weitersprach. »Wenn es dich beruhigt: Jeder kann spüren, wie sehr er dich liebt, und ich glaube nicht, dass er dir fremdgehen würde. Aber natürlich verstehe ich, dass dir das an die Nieren geht. Vielleicht ist es tatsächlich Heimweh. So schön die Insel auch sein mag, du bist mutterseelenallein, wenn Loukas arbeitet. Und deswegen kommt Eifersucht in dir hoch, weil du ohne ihn aufgeschmissen bist. In Wien hattest du auch ohne Flo einen Alltag, der dich abgelenkt und beschäftigt hat. Freunde, mit denen du etwas unternehmen konntest, oder deine Eltern, die du besucht hast. Außerdem warst du mobil, hattest ein Auto.«

»Das stimmt«, sagte Sophie. »Da ist was dran. Ich bin nicht mehr so selbstsicher wie daheim.«

Doro nickte. »Was dazu passen würde, wieso du ihn fragst, was du kaufen sollst«, analysierte sie weiter. »Womit wir bei dem nächsten Thema sind: Ich habe das Gefühl, er erdrückt dich. Du ordnest dich ihm unter. Das ist keine vernünftige Partnerschaft, Bella. Du himmelst ihn an, aber ob das Liebe ist?«

Sophie knabberte nachdenklich an ihrer Unterlippe und ließ die Frage unkommentiert, da ihre Freundin es auf den Punkt gebracht hatte. »Seine Art kann anstrengend sein, das gebe ich zu.«

»Das musst du mir genauer erklären. Was meinst du damit?«, fragte Doro und hievte sich hoch, um Zigaretten und Aschenbecher vom Tisch zu holen. Damit bewaffnet kehrte sie zurück und setzte sich auf die freie Liege.

Sophie hatte inzwischen auch den Frühstückstisch verlassen und auf den Liegen Platz genommen. »Er ist unternehmungslustig, für jeden Blödsinn zu haben. Ein Energiebündel, immer in Aktion. Das war das, was mich anfangs so fasziniert hat, weil er eben so anders ist als Flo und mich endlich lebendig fühlen lässt. Aber mitunter wird mir das zu viel. Ab und zu ein bisschen weniger Gas wäre schön. Sonst fühlt sich diese stürmische Art nämlich wie ein Tsunami an, der alles wegfegt, was ihm im Weg steht. Und dann kommt er auf ganz komische Ideen.«

»Welche wären?« Doro griff nach ihren Zigaretten.

»Du solltest nicht so viel rauchen«, mahnte Sophie liebevoll, was ihre Freundin dazu veranlasste, das Päckchen wieder zur Seite zu legen. »Nach der Saison im Hotel keinen Job mehr anzunehmen, zum Beispiel.«

Doro guckte Sophie ungläubig an. »Hat er so viel Kohle, dass er sich das leisten kann?«

»Ich glaube nicht.« Sophie zog die Knie an und umfasste sie mit ihren Armen. »Er möchte am Haus anbauen.«

»Er hat gestern angedeutet, dass ihr nächstes Mal ein Gästezimmer haben werdet.«

Sophie prustete spöttisch durch die Nase. »Kinderzimmer trifft es besser.«

»Was? Bist du schwanger?« Doros Augen wurden groß wie fliegende Untertassen. »Nach der kurzen Zeit?«

»Natürlich nicht. Er will ein Kind, damit mir nicht langweilig ist. Stell dir das mal vor.« Sophie löste die rechte Hand vom Knie und stierte auf ihre Fingernägel.

»Das glaub' ich jetzt nicht«, ächzte Doro. »Das ist ja sehr erwachsen.«

Sophie grinste. »Frag mich mal, ich habe genau so dumm geschaut.«

»Und wie denkst du, dass du ihm das ausreden kannst?« Doro runzelte die Stirn.

Sophie blickte ihre Freundin an. »Gar nicht. Ich hoffe, dass er diese Idee genauso schnell fallenlässt wie andere Sachen, für die er anfangs Feuer und Flamme war.« Sie schüttelte den Kopf. »Kannst du dir Loukas als Vater vorstellen?«

Doros Mundwinkel zuckten verdächtig, dann begann sie zu kichern, bis sie schließlich lauthals lachte. Sophie fiel mit ein. Es tat so gut, mit der Freundin zu lachen.

»Mein Gott, Doro«, gackerte Sophie. »Magst du nicht einfach hierbleiben? Du hast mir gefehlt.«

»Du mir auch, aber bei aller Liebe – nein.« Ihre Freundin wischte sich die Lachtränen aus den Augen und wurde wieder ernst. »Sophie, ich will ja nichts sagen, aber glaubst du wirklich, dass du auf Dauer auf dieser Insel glücklich wirst? Du gehst hier ein wie eine Primel, machst dich völlig abhängig von Loukas. Natürlich sieht er heiß aus, wahrscheinlich ist er im Bett eine Granate, und jede Frau guckt ihm nach. Aber ist es das, was du willst?«

Sophie dachte mit Grauen an die endlosen Stunden, die sie bereits allein verbracht hatte, und welche noch folgen würden. Ein flaues Gefühl breitete sich in ihrem Magen aus. »Du hast ja recht«, gab sie zu und seufzte tief. »Aber ich will ihn nicht aufgeben. Ich habe zehn Jahre darauf gewartet, wenn auch unbewusst, dass sich meine erste Liebe erfüllt.«

Nun griff Doro doch zu ihren Zigaretten. »Eben dies. Kann es sein, dass du deinem Traum von der großen Liebe lediglich nachjagst und Loukas zu etwas machst, was er nicht ist? Inzwischen weißt du, dass auch er seine Ecken und Kanten hat. In anderer Form zwar als Flo, aber trotzdem.« Ihr Blick war eindringlich. »Bitte versprich mir, dass du nach Hause kommst, wenn du es nicht mehr aushältst und nicht an irgendetwas festhältst, ihm zuliebe.«

»Das ist nicht so leicht«, meinte Sophie. »Wenn Flo auszieht, werde ich die Wohnung kündigen müssen. Alleine kann ich mir die auf Dauer nicht leisten, wenn die Auftragslage so bleibt.«

»Deswegen musst du nicht auf dieser Insel versauern«, insistierte Doro.

»Gibt schlimmere Flecken Erde«, meinte Sophie und zog eine Grimasse. Sie warf einen Blick auf die Uhr. »Wow, wo ist der Nachmittag hin? Bald kommt Loukas nach Hause. Er bringt Fleisch mit und will am Abend grillen.«

»Ich helfe dir«, bot Doro an. »Zu zweit schnippelt es sich schneller. Dann können wir noch ein bisschen relaxen. Zeit zu Quatschen haben wir in den kommenden Tagen auch noch.«

»Das ist wahr«, meinte Sophie und ließ sich auf den Rücken fallen. Dieses Gespräch hatte ihr gezeigt, was sie zwar seit geraumer Zeit gespürt, aber nicht wahrhaben wollte: Loukas war nicht der perfekte Mann, den sie immer in ihm gesehen hatte. Und noch eines hatte ihr Doro bestätigt: Sie war nicht so glücklich, wie sie hätte sein sollen.

29.
Tacheles

Sophie bereitete das Dressing für den Salat zu und Doro deckte den Tisch, als Loukas nach Hause kam.

»Bin da«, verkündete er überflüssigerweise, zog Sophie in die Arme und gab ihr einen Kuss. »Hattet ihr einen schönen Tag?«

Sophie nickte. »Sehr schön sogar. Du kannst gleich den Grill anheizen, wir haben schon alles vorbereitet.«

»Wunderbar«, freute er sich und wuschelte durch ihre Haare. »Ich ziehe mir eben etwas Bequemes an, dann können wir.«

Eine halbe Stunde später roch es köstlich nach gegrillten Würstchen und saftigem Steak, dazu gab es Salat, Kartoffeln und Tsatsiki.

»Du hast bei meinen Kollegen ganz schön Eindruck hinterlassen«, sagte Loukas unverblümt zu Doro. »Mario hat mich heute mit Fragen gelöchert. Aber Sophie meinte, du bist mehr oder weniger in festen Händen?«

Doro schmunzelte. »Inzwischen tatsächlich in festen Händen.«

»Was? Du bist mit Jonas liiert?«, fragte Sophie überrascht. »Wann ist denn das passiert?« Die Information bescherte ihr ein schlechtes Gewissen. Sie schämte sich, dass sie so mit ihren eigenen Problemen beschäftigt gewesen war und darüber vergessen hatte, ihre Freundin zu fragen, wie es ihr ging. Andererseits hätte Doro sicher was gesagt, würde sie etwas belasten.

»Vor etwa zwei Monaten«, antwortete ihre Freundin und legte ihr Besteck zur Seite. »Danke Loukas, es hat hervorragend geschmeckt.« Dann wandte sie sich wieder an Sophie. »Eigentlich muss ich euch beiden danken. Wärest du nicht auf Korfu geblieben, hätten wir nicht so viel Gesprächsstoff gehabt. Das war damals nicht nur für Flo, sondern auch für Jonas eine schwere Zeit, und wir haben viel diskutiert. Irgendwie meinte er dann, dass es ihm das Herz herausreißen würde, wenn das zwischen uns plötzlich vorbei wäre, nur weil ihr euch getrennt habt. Und seither sind wir offiziell zusammen.« In ihre Augen trat ein sehnsüchtiger Glanz. »Nur schade, dass er jetzt nicht dabei ist. Es hätte ihm hier gefallen.«

Sophie freute sich für Doro, aber die Worte versetzten ihr wieder einmal einen Stich. In Loukas' Gegenwart wollte sie jedoch nicht genauer nachfragen. Es würde sich gewiss noch eine Gelegenheit ergeben, mehr darüber zu erfahren.

»Das nächste Mal kommt er einfach mit«, bestimmte Sophie resolut.

»Quatsch«, winkte Doro ab. »Die paar Tage schafft er auch ohne mich.«

»Ihr wohnt noch getrennt?«, mischte sich Loukas ein.

»Ja, allerdings sehen wir uns nun nicht mehr nur an den Wochenenden oder wenn einer grad Bock hat. Nachdem meine Wohnung größer ist, übernachtet er meist bei mir. Es ist nur eine Frage der Zeit, bis wir zusammenziehen werden.«

»Cool. Ich freu mich so für dich.« Sophie strahlte ihre Freundin an.

»Dann kann ich Mario sagen, dass er seine Augen woanders hinwerfen soll«, feixte Loukas. »Wenn keiner mehr etwas mag, räume ich ab.«

»Ich bin satt, danke.« Doro schob ihren Teller zur Seite und griff nach ihren Zigaretten. »Darf ich?«, fragte sie in die Runde.

»Natürlich«, antwortete Sophie. »Ich bin auch fertig.«

»Bleibt sitzen«, sagte Loukas. »Ich mache das.«

Kaum war er im Haus verschwunden, platzte es aus Sophie heraus: »Wieso hast du mir das nicht gesagt? Tut mir leid, dass ich dich nicht gefragt habe.«

Doro winkte ab. »Schon gut. Du hast genug um die Ohren, und so wichtig ist das nun auch nicht.«

»Sagst du«, grinste Sophie. »Es wurde auch Zeit. Ich hatte schon lange das Gefühl, dass du mehr für ihn empfindest.«

»Ich hatte mich nur nicht getraut, ihm das zu sagen. Ich dachte immer, seine Freiheit ginge ihm über alles. Lustigerweise dachte er dasselbe über mich.«

***

Am Wochenende hatte Loukas Spätschicht und die Freundinnen beschlossen, am Samstag mit ins Hotel zu fahren. Doro wollte Loukas in Aktion erleben, wie sie schmunzelnd meinte.

»Eine hervorragende Idee«, sagte Loukas. »Danach gehen wir noch in einen Klub. Dann lernst du auch Korfus Nachtleben kennen.«

Mario pfiff durch die Zähne, als sie den Aufenthaltsraum betraten. »Ladys, ihr seht umwerfend aus. Doro, bist du dir sicher, dass ich keine Chancen bei dir habe?« Er zwinkerte ihr zu.

Sie lachte und schüttelte den Kopf. »Sorry. Frisch verliebt, wie man so schön sagt.«

Theatralisch griff er sich ans Herz und sang: »You are breaking my heart.«

Toni grinste. »Klar. Du weißt schon, dass dich eine der neuen Urlauberinnen mit den Augen verschlungen hat?«

»*Veramente?* Well, vielleicht versuche ich mein Glück.«

Loukas klopfte ihm auf die Schulter und setzte sich. »Ich verstehe nicht, wieso du Notstand hast. Du musst nur mit dem Finger schnippen.«

Mario folgte dem Rat und blickte triumphierend in die Runde. »Seht ihr? Bringt nichts.«

Doro betrachtete lächelnd die Szene und wandte sich an Sophie. »Wollen wir uns an die Bar setzen, bis es losgeht?«

»Geht ruhig«, meinte Loukas und streckte die Beine von sich. »Heute sind wir alle nur Zuschauer.«

»Was steht auf dem Programm?«, erkundigte sich Sophie und hakte sich bei Doro unter.

»Zaubershow und Bauchtanz.«

Sophie machte große Augen. »Und was macht ihr dabei?«

Toni antwortete: »Die Leute überreden, mitzumachen.«

Doro verdrehte die Augen. »Was für ein Scheißjob.«

»Wem sagst du das«, brummte Loukas. »Der einzige Vorteil daran: Es ist früher Feierabend. Was bin ich froh, wenn die Saison vorbei ist. Ich kann keine Menschen mehr sehen.«

***

Die Freundinnen bestellten sich ein Glas Wein und nahmen an der Poolbar Platz.

»Wie oft begleitest du Loukas?«, wollte Doro wissen.

»Nachmittags fast nie, wenn dann abends. Und das eher am Wochenende.« Sophie nippte an ihrem trockenen Weißwein.

»Kein Wunder, dass dir die Decke auf den Kopf fällt«, meinte Doro.

»Jetzt bist du ja da. Um ehrlich zu sein, habe ich Loukas seither keine Sekunde vermisst. Ich genieße die Zeit mit dir.«

»Tja, übermorgen geht mein Rückflug.« Doro drehte das Glas in ihren Händen.

Sophie verzog das Gesicht. »Leider. Mir graut schon davor. Zum Glück habe ich für nächste Woche eine Leseprobe zu lektorieren.«

Doro ließ ihren Blick über die Anlage schweifen. »Es ist schön hier. Aber ich kann mir gut vorstellen, wie es dir geht, und ich sage dir jetzt schon, dass du spätestens in zwei Wochen wieder mit den Nerven am Ende sein wirst.«

»Das glaube ich auch. Ich weiß nur nicht, wie ich das ändern kann, solange Loukas arbeitet.« Sophie machte ein ratloses Gesicht.

»Wie lange hältst du das durch? Wie lange wird deine Liebe zu Loukas größer sein als der Frust?« Doro blickte sie eindringlich an.

»Ich weiß es nicht. Erzähl mir lieber, wieso es zwischen Jonas und dir endlich klick gemacht hat«, wechselte Sophie das Thema. Gespannt sah sie zu ihrer Freundin.

»Was willst du hören?« Doro spielte an ihrem Feuerzeug, während sie den Rauch ihrer Zigarette inhalierte.

»Du sagtest, dass es nicht nur für Flo eine schwere Zeit war.«

»Das stimmt. Willst du es wirklich wissen?«, vergewisserte sie sich.

Sophie nickte und umgriff das Glas so fest, dass sie Angst hatte, jeden Moment den Kelch zu zerdrücken. »Es wäre schön, wenn du mir sagst, wie es Flo geht.« Vielleicht würde sie jetzt eine Antwort erhalten, nachdem Doro am Telefon nie damit rausrücken wollte.

Doro seufzte abgrundtief. »Du gibst wohl nie auf, oder? Er sucht noch immer eine Wohnung, die bezahlbar ist. Jonas überlegt, ihm seine anzubieten, wenn er zu mir zieht. Außerdem hat Flo sich versetzen lassen.«

»Wie meinst du das?« Sie lockerte den Griff um das Glas ein kleines bisschen.

»Er ist seit diesem Monat im Innendienst.«

Das kam überraschend. Wieso hatte er das gemacht? Er mochte seinen Job doch? »Aha«, sagte sie nur. »Und sonst?« Irgendwas verschwieg Doro ihr, dessen war sie sich sicher.

»Sophie!« Doro sah sie scharf an. »Lass es. Wenn ich dir sage, dass er eine andere hat, bringt dir das genauso wenig, wie wenn ich dir sage, dass er zehn Kilo abgenommen und Augenringe hat. Oder jeden Tag in einer Bar versumpft.«

Sophie rutschte das Herz in die Hosentasche. »Tut er das denn?«, fragte sie schockiert, obwohl sie es insgeheim viel mehr interessiert hätte, ob er wieder eine Freundin hatte.

»Nein. Was ich damit sagen will: Es geht dich nichts mehr an. Wieso willst du es wissen? Damit du wieder ein schlechtes Gewissen bekommst?« Doro machte die Zigarette aus und nahm einen Schluck von ihrem Wein.

»Nein«, gestand Sophie kleinlaut und ihre Schultern sackten nach vorne. »Es ist nur ... ich denke viel an ihn, um nicht zu sagen dauernd, und ich habe keine Ahnung, wieso das so ist«, sagte sie bedrückt.

»Wieso wundert mich das nicht«, murmelte Doro, aber sie hörte es.

»Bitte, Doro.« Sophie legte ihre Hand auf Doros Unterarm und blickte sie flehend an. »Auf dem Pantokrator war es richtig schlimm. Ich hätte mir gewünscht, er wäre da gewesen.« Ihre Stimme brach, da sich ein Kloß in ihrem Hals bildete. Heiser fügte sie hinzu: »Ich hätte einiges dafür gegeben, wenn er mich in seinen Armen gehalten hätte, um mich zu trösten. Verdammt, ich habe mir sogar für einen Moment gewünscht, die Zeit zurückdrehen zu können. Ich bin völlig durcheinander. Ich liebe Loukas, aber ich weiß nicht, wie lange ich diese Einsamkeit aushalte – das, und meine Eifersucht.«

»Oh Fuck«, meinte Doro und legte ihre Hand auf Sophies. »Willst du die ungefilterte Wahrheit?«

Sophie nickte.

»Okay. Aber zuvor will ich eines wissen: Wie lange warst du mit Flo richtig happy, bevor die ersten Risse in die Fassade kamen?«

Das war eine gute Frage. Wenn sie ehrlich war, war sie mit ihrem Ex länger als mit Loukas auf dieser berühmten Wolke Sieben geschwebt – andererseits waren sie erst nach einem Jahr zusammengezogen.

»Das kann man nicht vergleichen«, sagte sie deswegen, wieder mit festerer Stimme. »Mit Loukas ging alles viel schneller. Zusammenziehen und so.«

»Das gilt nicht«, widersprach Doro. »Du hast Loukas von früher gekannt, ihr wart unzertrennlich, die besten Freunde. Ihr wusstet alles voneinander.« Sie zuckte die Schultern. »Na schön. Inzwischen hat Flo sich halbwegs gefangen. Aber er ist nachdenklicher geworden, stiller, außerdem hat er ziemlich abgenommen. Und er lässt keinen mehr an sich ran, erzählt nichts und blockt jeden Versuch ab, mit ihm über dich oder die Trennung zu sprechen. Dafür versucht er, sein Leben umzukrempeln, Dinge zu meiden, die ihn stressen – deswegen auch der Wechsel in den Innendienst. Party machen? Leute einladen? Fehlanzeige. Lieber igelt er sich zu Hause ein oder geht stundenlang spazieren. Jonas ist schon stinkig, weil man ihn zu nichts mehr brauchen kann. Immerhin hat er ihn überreden können, mit ihm regelmäßig ins Gym zu gehen. Es geht ihm also nicht gut, aber allemal besser als in den ersten Wochen. Da war Flo ein Häufchen Elend, völlig am Boden zerstört. Er war sogar einige Zeit krankgeschrieben, weil er nur geweint und gezittert hat. Jonas war in dieser Zeit bei ihm und hat aufgepasst, dass er keine Dummheiten macht. Er hat ihn vom Flughafen abgeholt und zum Arzt gefahren, wie er mir ein paar Tage später anvertraut hat. Er wusste also noch vor mir von der Trennung. Seine Meinung über dich war ziemlich im Keller, nachdem er mitbekommen hat, wie scheiße es Flo ging. Ich durfte mir einige Schimpfwörter für dich anhören.« Doro grinste schief.

Sophie räusperte sich. »Tut mir leid.«

Doro zuckte mit den Schultern. »Kann dir egal sein. Und solltest du nach Wien kommen, auch. Inzwischen habe ich Jonas so weit, dass er dir nichts nachträgt, und soweit ich weiß, sind Florians Bruder und Eltern auch nicht auf dich sauer. Aber das war letztlich der Grund, wieso wir zusammengekommen sind. Jonas hat viel mit mir diskutiert, und ich habe versucht, deine Sicht der Dinge darzulegen.«

»Das war lieb von dir.«

Eine Welle der Sehnsucht und Trauer überfiel sie, als sie an Flos Eltern dachte, die sie wie eine eigene Tochter behandelt hatten. Ihr Brustkorb war wie zugeschnürt – in gewisser Weise fühlte sie sich wie auf einer Beerdigung. Sophie merkte, dass ihr Tränen in die Augen schossen.

Doro drückte ihre Hand. »Jetzt weißt du, wie wir zusammengekommen sind und wie es Flo geht«, sagte sie leise. »Geht es dir nun besser?«

»Verdammt, nein.« Sie wischte sich übers Gesicht. »Wieso muss eine Trennung immer so wehtun? Mir ist es ja auch nicht gerade rosig gegangen, aber ich hatte Loukas, der mich aufgefangen hat.«

»Liebeskummer vergisst man am einfachsten in den Armen eines anderen«, orakelte Doro. »Nur Flo will davon nichts wissen. Glaub mir, seine Freunde versuchen, ihn unter Menschen zu bringen, um ihn abzulenken, in der Hoffnung, dass ihm eine Frau über den Weg läuft, die ihn seinen Schmerz vergessen lässt.«

Sophie konnte nicht verhindern, dass ihr der Gedanke, dass Flo mit einer anderen flirtete, einen gehörigen Magenschuber versetzte, und verzog das Gesicht.

Forschend ließ Doro ihren Blick über Sophie wandern. »Wenn du mich fragst, bist du auch nicht darüber hinweg«, fügte sie noch leiser hinzu. »Aber du musst wissen, was du tust – und was du willst. Du solltest dich fragen, was länger wärmt: Die Glut oder das Feuer.« Doro leerte ihr Glas.

Sophie seufzte und tat es Doro gleich: Sie kippte ihren Drink auf Ex. Dann lächelte sie schief. »Danke, dass du es mir gesagt hast. Du hast mir auf jeden Fall einiges zu denken gegeben.«

30.

Bitte komm' bald wieder

Zum Glück war Loukas eingespannt und Sophie hatte dadurch Zeit, sich zu fangen. Die beiden Auftritte halfen, ihre Gedanken in andere Bahnen zu lenken, und als sie auf dem Weg in die Stadt waren, hatte sie sich wieder im Griff. Hand in Hand betraten sie den Klub und stürmten gleich die Tanzfläche. Nachdem Loukas Sonntagvormittag frei hatte und erst zu Mittag in die Arbeit musste, blieben sie länger, als sie ursprünglich vorgehabt hatten. Es wurde schon beinahe hell, als sie müde ins Bett fielen.

***

Doros letzten Urlaubstag verbrachten die Freundinnen daheim, beide etwas angeschlagen von der langen Nacht.

»Hat Spaß gemacht«, resümierte Doro mit heiserer Stimme. »Mario ist ein Pfundskerl. Wäre ich solo, hätte er durchaus Chancen für eine heiße Nacht gehabt.«

»Kann ich mir vorstellen«, grinste Sophie. »Ich finde, Toni und er gäben ein gutes Paar ab.«

Doro wiegte nachdenklich den Kopf. »Wenn du mich fragst, hat Toni eher ein Auge auf deinen Schatz geworfen.«

»Was? Wie kommst du denn darauf?« Sophie fuhr entrüstet von ihrer Liege hoch. »Sie würde nie mit ihm anbandeln.«

»Das habe ich auch nicht gesagt. Aber ich habe gesehen, wie sie ihn in unbeobachteten Momenten anblickt. Andererseits schätze ich sie nicht so ein, als würde sie ihn dir ausspannen wollen.« Doro griff nach ihrem Orangensaft und nahm einen Schluck.

»Sie hat ihren Ex mit einer anderen in flagranti ertappt«, sagte Sophie, als würde das alles erklären. »Ich glaube nicht, dass sie schon wieder jemandem vertraut.«

»Irgendjemandem vielleicht nicht. Aber bei Loukas sieht sie, dass er treu ist.«

»Ich glaube trotzdem nicht, dass Toni mit Loukas flirten würde«, unterstrich Sophie ihre Aussage und ließ sich wieder zurückfallen. Sie verspürte nicht einmal einen Hauch von Eifersucht – der Gedanke war einfach absurd.

»Nein. Das würde sie dir nicht antun. So wie ich das beurteilen kann, mag sie dich nämlich sehr gern.« Doro rappelte sich hoch, setzte sich an den Beckenrand und ließ die Beine ins Wasser hängen. »Schade, dass ich morgen heim muss. Die Zeit ist nur so verflogen.«

Sophie gesellte sich zu ihr und drückte Doros Hand. »Vielleicht hätten wir Loukas zur Arbeit bringen sollen, dann hätten wir den Tag am Meer verbringen können.«

Doro winkte ab. »Hier ist es viel relaxter. Ein Klo in nächster Nähe und gekühlte Getränke wiegen Sand im Bikini und Salz auf der Haut locker auf.« Sie grinste und ließ sich ins Wasser gleiten.

Sophie ging in die Küche und schenkte den übrigen Sekt in Gläser. Als sie damit auf die Terrasse kam, hatte Doro wieder auf der Liege Platz genommen.

»Prost, auf unsere Freundschaft«, wünschte Sophie und drückte ihr ein Glas in die Hand. »Danke, Doro, dass du mich besucht hast. Ich kann dir gar nicht sagen, wie sehr ich dich vermissen werde.«

»Ich bin für dich da«, versprach ihre Freundin feierlich und stieß mit ihr an. »Du kannst mich jederzeit anrufen.«

Sie hakten die Arme mit den Sektkelchen ineinander, wie man es tat, wenn man auf Brüderschaft trank, nippten daran und besiegelten ihre Freundschaft mit einem kurzen Kuss auf den Mund.

***

Am nächsten Tag brachte Loukas Doro zum Flughafen. Sophie kam mit, denn sie wollte ihre Freundin nicht zu Hause verabschieden, was bedeutete, dass sie abends im Hotel sitzen musste. Nachdem sie ein Lektorat zu machen hatte, packte sie den Laptop mit ein.

Loukas nahm Doros Koffer, Sophie deren Handgepäck, Doro hatte nur ihre Handtasche und eine Jacke.

»Holt Jonas dich in Schwechat am Flughafen ab?«, wollte Loukas wissen, als sie die Abflughalle betraten, und überreichte ihr das Gepäckstück.

Doro zog den Griff aus dem rollbaren Koffer heraus. »Ja, obwohl ich auch mit den Öffis fahren könnte. Um diese Zeit wäre das die bessere Option.«

»Er wird sich freuen, dich wiederzuhaben«, grinste Loukas. »Es war schön, dass du hier warst. Du bist jederzeit gern gesehen, natürlich auch dein Freund. Ich wünsche dir einen guten Flug!« Er umarmte sie flüchtig und hauchte rechts und links Küsschen auf Doros Wangen. »Ich gehe schon mal voraus, Sophie, und komme dir mit dem Auto entgegen.«

»Danke.« Sie blickte ihm nach, wie er durch die Türen schritt.

Doro lächelte ihr aufmunternd zu. »Ich bin nicht aus der Welt, Bella. Es war ein toller Urlaub, ich werde viel zu erzählen haben.«

»Hältst du mich auf dem Laufenden?« Bittend blickte sie Doro an.

Diese runzelte die Stirn. »Du meinst bezüglich Flo? Ich denke nicht. Du hast genug andere Probleme. Ich will dich nicht unnötig deprimieren.«

Sophie schluckte. »Wahrscheinlich hast du recht«, räumte sie ein. »Trotzdem danke für deine ehrlichen Worte. Verdammt, du fehlst mir jetzt schon.« Sie trat einen Schritt auf ihre Freundin zu und drückte sie fest an sich.

Doro drückte ebenso fest zurück. »Lass dich nicht unterkriegen, Sophie. Und bitte melde dich regelmäßig. Ich mache mir sonst Sorgen um dich.«

»Mache ich«, versprach Sophie und löste sich aus der Umarmung. »Jetzt geh, sonst fange ich noch an zu heulen.«

Doro küsste sie auf die Wangen, nahm ihren Koffer und ging zum Abfertigungsbereich der Fluggesellschaft. Hinter der Absperrung drehte sie sich um und winkte ihr ein letztes Mal zu.

Es hatte keinen Sinn, noch länger hier zu verweilen. Loukas wartete bestimmt schon. Als sie das Gebäude verließ, musste sie sich die Tränen verkneifen. Am liebsten wäre sie im Handgepäck ihrer Freundin mitgeflogen.

Niedergeschlagen nahm sie auf dem Beifahrersitz Platz und schnallte sich an. Loukas warf ihr einen liebevollen Blick zu und strich kurz über ihren Oberschenkel.

»Sei nicht traurig, mein Engel. Sie kommt bestimmt wieder.«

Sophie nickte. »Die Zeit verging viel zu schnell. Kann ich in eurem Aufenthaltsraum arbeiten? Ich brauche Ruhe beim Lektorat«, lenkte sie ihn von ihrer Trauer ab.

»Klar. Wenn du eine Pause machst, besuchst du mich an der Bar. Heute darf ich dort aushelfen.«

***

Genervt ging Sophie zur Kaffeemaschine, um sich eine Tasse des belebenden Getränks zu holen. Die Arbeit ging ihr nicht von der Hand – viel zu oft schweiften ihre Gedanken zu Doros Besuch ab. Ungeduldig blickte sie auf die Uhr. Sollte ihre Freundin nicht längst daheim angekommen sein? Wahrscheinlich feierte sie das Wiedersehen mit ihrem Liebsten und vergaß deswegen, ihr Bescheid zu geben. Sophie seufzte und nippte gedankenverloren an dem heißen Gebräu. Endlich hörte sie den vertrauten Ton einer eingehenden WhatsApp. Erleichtert las sie Doros Worte:

Danke noch mal für die wundervollen Tage! Bin heil angekommen. Bussi und bis bald

Sie kommentierte die Nachricht mit einem Herz-Emoji und setzte sich wieder vor den Laptop. Resolut schob sie alle anderen Gedanken beiseite, konzentrierte sich auf ihre Arbeit und war überrascht, als die Tür aufging und Toni hereinkam.

»Nanu, schon Feierabend?«, erkundigte sie sich.

Toni holte sich eine Coke aus dem Kühlschrank und setzte sich. Die Rothaarige blieb ihr die Antwort schuldig und fragte im Gegenzug: »Du bist sicher sehr traurig, dass Doro wieder weg ist?«

Sophie tippte einen Satz zu Ende und wandte sich Toni zu. »Im Moment geht es, weil ich etwas zu tun habe. Arg wird es erst dann wieder, wenn ich alleine daheimsitze und auf Loukas warten muss.«

Toni nickte verständnisvoll. »Ist sicher eine blöde Situation für dich, in der Wohnung festzusitzen.«

»Es geht, das Haus ist groß genug und im Garten lässt es sich aushalten. Zum Glück lebt er nicht in einer Wohnung mitten in der Altstadt. Aber du hast schon recht, es zerrt an den Nerven.«

»Du meinst, *ihr* lebt nicht dort – es ist auch dein Zuhause«, wies Toni sie auf ihren Fauxpas hin. »Loukas und ich haben zwar dieselben Arbeitszeiten, aber ich habe dich sehr liebgewonnen. Lass mich deine Freundin sein.«

»Sehr gerne.« Sophie strahlte sie und drückte deren Hand. »Danke dir, Toni.«

»War mir schon länger ein Bedürfnis«, murmelte Toni und dann lauter: »Lass' uns darauf anstoßen.«

Sie hielt ihr die Colaflasche entgegen, Sophie nahm ihren inzwischen kalten Kaffee zur Hand. Lächelnd prosteten sie sich zu, als die Jungs in den Raum kamen.

»Was ist denn hier los?«, wollte Loukas wissen und hauchte Sophie einen Kuss aufs Haar.

Sie lächelte ihn an. »Toni hat mich soeben offiziell gefragt, ob wir Freundinnen sein wollen.«

»Ich dachte, das seid ihr schon längst«, war Loukas' trockener Kommentar. »Lass uns nach Hause fahren.« Er beugte sich zu ihr, bis sein Mund neben ihrem Ohr verharrte. »Ich bin ausgehungert nach dir«, flüsterte er und zog sie von ihrem Stuhl hoch.

Eigentlich hätte das ihr Herz höherschlagen und ihre Libido anspringen lassen müssen, aber seine Worte lösten nicht wie sonst Vorfreude aus. Viel lieber würde sie nur mit ihm kuscheln und reden, statt leidenschaftliche Bettakrobatik zu betreiben.

***

»Möchtest du noch etwas trinken?«, fragte Sophie, als sie den Lichtschalter betätigte und hoffte, er würde darauf eingehen.

Loukas legte den Schlüsselbund ab und zog seine Schuhe aus, dann drehte er sich zu ihr und schüttelte den Kopf. In seinen stahlgrauen Augen loderte das Feuer der Leidenschaft. »Nein, mein Engel. Ich will dich. Nackt. Auf dem Sofa, unter der Dusche, und anschließend noch mal im Bett.« Noch während er sprach, zog er sich sein Shirt über den Kopf und stand mit nacktem Oberkörper vor ihr. Er machte einen Schritt auf sie zu und ließ seinen Blick gierig über ihre Figur wandern. »Planänderung. Erst die Dusche.« Loukas hielt ihr die Hand auffordernd entgegen.

Einerseits empfand sie keine Lust, andererseits sehnte sie sich nach seinen starken Armen, in denen sie sich so geborgen fühlte. Sein Körper war ihr Fels in der Brandung, erdete sie. Sein Duft erreichte ihre Nase: Sportlich, herb, ein wenig verschwitzt – aber auf erregende Weise.

»Küss mich, Loukas«, bat sie leise. »Ich brauche dich.« Und ihr wurde bewusst, wie sehr das stimmte – sie brauchte ihn mehr, als sie sich eingestand. Sie brauchte den Beweis, dass er nur sie liebte. Nein – sie brauchte den Beweis, dass er sie so sehr liebte, dass es für beide reichte, wenn ihre Zweifel überhandnahmen.

Loukas zog sie an der Hand an sich, mit der anderen griff er unter ihr Kinn und hob es hoch. Sein Kuss war sanft, knabbernd. Zärtlich wanderte sein Mund über den ihren, bis sie seine Hand losließ und sie in seinem Nacken verschränkte. Im selben Augenblick öffnete er mit seiner Zunge ihre Lippen und glitt in ihren Mund.

Sophie schloss die Augen. Jetzt war sein Kuss nicht mehr zärtlich, sondern leidenschaftlich. Das Feuer in ihm sprang auf sie über, mitten in ihren Unterleib hinein und ließ sie augenblicklich feucht werden. Obwohl sie ursprünglich nicht mit ihm hatte schlafen wollen, konnte sie es jetzt kaum noch erwarten, denn die Gier wuchs mit jeder Sekunde, in der ihre Zungen miteinander tanzten. Aufstöhnend drängte sie sich an ihn. Er war alles, was sie hatte – und was sie brauchte.

Loukas fackelte nicht lange. Küssend dirigierte er sie ins Badezimmer. Dort half er ihr aus ihren Klamotten, zog seine Jeans aus und drückte Sophie vor sich gegen die Fliesenwand, während der warme Wasserstrahl über ihre Haut lief. Dann kniete er sich vor sie hin, legte ihr Bein auf seine Schulter und begann, sie gekonnt an ihrer empfindlichsten Stelle zu küssen.

Sophie schloss abermals die Augen und keuchte auf, als er mit der Zunge in sie drang, während seine Hände ihren Po hielten. Meisterhaft vertrieb er in kürzester Zeit sämtliche Gedanken, bis nur noch einer übrigblieb: der Wunsch, von ihm zum Gipfel der Lust und darüber hinaus gebracht zu werden.

Zum Glück lag ein Teil ihres Gewichts auf seiner Schulter – denn als es so weit war, stieß sie einen lang gezogenen Schrei aus, krallte ihre Finger in seine Haare und versuchte, mit dem letzten bisschen Kraft, die ihr geblieben war, stehen zu bleiben. Sie zitterte wie Espenlaub, ihr Orgasmus war heftiger denn je und jagte eine Welle nach der anderen durch ihren Unterleib. Keuchend rang sie nach Luft, während er sie festhielt.

Loukas stellte sie wieder auf beide Füße, zog sie an sich und küsste sie heftig, bis sich ihr Herzschlag halbwegs normalisiert hatte.

»Yes, Baby. Du wirst heute noch einige Male für mich kommen, das verspreche ich dir«, knurrte er besitzergreifend an ihrem Mund und ließ nach der Dusche Taten folgen.

***

Anschließend hielt er sie zärtlich in seinen Armen. Ihr Kopf lag auf seinem Brustkorb, durch welchen sie sein Herz langsam und regelmäßig schlagen hörte. Loukas hatte sie gerade für fast zwei Stunden vergessen lassen, was sie bedrückte, aber nun kam es wieder an die Oberfläche. Sie seufzte tief.

»Was ist los, mein Engel?«, erkundigte sich Loukas leise und ließ seine Hand sanft über ihren Rücken auf- und abgleiten.

Sophie malte mit dem Finger kleine Kreise auf seine Haut. »Mir graut davor, wieder alleine herumsitzen zu müssen. Die Zeit mit Doro verging viel zu schnell. Um ehrlich zu sein, weiß ich nicht, wie lange ich das durchhalte, Loukas. Toni als Freundin zu haben ist zwar schön, aber hilft nicht gegen meine Einsamkeit, da sie die gleichen Arbeitszeiten hat wie du. Ich weiß, es sind nur noch wenige Wochen. Aber trotzdem – es macht mich fertig, ich fühle mich wie eingesperrt.«

Loukas richtete sich abrupt auf, sie spürte, wie er sich verspannte. »O mein Gott, Sophie! Ich hatte keine Ahnung, dass es so schlimm für dich ist. Soll ich kündigen?«

Sie schüttelte den Kopf. »Nein. Es wird auch nicht besser, wenn du einen anderen Job hast. Ich sitze hier im Haus fest, und ich kann dich nicht dauernd zur Arbeit begleiten, wo du ohnehin nicht viel Zeit für mich hast. Und bevor du wieder mit einem Kind anfängst – das ist keine Lösung. Ich bin noch nicht bereit, diese Verantwortung zu übernehmen.«

Mit einem Arm drückte er sie fester an sich und vergrub seine Nase in ihren Haaren, während er mit der anderen Hand weiter über ihren Rücken strich. Einige Minuten vergingen, bevor er sagte: »Wenn du mich in die Arbeit bringen würdest, hättest du das Auto. Der einzige Nachteil ist, dass du morgens mit mir aufstehen müsstest.«

Sophie drückte ihre Lippen auf die kleine Kuhle an seinem Hals. »Das wäre super. Ich stehe sowieso meist mit dir auf.«

»Dann ist das abgemacht.« Er zog sie nach oben, bis ihre Gesichter aneinander lagen.

Sie hauchte ihm einen Kuss auf die Lippen, drehte sich um und kuschelte sich an ihn. Wieso waren sie nicht früher auf diese Lösung gekommen? Andererseits hatte sie es sich bis vor Kurzem nicht zugetraut, alleine herumzufahren, geschweige denn, sich im Dschungel der Straßen von Kerkyra zurechtzufinden. Sie war reichlich nervös gewesen, als sie Doro vom Flughafen abgeholt hatte. Andererseits ginge es ihr bestimmt besser, wenn sie mobil war. Etwas zuversichtlicher schloss sie die Augen.

31.

Eine bittere Erkenntnis

Dank des Lektorats verging die Woche schnell für Sophie. Zwischendurch machte sie den Haushalt und zupfte Unkraut im Garten. Jetzt, wo sie das Auto jederzeit haben konnte, fühlte sie sich freier – das große schwarze Loch, das sie noch vor Kurzem zu verschlingen gedroht hatte, hatte sich aufgelöst. Das Beste an ihrer Mobilität war, dass die Tage schneller vergingen.

Sophie genoss ihre Ausflüge und sog die Eindrücke der Insel wie ein Schwamm auf, dennoch war es anders, Korfu mit Loukas oder Doro zu erkunden. Die Einsamkeit blieb, wenngleich kaum noch spürbar – übertüncht von den Impressionen. Das wirkte sich auch auf ihre Beziehung aus – sie hatte wieder mehr Lust auf Loukas und auch im Allgemeinen wieder mehr Lebensfreude.

***

Der September brach an und wenn Sophie dachte, dass es nun etwas kühler werden würde, hatte sie sich getäuscht. Es war zwar nicht mehr brütend heiß, dennoch lud das Meer noch zum Baden ein. Während ihrer Erkundungsfahrten hatte sie eine Bucht entdeckt, die sie zu ihrem persönlichen Lieblingsstrand erkoren hatte. Dort saß sie oft mit angewinkelten Beinen auf ihrem Handtuch und beobachtete Windsurfer, während sie ihren Gedanken freien Lauf ließ.

Noch immer war diese Insel wie Urlaub für sie, nicht ihr Zuhause, das wurde ihr mit jedem Tag bewusster. Doros Besuch hatte nur kurz geholfen – das Heimweh war seither schlimmer geworden. Vielleicht sollte sie für einige Tage mit Loukas nach Österreich fliegen, wenn die Saison vorbei war. Er würde bestimmt auch seine Eltern wiedersehen wollen. Sie vermisste ihre jedenfalls, auch wenn sie regelmäßig mit ihnen telefonierte.

Sophie konnte sich überhaupt nicht vorstellen, wie es hier im Winter sein würde. Weihnachten unter Olivenbäumen? Undenkbar. Sie würde sogar die überfüllten Christkindlmärkte in Wien und den verwässerten Punsch, der dort ausgeschenkt wurde, vermissen. Sophie grinste schief. Noch besser wäre es, sie würden zur Adventszeit in ihrer alten Heimat sein. Aber bis dahin war es noch lange hin. Leise seufzte sie. Ja, es ging ihr besser – Loukas war nach wie vor ein fantastischer Liebhaber und wunderbarer Freund – aber dennoch war sie nicht glücklich. Sie sehnte sich nach ihren eigenen vier Wänden, ihren Freunden und Eltern – und immer öfter nach Flo, wie sie sich insgeheim eingestehen musste. Vielleicht lag das daran, weil Loukas planlos in die Zukunft blickte, was sie wiederum auf die Palme brachte. Sein Arbeitsverhältnis lief in weniger als einem Monat aus und er hatte sich bis heute noch keine Gedanken gemacht, was er danach tun wollte. Sie konnte ihm kaum vorschreiben, wo und wann er sich bewerben sollte. Flo hätte an seiner statt längst einen neuen Anstellungsvertrag unterzeichnet oder zumindest gewusst, wann er eine neue Stelle antreten würde. Auch wenn sie diese Tatsache verrückt machte – wahrscheinlich würde sie Loukas' Anwesenheit und die Tage mit ihm im Oktober aus vollen Zügen genießen. Er würde schon wissen, wie er mit seinem Geld um die Runden käme. So, wie sie Loukas inzwischen kannte, würde sich die Jobsuche über kurz oder lang sicher von selbst in Wohlgefallen auflösen. Dennoch, verantwortungsbewusst war etwas anderes. Das war ein Grund, wieso sein Vorschlag, eine Familie zu gründen, bei ihr auf taube Ohren stieß und sie sich wünschte, Loukas wäre ein bisschen erwachsener und gewissenhafter, nicht so spontan.

Sie war sich nach wie vor sicher, den richtigen Weg eingeschlagen zu haben, auch wenn kein Tag verging, wo sie nicht für einen Moment an ihren Ex dachte und sie das Heimweh plagte – mal mehr, mal weniger. Wahrscheinlich war das normal, so lange, wie sie zusammen gewesen waren. Die Beziehung mit Loukas steckte im Vergleich dazu noch in Kinderschuhen. Doro erzählte regelmäßig am Telefon von Jonas und anderen gemeinsamen Bekannten, aber das Thema Florian mied sie wie der Teufel das Weihwasser. Natürlich wusste Loukas davon nichts – das war ihre eigene Bürde, die sie zu tragen hatte.

Eines morgens saß sie in einem kleinen Café in der malerischen Altstadt und ließ sich ein paar dieser kleinen, in Honig getränkten Gebäckstücke zum Frühstück schmecken. Verträumt lächelte sie vor sich hin. Loukas hatte heute seine Schwimmrunde ausfallen lassen und sie stattdessen sehr zärtlich geweckt, was schnell ausgeartet war. Danach war keine Zeit mehr für das gemeinsame Frühstück geblieben und sie hatte Loukas direkt zur Arbeit gebracht. Später wollte sie noch zum Friseur und ein wenig shoppen, bevor sie ihn mittags wieder abholen musste. Den Nachmittag wollten sie am Strand verbringen.

Sophie biss herzhaft in ein Teilchen mit Pistazienstückchen, als ihr Handy vibrierte. Sie leckte sich die klebrigen Finger ab und griff danach, um zu sehen, wer ihr schrieb. In aller Ruhe entsperrte sie das Display.

Gleich darauf fiel ihr das Smartphone beinahe aus der Hand. Sie hatte nicht damit gerechnet, dass Flo sich meldete. Ihr Herz schlug so heftig, dass sie es in den Ohren pochen hörte. Mit schreckgeweiteten Augen blickte sie auf die Nachricht, dann gab sie sich einen Ruck – und bereute es in derselben Sekunde.

Hallo Sophie, ich wollte dir mitteilen, dass es so weit ist. Vielleicht hat es Doro dir schon gesagt: Jonas zieht nächsten Monat zu ihr und ich kann seine Bude haben. Ich habe unseren Vermieter bereits in Kenntnis gesetzt, dass er mich aus dem Vertrag nehmen soll.

Was du mit der Wohnung machst, bleibt dir überlassen. Den Schlüssel gebe ich Doro, die soll sich um die Pflanzen kümmern. Mach's gut, Flo.

Es war, als würde die Zeit vom Schnellvorlauf auf Pause gedrückt werden. Sie bekam nicht mehr mit, was um sie herum geschah, sie konnte nur noch auf die Worte starren. Ihr Gehirn versuchte, diese zu verarbeiten, verweigerte aber seinen Dienst. Sie schob den Teller zur Seite – der Appetit war ihr gehörig vergangen. Mit zitternden Händen fischte sie ihre Geldbörse aus der Handtasche, legte das Geld auf den Tisch und stand ruckartig auf. Fluchtartig verließ sie das Café. Sie war wie vor den Kopf gestoßen und konnte nur noch an eines denken: Flo war endgültig weg. Blind vor Tränen stolperte sie durch die Gassen zum Parkplatz, wo sie den Hyundai abgestellt hatte.

Kaum saß sie im Auto, ließ sie den Tränen freien Lauf. Die Schleusen waren geöffnet, und sie hätte nie im Leben gedacht, noch einmal wegen Flo so weinen zu müssen. Schluchzend vergrub sie ihr Gesicht in den Händen, während ihr Körper von Heulkrämpfen geschüttelt wurde. Dabei wusste sie nicht einmal, wieso zur Hölle sie überhaupt so reagierte.

Nach etwa einer halben Stunde versiegten die Tränen endlich. Vergessen waren Friseur und Shoppingtour. Sophie startete den Motor und schlug den Weg nach Hause ein, wo sie in Ruhe über alles nachdenken konnte. Sich im Bett zu verkriechen schien ihr eine gute Idee. Was war nur mit ihr los?

***

297

Diese Frage stellte sie sich noch, als sie den Wagen in der Einfahrt abstellte, die Haustür aufsperrte und ins Schlafzimmer ging, während sie sich auf dem Weg dorthin aus ihren Klamotten schälte. Achtlos ließ sie Bluse und Rock auf den Boden fallen und krabbelte völlig verwirrt unter die Bettdecke, wo sie ihre Nase auf Loukas' Seite vergrub. Kühl schmiegte sich das Laken an ihre Haut. Der Geruch ihrer morgendlichen Leidenschaft haftete daran und die Erinnerung an ihre ekstatisch ineinander verschlungenen Körper riss ihr Herz in tausend Stücke.

Sophie kugelte sich wie ein Embryo zusammen und schloss die Augen. Eigentlich sollte sie von der Haarwurzel bis in die Zehenspitzen glücklich sein, aber sie war es nicht. Sie sollte sich in diesem Bungalow zu Hause fühlen, stattdessen plagte sie das Heimweh. Manch anderer wäre happy, dass hier jeden Tag die Sonne schien, aber was gäbe sie dafür, wieder einmal einen Regentag zu erleben. Sie sollte froh sein, dass Flo sein Leben wieder auf die Reihe brachte, und hatte gewusst, dass es nur eine Frage der Zeit war, bis es so weit sein würde – aber wieso warf seine Nachricht sie so aus der Bahn? Verflucht, wieso tat es immer noch so weh? Wieso wünschte sie sich, er würde ... ja was eigentlich? Sie noch immer lieben?

Wozu?

Doros Worte über die Glut und das Feuer fielen ihr ein. Loukas war wie ein Strohfeuer, welches einen Waldbrand auslösen konnte, wenn nur ein Funke davonstob. Ein glutvoller Blick von ihm reichte, um alles in ihr auflodern zu lassen. Die Gefühle zu Florian waren längst nicht mehr in dieser Intensität gewesen, das Feuer einer sanften Glut gewichen, aber diese war dafür immer da gewesen. *Er* war stets für sie da gewesen. Sie hatte sich auf ihn verlassen können – er war ihr Fels in der Brandung gewesen, der jedem Sturm trotzte. Er hatte ihr vielleicht nicht täglich gesagt, dass er sie liebte – aber er hatte es ihr auf andere Weise gezeigt. Nur war sie blind geworden und hatte es nicht mehr gesehen, seine Aufmerksamkeiten und seine Anwesenheit als selbstverständlich erachtet. Wann hatte sie zuletzt nicht innerlich die Augen verdreht, wenn er wieder einmal über den Stau geschimpft hatte? Wann hatte sie ihn das letzte Mal gefragt, wie es ihm ging, und es auch wirklich wissen wollen? Eines war sicher: Hätte sie nur ein bisschen besser zugehört, seine Sorgen nicht mit einem Wimpernschlag abgetan, wäre der Urlaub vielleicht kein Fiasko geworden – Loukas hin oder her. Aber sie war so egoistisch gewesen und hatte unbedingt etwas erleben wollen. Er hingegen war völlig ausgebrannt gewesen und hatte die Erholung bitternötig gehabt. Und sogar da war er ihr entgegengekommen. Verdammt noch eins, sie hätten einfach miteinander reden müssen, was sie von ihrem Urlaub erwarteten – sie hätten bestimmt eine Lösung gefunden, mit denen beide glücklich geworden wären. Stattdessen hatte sie auf stur geschaltet und ihm obendrein noch die ganze Organisation überlassen. Wie hatte sie ihm das nur antun können?

Sauer auf sich selbst schüttelte Sophie den Kopf und drehte sich auf die andere Seite. Was hieß das im Umkehrschluss? Loukas war einst ihre große Liebe gewesen, die sich jetzt erfüllte. Wäre das auch in Österreich passiert, wenn sie sich dort über den Weg gelaufen wären? Gut möglich. Allein um herauszufinden, dass sie sich ihre Gefühle vor zehn Jahren nicht eingebildet hatte, hätte sie der Versuchung wahrscheinlich auch dort nicht widerstehen können. Aber war es tatsächlich die große Liebe, oder jagte sie einem Traum nach, wie Doro sagte? Eines war ihr in letzter Zeit bewusst geworden: Sie fühlte sich auf Korfu nicht heimisch und sie bezweifelte, dass sich dieses Gefühl jemals einstellen würde. Ja, es war schön hier, sehr sogar, und sie liebte Loukas – aber hatten sie eine gemeinsame Zukunft? Je länger sie darüber nachgrübelte, desto eher war sie geneigt, zu sagen: Nein. Selbst wenn sie nach Österreich ziehen würden – Loukas bliebe noch immer derselbe Pfiffikus, der er jetzt war.

Plötzlich fiel es ihr wie Schuppen von den Augen: Es ging nicht um den Ort, an dem man sich zu Hause fühlte, sondern um die Person. Anscheinend hatte sie nie aufgehört, Flo zu lieben, denn eines wurde ihr gleichzeitig bewusst: Er war ihr zu Hause – egal, wo auch immer er sich auf dieser Erdkugel befand. Er war es schon immer gewesen. Nur hatte sie betrauert, was sie vermeintlich in ihrem Leben versäumt hatte, und die erste Chance ergriffen, die Vergangenheit nachzuholen. Aber die Liebe war nie etwas Selbstverständliches, das begriff sie nun. Man musste darum kämpfen, jeden Tag aufs Neue. Es funktionierte nur, wenn man nicht nur nahm, sondern auch gab. Oder, wie Albert Schweitzer einst sagte: Die Liebe – oder war es das

Glück? Sie wusste es nicht mehr – war das Einzige, was sich verdoppelte, wenn man es teilte.

Sophie ballte die Hand zur Faust. »Verdammt«, murmelte sie und sprang mit einem Satz aus dem Bett. Hoffentlich saß Doro nicht in einer Besprechung. Sie brauchte ihre Freundin dringender denn je.

32.

Konsequenzen

Während sich die Verbindung aufbaute, wanderte Sophie ruhelos durch die Wohnküche.

Doro hob nach dem fünften Klingelzeichen ab. »Hi, Bella. Was ist so eilig, dass es nicht bis abends warten kann?«

»Flo«, platzte es aus Sophie, ohne die Begrüßung zu erwidern. »Er hat mich informiert, dass Jonas nächsten Monat bei dir einzieht. Du bist mir ja eine schöne Freundin.«

»Autsch. Sorry. Ich wollte es dir heute erzählen.«

Sie konnte sich lebhaft ausmalen, welches Gesicht Doro gerade machte und musste unweigerlich grinsen. »Tja, er ist dir zuvorgekommen.«

»Freu dich doch, dass er eine Wohnung hat.«

»Genau das ist das Problem, Doro«, gestand sie leise. »Ich habe geheult, als ich seine Nachricht gelesen habe.«

Ihre Freundin stöhnte. »Ach du dickes Ei. Wieso denn?«

»Ich war ein Idiot«, antwortete sie und unterbrach ihre Wanderung vor dem Kühlschrank, aus dem sie eine Flasche Wasser nahm.

»Moment. Was habe ich versäumt? Ich dachte, es geht wieder aufwärts? Erzähl, aber halte dich kurz.«

Sophie nahm einen Schluck und berichtete ihrer Freundin von ihren Gedankengängen. »Ich kann ihn nicht gehen lassen, Doro«, schloss sie ihren Bericht ab. »Aber ich habe keine Ahnung, was ich machen soll.«

»Was ist mit Loukas?«

Nun setzte sie sich endlich hin und ließ ihren Blick über die Einrichtung wandern. »Wenn ich das wüsste«, seufzte Sophie bedrückt. »Eines ist sicher: Ich werde hier nicht heimisch und ich glaube nicht, dass Loukas und ich eine Zukunft haben. Natürlich liebe ich ihn, aber du hattest recht: Es ist eher die Erinnerung an alte Zeiten, der Traum der ersten großen Liebe. Unsere Zeit wäre damals gewesen, vor Flo.«

Sie hörte, wie Doro den Rauch ihrer Zigarette ausatmete. »Überstürze bitte nichts. Du solltest dir mit deiner Entscheidung sicher sein. Flo rappelt sich gerade auf, trample nicht auf ihm herum.«

»Was soll ich denn tun?« Verzweifelt wischte sich Sophie über die Augen. Alles in ihr schrie danach, sich in die nächste Maschine zu setzen und Flo anzuflehen – notfalls auf Knien – ihr zu verzeihen. Gleichzeitig verkrampfte sich ihr Herz bei dem Gedanken, mit Loukas Schluss zu machen.

»Da bin ich überfragt, Bella. Du solltest auf jeden Fall mit Loukas reden. Vielleicht verwechselst du jetzt Heimweh mit Liebe?«

»Ich glaube nicht. Ich komme zurück, Doro. Ich muss einfach.« Ihre Stimme war leise, aber entschlossen.

»Und mit Sack und Pack vor der Wohnung stehen? Flo wird der Schlag treffen.«

Da war was dran. Obwohl es auch ihre Wohnung war – eine blödere Situation konnte es kaum geben. Sie sah sich im Treppenhaus sitzend auf ihn warten. Noch während sie darüber nachdachte, bot Doro an: »Wenn es dir wirklich ernst ist, kannst du bei mir unterkriechen. Wenn du jedoch Loukas als Sicherheitsnetz brauchst und ihm nicht sagst, was du vorhast, solltest du meiner Meinung nach gar nicht erst herkommen.«

»Das stimmt. Eine beschissene Situation, ich will ihm nicht so wehtun müssen.«

»Er liebt dich, und er ist nicht blöd, Sophie. Er wird es verstehen, hoffe ich zumindest für dich. Du, ich muss langsam wieder an die Arbeit. Ruf mich an, wenn du Genaueres weißt, aber überstürze um Himmels willen nichts! Hab' dich lieb!«

Schwupp, aufgelegt. Vom Display stach Sophie die Uhrzeit ins Auge. Der Vormittag war schneller vergangen, als ihr lieb war. Es wurde höchste Zeit, Loukas abzuholen. Abermals seufzte sie – sie war so was von nicht bereit. Weder ihn jetzt zu sehen und ihm gegenüberzutreten, noch mit ihm darüber zu sprechen, und erst recht nicht, mit ihm Schluss zu machen. Vielleicht sollte sie erst mit sich ins Gericht gehen, denn es stimmte, was Doro gesagt hatte. Es war keinem geholfen, wenn sie jetzt alles übers Knie brach. Trotzdem war ihre Sehnsucht nach Flo gerade übermächtig.

***

Noch während der Fahrt zermarterte sich Sophie das Gehirn. War es möglich, zwei Männer zu lieben? Jeden auf seine eigene Art und Weise? Oder verwechselte sie tatsächlich Heimweh mit Gefühlen für Flo? Sie sah seine warmen, braunen Augen vor sich, die sie immer liebevoll angeblickt hatten, und ihr Herz zog sich schmerzhaft zusammen. Vor allem, weil sie sich noch gut daran erinnern konnte, wie dieses Leuchten darin erlosch. Sie hatte ihm das Herz aus dem Leib gerissen, aber ihres hatte ebenso gelitten. Wahrscheinlich hatte er die Schotten dichtgemacht und sie aus seinem Leben verbannt, ganz so, wie er es gesagt hatte. Wieso sonst hatte er sich nie bei ihr gemeldet? Und was, wenn es so war? Säße sie dann in Wien und hätte Sehnsucht nach Loukas und Korfu, so wie sie es jetzt für Flo und Wien empfand? Sie musste sich im Klaren sein, dass es vielleicht kein Zurück zu Florian gab. Wäre sie dennoch bereit, Loukas – und somit ihre einstmals große Liebe – aufzugeben? Die Wahrscheinlichkeit, dass Flo sie mit Pauken und Trompeten zum Teufel jagte, war bei Weitem größer, als dass er ihr verzeihen und einen Neuanfang wagen würde. Um ehrlich zu sein, hatte sie eine Scheißangst, mit bald dreißig Jahren von vorne anfangen zu müssen und als Single durch die Welt zu laufen.

Dennoch – eine gemeinsame Zukunft mit Loukas kam ihr allmählich ähnlich utopisch vor. Sie war auch ohne die Gedanken an Flo knapp davor gewesen, das Handtuch zu werfen. Loukas' stürmische Art, die sie einerseits an ihm liebte, brachte sie aber auch oft an ihre Grenzen. Wie lange würde sie das ihm zuliebe noch durchhalten? Die Vorstellung, Loukas zu heiraten, verursachte ihr ein flaues Gefühl im Magen, obwohl sie sich das bis vor Kurzem noch hatte vorstellen können.

Je näher sie zum Hotel kam, umso sicherer war sie sich: Die Sache mit Loukas war nicht von Dauer. Jetzt war es schön, vielleicht auch noch in ein paar Monaten, immerhin war er ein absoluter Traummann und verdammt gut darin, sie um den Verstand zu bringen. Aber mit ihm gemeinsam alt werden? Auch im Alter würde er nicht ruhiger sein – das lag nicht in seiner Natur.

Der Parkplatz des Hotels tauchte vor ihr auf. Mit gemischten Gefühlen stellte sie den Motor ab. Sie musste Loukas sagen, dass sie nach Hause wollte. Sie wusste nur nicht, wie sie ihm das schonend beibringen konnte. Und dann war da noch die Sache mit Flo. Innerlich seufzte sie. Sie musste es auf sich zukommen lassen, wie sich das Gespräch entwickelte.

***

»Nanu, wieso warst du nicht beim Friseur, hatte Carlo keine Zeit?«, begrüßte Loukas sie und hauchte ihr einen Kuss auf die Lippen. »Wir können sofort los. Hast du die Badesachen eingepackt?« Erst jetzt betrachtete er sie genauer. »Sag mal, hast du geweint?«

Sophie seufzte. »Dir kann man aber auch nichts verheimlichen«, murmelte sie. »Lass uns nach Hause fahren, Loukas. Ich will heute nicht mehr an den Strand.«

»Okay?« Er zog das Wort unsicher in die Länge und blickte sie durchdringend an. »Willst du mir sagen, was los ist?«

Sie schüttelte den Kopf. »Zu Hause dann, ja?« Sogar ihre Stimme hörte sich niedergeschlagen an.

Sein Kiefermuskel zuckte, als er einen weiteren prüfenden Blick auf sie warf. »Das hört sich ernst an. Hab' ich etwas verbockt?«

Das Lächeln erreichte ihre Augen nicht. »Nein, hast du nicht. Trotzdem möchte ich in Ruhe mit dir sprechen. Fährst du bitte zurück?« Sie drückte ihm die Wagenschlüssel in die Hand. Auf dem Weg zum Auto wechselte sie auf neutrales Terrain: »Wie war's heute? Viel los?«

Loukas ließ sich darauf ein und berichtete während der Heimfahrt von der Arbeit. »Es wird langsam weniger zu tun. Ich bin heilfroh, wenn die letzten drei Wochen um sind.«

Sie verkniff es sich, zu fragen, was er dann machen würde. Wenn sie zurück nach Österreich ging, musste ihr das egal sein.

Zu Hause schlüpfte Loukas in Shorts und Muskelshirt, während Sophie zwei Kaffee aus dem Automaten laufen ließ und diese auf die Terrasse brachte. Sie wusste noch immer nicht, wie sie es ihm beibringen sollte, wollte es aber nicht länger vor sich herschieben.

Loukas setzte sich ihr gegenüber und nippte an dem Getränk. »Jetzt raus mit der Sprache, was ist passiert?«, fragte er.

Sophie verknotete ihre Hände ineinander und blickte verlegen zu Boden. »Flo hat mir heute geschrieben, er hat eine Wohnung gefunden.«

»Das ist doch schön für ihn«, meinte Loukas aufmunternd.

»Ja, schon. Aber mir hat es den Boden unter den Füßen weggezogen.« Beschämt sah sie ihn an.

Er hob eine Augenbraue. »Ich fürchte, das musst du mir genauer erklären.«

Sie holte tief Luft. »Das, was ich dir nun sage, wird nicht einfach«, warnte sie. Aber es war besser, nicht um den heißen Brei herumzureden. »Ich will nach Hause, Loukas. Ich vergehe vor Heimweh.«

Loukas wurde blass. »Was heißt das? Wir können Urlaub in Österreich machen, es sind nur noch drei Wochen, Sophie. Dann kannst du deine Freunde besuchen, deine Eltern, und auch das mit der Wohnung regeln.«

Sophie schluckte schwer, doch der Kloß im Hals nahm zu. Ihre Stimme war leise, als sie ihre Gedanken in Worte fasste. »Das war meine ursprüngliche Idee. Aber mir ist bewusst geworden, dass mir das nicht reicht. Ich werde auf Korfu nicht heimisch.« Eine Träne löste sich aus dem Augenwinkel und benetzte ihre Wange.

»Es gibt für alles eine Lösung, mein Engel. Meine Eltern haben Verständnis, wenn ich nach Österreich zurückgehe. Ihnen ging es vor allem darum, dass ich sesshaft werde, als sie sich an den Baukosten für dieses Haus beteiligt haben.« Loukas stand auf und setzte sich neben sie. »Ich finde sicherlich auch in Österreich einen Job.« Er griff nach ihren Händen und strich zärtlich mit den Daumen über ihre Knöchel.

»Es geht nicht nur darum, Loukas. Ich glaube inzwischen, dass wir nicht so gut zueinander passen, wie wir uns gewünscht haben. Ich liebe dich, aber ich befürchte, dass das nicht für eine gemeinsame Zukunft reicht.« Nun war es gesagt, und sie konnte die Tränen nicht aufhalten, die sich Bann brachen.

Er wurde noch eine Spur bleicher. »Sag, dass du das nicht so meinst«, bat er mit erstickter Stimme. »Obwohl ich auch schon bemerkt habe, dass wir sehr verschieden sind. Aber das ist doch kein Grund, die Flinte ins Korn zu werfen.« Er zog sie an sich, bis ihr Kopf auf seiner Schulter lag, und strich ihr über den Rücken. »Du weinst, das bedeutet, du bist dir nicht sicher«, stellte er in den Raum, was zur Folge hatte, dass sie noch mehr heulte.

»Das bin ich nicht, das stimmt«, schniefte sie. »Aber es ist besser, jetzt einen Schlussstrich zu ziehen, als noch mehr Zeit verstreichen zu lassen und wir uns am Ende im Streit trennen. Wie ein Pflaster, welches man mit einem Ruck von der Haut reißt.«

Er schwieg für den Moment und ließ sie weinen, bis sie sich halbwegs gefasst hatte. Als sie ihm wieder ins Gesicht blickte, bemerkte sie, dass auch ihm die Tränen über die Wangen liefen, die Kiefer hart aufeinandergepresst. »Es tut mir so leid«, sagte sie leise. »Ich wünschte, wir hätten vor zehn Jahren unsere Chance genutzt. Vielleicht wäre dann alles anders gekommen.«

»Wenn es nur Heimweh ist, Sophie, dann gib uns eine Chance. Das können wir ändern, und an allem anderen arbeiten. Ich weiß, dass du keine leichte Zeit hattest, dachte aber, dass es besser wurde, seit du das Auto hast.« Bittend sah er sie an.

»Das stimmt ja auch«, gab sie zu. »Aber mir ist heute noch etwas klar geworden.« Sie biss sich auf die Unterlippe. Musste sie ihm das jetzt wirklich sagen? Ihm das

Messer ins Herz rammen, so wie sie es vor wenigen Monaten mit Flo gemacht hatte?

Ein Hauch der Erkenntnis huschte über sein Gesicht. Tonlos vermutete er: »Flo. Du bist nicht über ihn hinweg, stimmt's?«

Sie schüttelte betrübt den Kopf. »Nein«, gestand sie leise. »Und auch wenn du mich jetzt hassen wirst: Seine Nachricht machte mir bewusst, dass ich ihn noch immer liebe.«

Loukas schloss die Augen. »Ich habe vermutet, dass sein Schatten lange zwischen uns stehen wird.« Seine Hand ballte sich zur Faust, bis die Knöchel weiß hervortraten. »Ich habe alles versucht, dich glücklich zu machen, aber offenbar bin ich gescheitert.«

Sie strich ihm zart über die Wange. »Das bist du nicht, Loukas. Die Zeit mit dir möchte ich um nichts in der Welt missen, aber es hat mir auch die Augen geöffnet. Du bist der Traum, der wahr wurde.«

»Dann bleib bei mir.« Er griff nach ihrer Hand und hielt sie fest. »Ich liebe dich, Sophie. Bitte, lass uns zusammenbleiben, egal wo. Du warst doch auch liiert, obwohl da noch Gefühle für mich waren.«

Sie schluckte hart. Nun war das Gespräch doch so verlaufen, wie sie befürchtet hatte. Er würde sie nicht gehen lassen, wenn sie nicht mit der vollen Wahrheit herausrückte. »Das war etwas anderes, Loukas. Ich hatte meine Gefühle in den letzten Winkel meines Herzens verbannt und irgendwann vergessen. Die Erinnerungen an dich waren ein Hauch von Nostalgie, eine leise Sehnsucht nach vergangener Zeit. Das mit Flo ... «, sie zuckte die Schultern, weil ihr die nächsten Worte kaum über die Lippen kommen wollten. »Das war anders. Er war mein Leben. Das ist mir nun bewusst geworden.«

Er runzelte die Stirn und sog die Luft scharf ein. »Heißt das, du willst zurück zu ihm?«, presste er zwischen zusammengebissenen Zähnen hervor.

Sie zögerte eine Sekunde und blickte ihm in die Augen. Diese Wahrheit war sie ihm schuldig. »Wenn er mir verzeihen kann? Dann ja.«

Loukas sah aus, als hätte er in eine Zitrone gebissen, fing sich aber rasch und erwiderte voller Inbrunst: »Wenn er es nicht tut, kommst du einfach zu mir zurück. Ich werde für dich da sein, egal ob als dein Freund oder als dein Partner.« Er hauchte ihr einen Kuss auf den Handrücken. »Vielleicht hast du recht und es war nicht unsere Zeit. Ich wünsche mir nur, dass du glücklich bist. Dein Freund werde ich immer sein. Wahrscheinlich war das von jeher meine Bestimmung.« Sanft zog er sie an sich. »Ich muss das akzeptieren, auch wenn es verdammt wehtut. Kann ich dich irgendwie umstimmen?«

Sie schüttelte den Kopf. »Es hat sich schon länger abgezeichnet, ich wollte es nur nicht wahrhaben. Glaube mir, leicht fällt mir das nicht.«

Loukas drückte sie nun fest an sich und küsste sie auf die Stirn. »Manchmal zweifelte auch ich daran, ob es auf Dauer gut geht, aber ich wollte uns beweisen, dass wir es schaffen und nicht in den Erinnerungen der Vergangenheit gefangen sind.« Er seufzte, als würde ihm klar werden, dass es vielleicht nichts anderes gewesen war, und blickte ihr wieder in die Augen. »Wann verlässt du mich?« Seine Stimme zitterte, bestimmt kostete es ihn einiges an Überwindung, diese Frage zu stellen.

»Sobald ich einen Flug bekomme. Ich wollte erst mit dir reden und dich nicht einfach vor vollendete Tatsachen stellen«, erwiderte sie leise.

Loukas lachte gequält auf. »Als ob ich eine Wahl hätte. Aber ich bin froh, dass du mir nicht einfach einen Abschiedsbrief dagelassen hast und heimlich abgehauen bist. So weiß ich wenigstens, wieso.«

»Du hast alles getan, was in deiner Macht stand, Loukas. Vielleicht hätte ich der Versuchung erst gar nicht nachgeben sollen. Aber wie ich schon sagte: Ich bereue keine Sekunde mit dir. Bitte sei mir nicht böse.«

»Wie könnte ich. Ich hätte nie gedacht, dass wir jemals zusammen sein werden. Ich bin dankbar, dass wir wenigstens ein paar Wochen miteinander hatten. Trotzdem hätte ich mir gewünscht, dass wir eine Zukunft haben.«

»Du bist zu gut für diese Welt, Loukas. Und viel zu gut für mich«, murmelte sie an seinem Hals und hauchte einen Kuss darauf.

Obwohl ihr schon wieder die Tränen übers Gesicht liefen, tat es nicht so weh, wie sie befürchtet hatte. Im Gegenteil: In gewisser Weise war sie erleichtert, als hätte man ihr eine Last von den Schultern genommen.

Loukas wischte ihr die Tränen aus dem Gesicht und küsste sie auf die Augenlider. »Ich danke dir, dass du für kurze Zeit unseren gemeinsamen Traum mit mir gelebt hast. Ich werde dich immer in meinem Herzen behalten. Bitte versprich mir, dass wir uns nicht wieder aus den Augen verlieren.«

Sophie legte die Hand an ihr Herz. »Ich verspreche es, Loukas. Die Freundschaft wird bleiben.«

»Schwörst du?« Er schien ihr bis auf den Grund ihrer Seele zu blicken.

Sie nickte feierlich. »Bei allem, was mir heilig ist.«

33.

Schön war die Zeit

Ihnen war klar geworden, dass sie davon ausgegangen waren, sie könnten so weitermachen, als wären keine zehn Jahre vergangen, in denen sich jeder in eine andere Richtung entwickelt hatte. Loukas gab schließlich zu, dass er sich manchmal fragte, ob sie noch die gleiche Person war, die als knapp 20-Jährige seine beste Freundin gewesen war. Sophie war ruhiger und bodenständiger geworden, Loukas hingegen hatte mit seinem Unfall seinen beruflichen Ehrgeiz verloren. Er gestand ihr, dass ihm dieses Erlebnis vor Augen geführt hatte, wie schnell das Leben vorbei sein konnte. Deswegen hatte er als Animateur angeheuert, um so viel wie möglich von der Welt zu sehen. Wäre aus ihnen vor zehn Jahren ein Paar geworden, wäre das Ganze mit Sicherheit anders verlaufen. Vor allen Dingen sah man eine Beziehung in diesem Alter noch mit anderen Augen, wenn ›für immer‹ vielleicht eine andere Bedeutung hatte.

»Es ändert trotzdem nichts daran, dass ich dich liebe, selbst wenn es aus dem Echo von einst resultiert«, sagte Loukas, als er sich für die Arbeit umzog. »Vielleicht bin ich bei manchen Dingen nicht konsequent genug, aber das zwischen uns«, er holte frische Socken aus der Schublade, »war mir verdammt wichtig. Mein Angebot steht, Sophie. Wenn du zu mir zurückwillst, bin ich für dich da.«

Sophie stand mit angewinkeltem Bein im Türrahmen. »Ich danke dir, Loukas. Das bedeutet mir viel, dass du nicht sauer bist.«

»Bestimmt nicht.« Er drehte sich zu ihr und küsste sie flüchtig auf den Mund. »Ich muss los. Bis später, mein Engel.«

Kaum war er aus dem Haus, rief Sophie Doro an und informierte sie über den Stand der Dinge.

»Na sowas«, reagierte diese überrascht. »Jetzt hast du aber schnell Nägel mit Köpfen gemacht. Hätte ich nicht gedacht. Wie geht es dir nun?«

»Eigentlich gut«, gestand Sophie. »Wir haben heute viel darüber gesprochen, wieso es nicht geklappt hat. Sicher bin ich traurig, aber das Gefühl der Erleichterung überwiegt.«

»Das ist gut, denn das bedeutet, dass du richtig gehandelt hast, Bella. Wie verkraftet es Loukas?«

»Besser als erwartet. Er hat eingesehen, dass wir nicht mehr dieselben sind und uns somit mit falschen Erwartungen auf diese Beziehung eingelassen haben.«

»Vielleicht überspielt er es auch nur«, vermutete Doro, beließ es aber dabei. »Wann kommst du?«

»Ich schreibe dir, ich muss noch einen Flug suchen, der mich nicht in den Ruin treibt. Danke, dass ich bei dir unterkommen kann. Du kannst dir bestimmt denken, dass ich den Fragen meiner Eltern vorerst aus dem Weg gehen will.«

»Oh ja«, bestätigte Doro im Brustton der Überzeugung. »Aber sie werden sich freuen, dass du wieder zu Hause bist. Und nicht nur die«, fügte sie hinzu. »Darf ich es Jonas erzählen?«

»Von mir aus gern. Ich will dich ja nicht in Bedrängnis bringen.«

»Okay, danke. Dann warte ich auf deine Info. Bis dann, Sophie.« Damit legte sie auf.

Sophie öffnete den Laptop und suchte Flüge nach Wien heraus. Nachdem es dem Saisonende zuging, waren die Plätze knapp und preislich oft jenseits von Gut und Böse, aber nach kurzer, wenngleich intensiver Suche hatte sie einen bezahlbaren Flug gefunden, der zeitlich super passte. Abflug um neun Uhr, da konnte Loukas sie auf seinem Weg zur Arbeit am Flughafen absetzen. Der einzige Nachteil: Sie wäre gegen Mittag in Österreich, und Doro würde ihre Mittagspause danach richten müssen, um sie in die Wohnung zu lassen. Ihr Finger schwebte für einige Sekunden über dem Button, wo der Bestellvorgang abgeschlossen wurde. Noch könnte sie zurück. Aber nein, ihre Entscheidung war gefallen. Beherzt drückte sie auf *Buchen* und hatte keine fünf Sekunden später die Bestätigung in ihrem Maileingang, welche sie sofort an Doro weiterleitete. Jetzt war es fix: In fünf Tagen würde sie um diese Zeit wieder in Wien sein.

Mit gemischten Gefühlen setzte sie sich mit angezogenen Beinen auf die Loungegarnitur und ließ die Abendstimmung auf sich wirken. Noch war es abends angenehm warm, sie konnte kurzärmelig und in Shorts draußen sitzen. Die Sonne ging gerade unter und tauchte die Umgebung in orangenes Licht. Sie würde dieses idyllische Fleckchen Erde und Loukas vermissen, und auch Toni und Mario, die ihr in der kurzen Zeit ans Herz gewachsen waren und von denen sie sich gebührend verabschieden wollte.

Natürlich tat es weh, ihre Jugendliebe zu verlassen – aber es glich diesem leisen, melancholischen und nostalgischen Gefühl, welches sie von früher kannte. Selbst das würde verblassen, denn sie hatte nicht vor, ihr Versprechen zu brechen und Loukas wieder aus dem Weg zu gehen. Das hatte sie nicht mehr nötig – die alten Wunden waren endgültig vernarbt. Das erste Mal seit einer gefühlten Ewigkeit empfand sie eine Art inneren Frieden, was diese Empfindungen betraf. Dafür schlug ihr Herz wie verrückt, wenn sie daran dachte, dass sie schon bald Florian gegenüberstehen würde. Ob aus Angst vor seiner Reaktion oder vor Freude, ihn wiederzusehen, vermochte sie nicht zu unterscheiden. Aber eines wusste sie mit Sicherheit: Dieses Mal tat sie das Richtige, egal, wie schwer ihr das im Moment auch fallen mochte.

***

Den nächsten Nachmittag verbrachte sie mit Loukas am Strand und genoss die warmen Sonnenstrahlen auf der Haut. Jetzt, wo das Ende nahte, wollte sie erst recht so viel Zeit wie möglich mit ihm verbringen. Wer wusste schon, wann sie sich das nächste Mal wiedersahen? Dass es dazu kommen würde, hatte Loukas unmissverständlich zum Ausdruck gebracht. Spätestens, wenn er seine Eltern besuchte, würden sie sich treffen.

Der einzige Unterschied an ihrer Zweisamkeit lag darin, dass sie zwar noch körperlichen Kontakt und sanfte Küsse zuließ, aber ihre Haut stand nicht mehr in Flammen, wenn er sie berührte – als hätte sich in ihr ein Schalter umgelegt. Es war beinahe so wie am Anfang ihrer Beziehung: Er hielt sie in den Armen, streichelte und küsste sie, aber eher wie der Freund, der er schon immer gewesen war, nicht als Liebhaber.

»Ich möchte mich von Toni und Mario verabschieden«, sagte sie, als er Sonnencreme auf ihren Schultern verteilte. »Würde morgen Abend passen? Dann hätte ich noch einen Tag zum Packen.«

»Dann frage ich heute, ob ich frei haben kann.« Er verschloss die Lotion sorgfältig, verstaute sie wieder in ihrer Tasche und legte sich bäuchlings auf sein Handtuch. »Schließlich gibt es dann keinen Grund mehr, nachmittags nach Hause zu fahren. Und ich möchte gern den letzten Tag mit dir gemeinsam verbringen«, fügte er wehmütig hinzu. »Ich mag gar nicht dran denken, wie es sein wird, wenn du nicht mehr da bist. Du wirst mir fehlen.«

Sie griff nach seiner Hand und drückte sie. »Ob du es glaubst oder nicht, aber du mir auch. Ich bin froh, dass wir Freunde bleiben.«

Er drückte zurück. Worte brauchte es in diesem Moment keine, sie verstanden sich auch so.

***

»Hast du es den beiden gesagt?«, erkundigte sich Sophie bei Loukas, während sie den Eyeliner auftrug.

Loukas beanspruchte die andere Hälfte des Spiegels zum Rasieren. Die Klinge kratzte über seine Bartstoppeln, als er antwortete.

»Nein. Gestern hat sich keine Möglichkeit ergeben, aber Toni hat bemerkt, dass ich down bin.«

Bei der Erwähnung seiner Kollegin dachte Sophie an Doros Vermutung, dass Toni heimlich in Loukas verliebt sei. So komisch es sein mochte, aber sie würde sich freuen, wenn aus den beiden ein Paar werden würde.

»Ich bin fertig«, sagte sie und verschloss die Mascara.

Loukas ließ seinen Blick bewundernd über sie gleiten. »Du siehst hammergeil aus.« Er zog sie an sich und küsste sie freundschaftlich auf den Mund.

»Wir können«, überging sie das Kompliment und schlüpfte in ihre Schuhe.

***

»Wow, was ist denn heute los?«, fragte Toni, als sie Sophie mit Küssen auf die Wange begrüßte. »Wieso kommst du unter der Woche her?«

»Wo steckt Mario?« Sie blieb Toni die Antwort fürs Erste schuldig. Es reichte, wenn sie die Katze erst aus dem Sack ließ, wenn die beiden Feierabend machten.

»Was ist mit mir?«, fragte Mario, der soeben aus der Umkleide kam. »Hallo, Sophie! Seltener Besuch.« Er umarmte sie kurz.

Auch Loukas schlüpfte in das Hemd mit dem aufgestickten Hotel-Logo und warf anschließend einen Blick auf den Plan, um sich über den Verlauf des kommenden Abends zu informieren.

Sophie bestellte einen Caipirinha an der Bar, dabei ließ sie ihren Blick durch die Anlage schweifen. Kaum zu glauben, dass sie vor vier Monaten hier Urlaub gemacht hatte. Die Wochen waren rückblickend rasend schnell vergangen. Jetzt ging sie so selbstverständlich ein und aus, als gehörte sie zur Crew, und der Manager grüßte sie beim Vornamen. Es war ein eigenartiges Gefühl, zu wissen, dass sie heute zum letzten Mal hier war. Mit dem Glas in der Hand schlenderte sie die Stufen zum Strand hinunter, zog ihre Sneakers aus und setzte sich barfuß in den Sand. Sie nippte an ihrem Cocktail und blickte aufs Meer, während das Wasser sanft ihre Zehen umspülte. Eine leichte Brise wehte ihr durchs Haar.

So vieles war seither passiert. Das Wichtigste war, dass sie endlich nach vorne schauen konnte und keine Angst mehr hatte, etwas zu versäumen. Das Zusammensein mit Loukas hatte ihr die Augen geöffnet. Sie war dankbar für die Zeit, die sie hier hatte verbringen dürfen. Dankbar, dass sie mit Toni und Mario so nette Menschen kennengelernt hatte. Am meisten war sie dankbar, dass Loukas wieder die Rolle als bester Freund eingenommen hatte. Das war tausendmal mehr wert, als der zugegeben fantastische Lover, der er gewesen war. Auch er würde nun mit der Vergangenheit abschließen können. Sie seufzte leise. So fühlte sich also Abschied an. Mit leiser Wehmut malte sie mit dem Finger zwei ineinander verschlungene Herzen in den glatten Boden. Während sie aufstand und sich den Sand von der Hose klopfte, beobachtete sie, wie eine Welle darüber rollte und ihre Zeichnung mit ins Meer nahm, die Spuren auslöschte, als wäre sie nie da gewesen.

Ein letztes Mal ließ sie das Panorama auf sich wirken, während die Sonne langsam am Horizont verschwand. »Tschüss, Korfu«, flüsterte sie, nahm ihre Turnschuhe in die freie Hand und ging beschwingt zurück zum Hotel.

Loukas lächelte ihr liebevoll entgegen. »Na, Abschied genommen?«, fragte er. »Auch wenn du gesagt hast, dass du nicht heimisch wirst – Korfu wirst du dennoch ein klein wenig vermissen, da bin ich mir sicher.«

Toni kam mit einem Haufen leerer Flaschen zurück, die sie zwischen ihren Armen eingeklemmt hatte, und pustete sich eine Strähne aus der Stirn. »Kannst du mir kurz helfen?«, bat sie Loukas.

Er nahm ihr die Last ab und verstaute das Leergut in Kisten. »Mit was geht es jetzt weiter?«

»Sirtaki.« Toni grinste breit.

Loukas und Toni gingen zu den Gästen zurück, Sophie suchte sich einen Platz, von dem sie gut sehen konnte, aber weit genug weg, um nicht mitmachen zu müssen. Heimlich beobachtete sie Toni und musste Doro recht geben. Die Blicke, die sie Loukas zuwarf, wenn sie sich unbeobachtet fühlte, waren eindeutig. Eine Tatsache, die ihr vorgestern noch Magenschmerzen verursacht hätte, war mit einem Mal etwas, worüber sie sich freute. Bekanntlich gab es immer zwei Seiten einer Medaille. Man musste nur warten, um diese zu sehen.

Endlich hatten die Animateure Feierabend. Sophie organisierte vier Ouzos und ging damit in den Gemeinschaftsraum, wo die anderen bereits zusammensaßen und den Abend Revue passieren ließen. Sie schob jedem ein Glas zu und setzte sich neben Toni.

Diese zog die Stirn kraus und blickte abwechselnd von Sophie zu Loukas, der am anderen Ende des Tisches saß.

»Was ist denn mit euch los? Normalerweise klebt ihr zusammen wie Briefmarken auf einem Umschlag«, stellte sie fest.

»Normalerweise.« Sophie schmunzelte innerlich, weil Toni ein einziges Fragezeichen war. Sie holte tief Luft und ließ die Bombe platzen. »Ich fliege übermorgen zurück nach Österreich.«

»Ah, okay. Und wann kommst du wieder?« Tonis fragender Gesichtsausdruck hatte sich kein bisschen verändert.

»Das weiß ich nicht.«

Ihre Freundin riss die Augen auf und Mario stand der Mund offen. »Sag das noch mal«, wurde sie von der Rothaarigen aufgefordert. »Ich glaube, ich habe das nicht richtig verstanden.«

»Du hast dich nicht verhört. Ich verlasse Korfu – und Loukas«, bekräftigte Sophie ihre Worte. »Und nachdem ich euch sehr gern mag, wollte ich euch das persönlich sagen.«

Sophie bemerkte das kurze Aufflackern in Tonis Augen, was ebenso eine Spiegelung des Lichts gewesen sein konnte. War es Hoffnung? Sie wusste es nicht. Sie blickte weiter zu Loukas, um dessen Mund ein wehmütiges Lächeln lag. Dennoch zwinkerte er ihr zu.

»Deswegen war er gestern so traurig«, sagte Mario. »Wieso? Ihr liebt euch doch?«

»Das schon«, meinte Sophie. »Aber uns wurde klar, dass wir auf Dauer nicht zusammenpassen. Lieber trennen wir uns jetzt und in Freundschaft, als dass wir später im Streit auseinandergehen. Außerdem vergehe ich vor Heimweh«, fasste sie ihren Entschluss in Worte.

Tonis Augen wurden immer größer.

Mario nahm es sportlich. Er klopfte ihr auf die Schulter. »Sehr schade. Aber kann ich verstehen. Ich freue mich auch schon auf zu Hause. Dank Social Media sind wir ja nicht aus der Welt. Wir bleiben in Kontakt.«

»Auf jeden Fall.«

»*Molto bene.* Darauf trinken wir«, meinte er und griff nach dem Ouzo.

Toni hingegen starrte sie fassungslos an. »Wie kannst du ihm das nur antun«, fauchte sie. »Du hast so ein Glück, von Loukas geliebt zu werden, und du schätzt es nicht einmal. Ich bin wahnsinnig enttäuscht von dir.«

»Das stimmt so nicht«, mischte sich Loukas ein. »Sophie liebt mich durchaus. Trotzdem haben wir gemeinsam beschlossen, die Beziehung zu beenden. Gib nicht ihr die Schuld daran.«

Toni funkelte ihn an. »Du hast wohl nicht in den Spiegel geschaut? Ich kenne dich noch nicht so lange, aber ich habe dich noch nie so niedergeschlagen erlebt. Und du willst mir weismachen, dass es dir egal ist?«

Loukas hob beschwichtigend die Hände. »Nein, das will ich nicht. Es ist mir nicht egal, ihr ebenso wenig. Dennoch ist es besser so.« Er wechselte einen Blick mit Sophie, und die nächsten Worte galten wohl ihr allein, denn er hielt ihren Blick fest. »Es tut weh. Sehr sogar. Und doch stehe ich voll hinter ihr. Als der Freund, der ich einst war und immer sein werde. *Jamas.*« Er griff nach seinem Glas, kippte den Anisschnaps auf Ex und verließ den Raum.

Mario sah die beiden Frauen an. »Ihr solltet euch nicht im Streit trennen, *si?*« Dann stand auch er auf und folgte Loukas.

Sophie wartete, bis die Tür hinter ihm zufiel, und wandte sich an Toni.

»Glaube mir, leicht fällt es mir nicht. Dafür ist er jetzt frei.«

»Und furchtbar unglücklich. Siehst du das nicht?«

»Doch. Und ich sehe auch, dass dir mehr an ihm liegt.«

Toni wurde knallrot und schnappte nach Luft. »Ich hätte nie ...«

»Ich weiß.« Sophie lächelte und legte ihre Hand auf Tonis Unterarm. »Loukas macht zwar einen auf cool, ich glaube aber, dass es trotzdem nicht so leicht für ihn sein wird, wenn ich weg bin. Deswegen möchte ich dich bitten: Sei für ihn da. Ich glaube, du würdest ganz gut zu ihm passen – vermutlich besser als ich.«

»Du meinst das tatsächlich ernst, ja?« Toni blickte sie forschend an.

»Absolut. Meinen Segen hast du. Freunde?«

Toni nickte und fiel ihr um den Hals. »Es tut mir leid.«

»Muss es nicht, Toni. Und jetzt lass uns meinen Abschied feiern.«

Sie bot ihr den Arm, und Toni hakte sich unter. »Das ist vielleicht doch eine ganz gute Idee«, meinte sie versöhnt.

34.

Aufbruch

Die letzten beiden Tage half Loukas ihr beim Packen und lieh ihr sogar einen Koffer. Während ihres Aufenthalts hatte sie sich einige neue Kleidungsstücke zugelegt, die nicht mehr alle in einem Gepäckstück Platz hatten.

»Ich habe einen zweiten Koffer dazu gebucht«, informierte Loukas sie. »Du kannst ihn mir geben, wenn ich komme.«

Zum Abschluss gingen sie in ihrer Lieblingstaverne essen, Sophie trank ein letztes Mal ein Red Ale.

»Schade, dass es das nicht in Wien zu kaufen gibt«, bedauerte sie.

Loukas lächelte. »Jetzt wird dir das Herz doch schwer, dass du die Insel verlässt.« Er griff über den Tisch nach ihren Händen. »Obwohl ich dich nicht gehen lassen will, wünsche ich dir, dass du glücklich wirst. Flo ist ein netter Kerl. Ich gebe es nicht gern zu, aber ich glaube, dass ihr besser zueinander passt als wir zwei. Wären wir damals zusammengekommen, wäre es bestimmt anders gelaufen.«

Sophie nickte. »Das kann gut sein. Natürlich fällt es mir nicht leicht. Es ist wunderschön hier, und ich habe Angst davor, wie es zu Hause sein wird.«

Nach dem Essen bummelten sie Hand in Hand durch die Gassen, und Sophie fragte sich, wieso sie das Flair der Altstadt jetzt so bewusst in sich aufnahm. Sie war die letzten vier Monate regelmäßig hier gewesen und hatte es schon als selbstverständlich angesehen, genauso wie sie in Wien an der Staatsoper oder dem Rathaus vorbeiging. Anscheinend lag es in der Natur des Menschen, Dinge als selbstverständlich anzusehen, wenn man sie täglich um sich hatte – egal ob es dabei um die Liebe oder um ein Bauwerk ging.

Zu Hause ließen sie den Abend auf der Terrasse ausklingen und Sophie hüpfte noch einmal in den Pool.

»Den werde ich auf jeden Fall vermissen«, grinste sie.

Loukas kam zu ihr. Er legte einen Arm um ihre Taille, drückte sie an sich, und strich über ihren Hals.

»Nur den Pool?«, hauchte er an ihr Ohr, was ihr eine Gänsehaut bescherte.

Sanft ließ er seine Hände über ihre nackte Haut gleiten. Dann drehte er sie zu sich, dass er ihr in die Augen sehen konnte.

»Was gäbe ich darum, ein letztes Mal mit dir schlafen zu dürfen«, wisperte er. »Aber das werden wir nicht tun, oder?«

Sophie schüttelte den Kopf. »Nein, Loukas. Es wäre nicht richtig.«

Er nickte verstehend und nahm ihr Gesicht zwischen seine Hände. Unendlich langsam näherte er sich ihren Lippen, über die er mit seinem Daumen strich. Sie konnte nicht verhindern, dass ihr die Knie weich wurden. Würde sie nicht hoffen, dass es ein Zurück zu Flo gab, wäre sie in diesem Moment garantiert schwach geworden, spätestens als er mit seiner Zunge ihren Mund eroberte und sie küsste, als gäbe es kein Morgen. Was absolut den Tatsachen entsprach, wie ihr in diesem Augenblick bewusst wurde. Sie schlang ihre Hände um seinen Hals, lehnte sich an ihn und erwiderte diesen Kuss mit aller Intensität. Es war ja nicht so, dass sie ihn nicht mehr liebte. Das tat sie nach wie vor, Gefühle konnte man nicht einfach per Knopfdruck abstellen. Aber die Art und Weise hatte sich verändert. Aus der alles verzehrenden Feuersbrunst war ein kleines Flämmchen geworden, welches schnell erlöschen würde, sobald sie erst wieder zu Hause war.

»Gott, du machst mich verrückt«, raunte er ihr zu und schob sie liebevoll von sich. »Raus aus dem Wasser. Ich kann sonst für nichts mehr garantieren, wenn du dir nicht sofort etwas anziehst«, drohte er lächelnd.

Sie schlüpfte in seinen Bademantel und kuschelte sich an seine Schulter, während er sie mit seinen Armen umfing.

»Unsere letzte gemeinsame Nacht«, seufzte er. »Ich werde dich halten, bis morgen früh der Wecker klingelt. Hast du alles eingepackt?«

»Ich denke schon. Wenn nicht, kannst du es ja mitbringen oder nachschicken.« Sie drehte sich ein Stück, dass sie ihn ansehen konnte. »Loukas, was ich dir noch sagen will: Es war eine wunderschöne Zeit mit dir. Ich danke dir für alles.«

Er drückte sie nur und hauchte ihr einen Kuss aufs Haar. »Gern geschehen«, hörte sie nach einiger Zeit, so leise wie ein Windhauch, der durch die Olivenbäume strich. »Lass uns zu Bett gehen, es ist Mitternacht vorbei«, schlug er flüsternd vor.

Sophie rappelte sich auf, pustete das Windlicht aus und nahm die leeren Gläser mit in die Küche. Als sie im Bett in seinen Armen lag, vergrub sie ihre Nase auf seinem Oberkörper. Erst jetzt wurde ihr bewusst, dass sie bereits in wenigen Stunden nach Hause flog. Ihr Herz verkrampfte sich bei der Vorstellung, am Flughafen warten zu müssen, im Wissen, dass Loukas keine zwanzig Minuten von ihr entfernt war. Zwei Stunden, die sich wie eine Ewigkeit anfühlen würden und ihrer Angst Nahrung bot. Plötzlich war sie sich überhaupt nicht mehr sicher, ob sie richtig gehandelt hatte. Aber nun konnte sie nicht mehr zurück – das war das Einzige, was sie sicher wusste. Das, und was Loukas für sie empfand.

»Ich liebe dich, Sophie«. Seine Stimme klang erstickt und hörte sich an, als weine er.

Sie biss sich auf die Lippen, um nicht laut aufzuschluchzen, aber die Tränen rollten bereits über ihre Wangen und durchnässten sein T-Shirt. Loukas drückte sie so fest an sich, dass sie kaum noch atmen konnte, strich mit der freien Hand über ihren Rücken und vergrub sein Gesicht in ihren Haaren.

***

Sie hatten beide kaum geschlafen und waren dementsprechend gerädert, als sie am nächsten Morgen aufstanden. Loukas deckte den Tisch liebevoll für das letzte gemeinsame Frühstück, während sie unter der Dusche stand, um halbwegs wach zu werden. Etwas munterer setzte sie sich und griff nach einer Scheibe Brot, obwohl sie keinen Appetit verspürte. Aber sie würde frühestens zu Mittag etwas zu essen bekommen.

Mitleidig sah sie zu Loukas, der tiefe Ringe unter den Augen hatte. »Hast du auch so schlecht geschlafen?«, erkundigte sie sich. »Du solltest heute vielleicht besser zu Hause bleiben.«

»Wird schon gehen«, murmelte er. »Ich muss unter Leute, Sophie, sonst drehe ich durch. Ich habe mich so dran gewöhnt, dass du hier auf mich wartest.«

Sie wurde einer Antwort enthoben, da ihr Handy vibrierte.

Ich wünsche dir viel Kraft für den Abschied. Grüß Loukas von mir. Freu mich auf Mittag! Es gibt Lasagne. Halt die Ohren steif.

Dahinter hatte Doro ein Umarmungssmiley gesetzt.

»Ich soll dich von Doro grüßen.« Sie trank ihren Kaffee aus und stellte die Tasse zurück auf den Tisch. Nicht zum ersten Mal an diesem Morgen haderte sie mit ihrer Entscheidung und fragte sich, ob sie nicht doch bleiben sollte.

Als hätte er ihre Gedanken gelesen, stand Loukas plötzlich hinter ihr, zog sie aus dem Stuhl und an sich. »Ich will dich nicht gehen lassen«, sagte er rau. »Aber ich muss. Gott, ich wünschte, wir hätten die Zeit zurückdrehen können.«

»Das haben wir getan, Loukas. Sonst wäre ich nicht hier. Aber ich weiß, was du meinst. Es war schön, trotzdem ist es besser so.«

Er nickte. »Ich weiß. Wenn du fertig bist, können wir los.«

Loukas brachte die Koffer zur Tür. »Hast du alles? Ticket, Pass? Handy?«

Sophie warf einen Blick in ihre Handtasche. »Alles da.« Sie griff nach ihrer Jacke – so warm es hier tagsüber wurde, in der Frühe war es noch arschkalt. Vielleicht fror sie aber auch, weil ihre Nerven blank lagen. Sie zitterte, als sie im Auto saß.

Loukas drehte die Heizung auf, und allmählich wurde ihr warm. Sobald sie den Ort hinter sich gelassen hatten und auf der Hauptstraße waren, legte Loukas seine Hand auf ihre, sagte jedoch kein Wort. Die Fassaden der Häuser zogen an ihr vorbei, ohne dass sie darauf achtete. In Kerkyra hielt sich der Stau in Grenzen, und sie erreichten den Flughafen schneller als erwartet. Loukas begleitete sie zum Schalter, stellte sich mit ihr an und unterbrach ihren Körperkontakt keine Sekunde. Es waren kaum Leute vor ihnen, und somit waren sie rasch an der Reihe. Keine fünfzehn Minuten später hievte er die beiden Koffer aufs Förderband, wo die Dame vom Bodenpersonal die Klebebänder befestigte und Sophie ihren Reisepass zurückgab.

»Das ist der Punkt, vor dem ich am meisten Angst hatte«, sagte Loukas und zog sie an sich. »Wenn du da durchgehst ...« Mit bangen Augen nickte er zum Securitybereich.

»Ich weiß.« Sophie warf einen Blick auf die Uhr. »Ein paar Minuten habe ich noch. Für einen Kaffee würde es reichen.«

Er schüttelte den Kopf. »Als ob das was bringen würde. Ob du jetzt oder in fünf Minuten weg bist, ändert nichts an der Tatsache.« Seine Umarmung wurde fester. »Bitte gib mir Bescheid, wenn du angekommen bist.«

»Natürlich.«

»Gut. Ich küsse dich zum Abschied, Sophie, wie der Mann, der dich liebt. Und dann gehe ich. Ich will dir nicht nachwinken. Das schaffe ich nicht.«

Loukas beugte sich zu ihr, sie schlang ihre Arme um ihn. Ein letztes Mal berührten sich ihre Lippen, sanft, knabbernd, liebevoll. Die Zeit schien still zu stehen, als gäbe es nur sie und ihn in dieser Halle. Aber irgendwann war auch dieser Kuss vorbei. Heftig atmend löste er sich von ihr.

»Mach's gut, Sophie.« Ein letzter Blick aus seinen stahlgrauen Augen, in denen all seine Gefühle lagen. Zart strich er mit der Hand über ihre Wange, dann wandte er sich ab und verließ mit großen Schritten das Gebäude.

Sie blickte ihm nach. Es brach ihr fast das Herz, ihn gehen zu sehen. Mit wackeligen Knien machte sie sich auf den Weg zum Gate. So sehr sie sich auf daheim freute – momentan war ihr hundeelend zumute.

***

Die Maschine landete pünktlich in Schwechat. Österreich begrüßte sie mit angenehmen zwanzig Grad und blauem Himmel. Bis sie mit ihren Koffern am Bahnhof stand, verging eine halbe Stunde. Sie suchte sich einen Platz im Zug und schickte Loukas eine Nachricht, dass sie nun auf dem Weg zu Doro war, und dieser, dass sie in vierzig Minuten da wäre.

***

»Willkommen daheim, Bella«, wurde sie von ihrer Freundin begrüßt und sofort in eine Umarmung gezogen, kaum dass sie die Tür geöffnet hatte. »Himmel, du siehst grauenhaft aus. Ich habe mir den Nachmittag freigenommen. Komm rein und setz dich, das Essen ist fertig.«

Sophie warf einen Blick in den Garderobenspiegel, während sie ihre Schuhe auszog. Doro hatte recht – ihre Augen waren total verquollen. Dabei hatte sie erst geheult, als die Maschine in Korfu abgehoben war und sie die Insel aus der Vogelperspektive gesehen hatte. Den Jachthafen, die beiden Festungen – und die Halbinsel mit dem Hotel, in dem Loukas in diesem Augenblick seiner Arbeit nachging. Ob er in den Himmel blickte und ihr nachwinkte? Es hatte einige Zeit gedauert, bis die Tränen versiegt waren. Doch jetzt überwog die Freude, endlich daheim zu sein.

Doro schenkte Wein in Gläser, als sie am Esstisch Platz nahm.

»Zur Feier des Tages«, rechtfertigte sie den Alkohol zu Mittag. »Lass es dir schmecken, Sophie. Und danach erzählst du mir alles, okay? So wie du aussiehst, brauchst du Flo nicht unter die Augen treten.«

Sophie lächelte schief. »Als ob ich das nicht selber wüsste. Ich möchte nichts überstürzen und mich erst akklimatisieren. Weiß er, dass ich wieder hier bin?«

Doro schüttelte den Kopf. »Bisher nicht. Finde ich gut, dass du es langsam angehen lässt. Du musst dir absolut sicher sein, sonst bringt das alles nichts. Flo läuft dir nicht davon.«

Sophie zog skeptisch eine Augenbraue in die Höhe, sagte aber nichts und griff nach dem Besteck. »Danke fürs Kochen.«

Als sie den ersten Bissen der Lasagne probierte, bemerkte sie, wie hungrig sie war.

»Ist die gut«, stöhnte sie genüsslich und schloss für einen Moment genießerisch die Augen, bevor sie sich über ihren Teller hermachte. In kürzester Zeit hatte sie ihre Portion verputzt, und nachdem sie den Tisch abgeräumt hatten, setzten sich die Freundinnen auf die Couch.

»Du bekommst Jonas’ Wohnungsschlüssel, solange du hier bist«, verkündete Doro. »Er bringt ihn heute noch vorbei. Hast du schon Pläne?«

Sophie nippte an ihrem Wein und schüttelte den Kopf. »Ich werde morgen durch Wien bummeln, wenn es das Wetter zulässt. Wie du schon sagst, ich muss mir absolut sicher sein. Und der Abschied von Loukas ist mir schwerer gefallen als gedacht.«

»Das ist kein Wunder«, tröstete Doro. »Es ist nie leicht, einen Traum aufzugeben. Vermisst du ihn?«

Sophie brauchte einen Moment, um die Frage zu beantworten. »Als Freund, ja. Und Korfu ist eine so schöne Insel, dass ich jederzeit dort meinen Urlaub verbringen möchte, aber dort wohnen? Nein. Ich bin froh, wieder hier zu sein. Ich möchte nur nicht, dass du Jonas meinetwegen vernachlässigst.«

»Da mach dir keine Sorgen.« Doro grinste. »Noch hat er eine eigene Wohnung mit Bett«, fügte sie zweideutig hinzu.

35.

I am from Austria

Am nächsten Morgen verließen die Freundinnen gemeinsam die Wohnung. Doro fuhr ins Büro, Sophie nahm ihr persönliches Wiedersehen mit Wien in Angriff. Gestern hatte sie einen netten Abend mit Doro und Jonas verbracht. Ein bisschen mulmig war ihr schon gewesen, Flos besten Freund unter die Augen zu treten, der sie etwas verhalten begrüßt und skeptisch gemustert hatte. Erst nach einigen Fragen, die sie wohl zu seiner Zufriedenheit beantwortet hatte, hatte er sie herzlich in seine Arme gezogen und ihr seinen Segen gegeben, um Flo zu kämpfen.

Loukas hatte geschrieben, dass es eine Umstellung war, nach Hause in die leere Wohnung zu kommen und ihm mache die Trennung mehr zu schaffen als ihr, aber er sei nicht am Boden zerstört. Während der Arbeit hatte er nicht viel Zeit gehabt, darüber nachzugrübeln, und Toni hatte tröstende und aufbauende Worte gefunden, wenn sie merkte, dass er niedergeschlagen war. Wichtiger war ihm, dass es ihr gut ging.

Und das tat es, wie ihr bewusst wurde, als sie durch das Rosarium im Volksgarten schlenderte, wo noch einige der Pflanzen blühten. Der Himmel war leicht diesig, aber die Sonne würde sich im Laufe des Tages sicher noch blicken lassen. Ihr Weg führte entlang des Rings am Parlament und den beiden Museen vorbei bis zur Oper, wo sie ins Zentrum abbog und zum Stephansplatz wanderte. Sie lächelte glücklich, als sie die Domkirche sah und betrat andächtig das Kirchenschiff, das so völlig anders als das Kloster auf dem Pantokrator war, obwohl sie auch dort diese Demut verspürt hatte. Mit feierlicher Miene entzündete sie eine Kerze und dachte dabei an ihren innigsten Wunsch: Dass Flo ihr verzeihen würde und für einen Neuanfang bereit wäre. Obwohl sie nicht gläubig war, bekreuzigte sie sich, als sie wieder ins Freie trat. Sie beobachtete Touristen, die vorm *Steffl* posierten und Selfies schossen, Menschen, die hektisch auf dem Weg zur Arbeit aus der U-Bahn-Station strömten. Wie sehr hatte sie das alles vermisst! Am liebsten hätte sie die Arme ausgebreitet und sich im Kreis gedreht, aber das hätte ihr bestimmt einige verständnislose Blicke eingebracht. Sophie strahlte übers ganze Gesicht und fühlte sich selbst wie ein Tourist, der die Highlights von Wien abklapperte. Ihr Ziel war der Tierpark von Schönbrunn. Sophie gönnte sich im Hard Rock Café ein verspätetes Frühstück in Form von Pancakes, bevor sie gegen dreizehn Uhr das Grundstück der kaiserlichen Sommerresidenz betrat. Die Sonne hatte sich ihren Weg durch den Wolkenschleier gebahnt, die Vögel zwitscherten in der milden Herbstluft. Sophie schloss die Augen, holte tief Luft und fühlte sich so frei wie lange nicht mehr. Vielleicht würde doch noch alles gut werden.

***

Endlich Wochenende, dachte Flo, als er die Wohnungstür öffnete. Man merkte, dass das Sommerloch vorbei war, im Büro stand das Telefon kaum still. Er freute sich auf die freie Zeit, in der er sich vom Stress erholen konnte, gleichzeitig hasste er genau diese Tatsache. Irgendwer würde sicher versuchen, ihn zu einer Aktivität zu überreden, sei es Jonas, sein Bruder oder seine Eltern. Es war ein zweischneidiges Schwert. Einerseits fühlte er sich wie in einem Mausoleum in dieser Wohnung, andererseits war er hier Sophie so nah wie sonst nirgends. Und bei Gott, er vermisste sie noch immer. Sein Blick fiel auf das Bild, welches er von ihnen auf der alten Festung gemacht hatte – damals war die Welt noch in Ordnung gewesen. Sophie und er strahlten in die Kamera.

Als er die Urlaubsfotos durchgescrollt hatte, um irgendetwas zu finden, was ihm die Trennung womöglich erleichterte, war er über dieses Bild gestolpert und hatte es sofort ausdrucken und rahmen lassen. Er strich mit dem Daumen über ihre Wange, aber natürlich spürte er statt ihrer Wärme nur kaltes Glas. Noch immer saß der Schmerz so tief, dass es ihn fast in Stücke riss. Vielleicht sollte er das schöne Wetter heute nutzen? Es gab auch andere Plätze, wo er sich Sophie nahe fühlen konnte.

Flo ging in die Küche und warf einen Blick in den gut gefüllten Kühlschrank, schloss ihn jedoch sofort wieder. Appetit oder Hunger verspürte er noch immer nicht, was er deutlich an seinem Gewicht merkte – und an seinen Jeans, die inzwischen sehr locker saßen. Nur der Gürtel verhinderte, dass sie ihm über den Hintern rutschten. Dank seiner Mutter, die ihn kurzerhand zum Shoppen mitgeschleppt hatte, besaß er ein paar neue Sachen, die ihm passten. Er hatte sich nicht aufraffen können, diesbezüglich etwas zu unternehmen. Genauso wenig wie zu allem anderen. Würde Jonas ihn nicht regelmäßig zum Training abholen, würde er auch das sausen lassen. Es war alles egal.

Vier Monate waren vergangen, aber es kam ihm wie gestern vor, dass er Sophie verlassen hatte. Er hätte es längst akzeptieren müssen, nur weigerte sich sein Herz vehement, sie gehen zu lassen. Wie es ihr wohl ging? War sie glücklich? Bestimmt – sie hatte nicht einmal auf seine Info geantwortet, dass er auszog. Wahrscheinlich war es ihr völlig schnuppe. Auf ihrem Instagramprofil, das er aufgerufen hatte, als die Sehnsucht nicht mehr auszuhalten war, hatte er Fotos von ihrem jetzigen Domizil gesehen – wer würde freiwillig dieses idyllische Örtchen für den hektischen Trubel der Großstadt und die Enge einer Wohnung verlassen? Noch dazu, wenn dort der Traum ihrer Jugend lebte?

Aber heute war ein guter Tag – die Sonne lockte ihn vor die Tür. Flo schnappte sich einen Apfel aus der Obstschale und verließ die Wohnung, aus der er bald ausziehen würde. Sein Ziel war klar – bei dem Wetter schrie Schönbrunn förmlich danach, durch den Park zu wandern. Oder zur Gloriette hinauf, wo man bei klarem Himmel mit einem traumhaften Blick über Wien belohnt wurde.

Er machte sich auf den Weg zur U-Bahn.

»Nächster Halt: Schönbrunn«, schnatterte eine blecherne Stimme aus dem Lautsprecher und riss ihn aus seinen Gedanken.

Für einen Moment blieb er vorm Eingang zum Park stehen und blickte in den Himmel, als würde dieser seine Zukunft voraussagen. Dort war keine Wolke zu sehen – dafür blendete die Sonne. Er prustete zynisch durch die Nase. *Schön wär's*, dachte er. Ohne Sophie an seiner Seite gab es keine sonnigen Tage mehr – nur Dunkelheit und Trauer. Er hatte versucht, Loukas oder sie zu hassen – ohne Erfolg. Das Leben war ein Scheißspiel, mal verlor man, mal nicht. Immerhin hatte er sechs glückliche Jahre mit ihr verbringen dürfen. Leider hatte er nicht bemerkt, dass der Alltag ihnen einen Strich durch die Rechnung gemacht hatte. Zu selbstverständlich war ihre Liebe geworden, zu sicher war er sich gewesen, dass sie zusammengehörten. Tja, so konnte man sich täuschen. Natürlich hatte er auch ab und zu etwas in ihrer Beziehung vermisst – zum Beispiel einen Hauch von Eifersucht ihrerseits. Wie gerne hätte er manchmal gespürt, dass er begehrenswert für sie war. Nur hätte er nie im Leben mit einer anderen geflirtet, um diese Reaktion bei ihr auszulösen. Abstreiten war zwecklos. Er vermisste einfach alles. Ihre gemeinsamen Abende auf dem Sofa, ihre Gespräche, wo sie miteinander gelacht oder sich über ernste Themen ausgetauscht hatten.

Was gäbe er darum, von vorne anzufangen, um es besser zu machen? Er wünschte, er könnte sie berühren, ihre letzte Nacht noch einmal wiederholen und dennoch alles genauso zu machen, jeden Zentimeter ihres Körpers liebkosen, das Zittern unter seinen Fingern zu spüren, und sie erneut die ganze Nacht lieben.

Flo ballte die Hände zur Faust, der Schmerz fuhr wie tausend Messerstiche durch seinen Körper. Was hatte dieser Loukas, was er nicht hatte? Wieder stellte er sich diese bescheuerte Frage, obwohl er sich selbst schon mehr als genug Antworten darauf gegeben hatte. Die ganze Grübelei brachte nichts – Sophie lebte ihren Traum auf dieser griechischen Insel, mit dem Kerl, den sie schon immer geliebt hatte. Eine Träne bahnte sich ihren Weg über seine Wange. Er bemerkte es kaum, denn es gab ohnehin keinen Tag, wo ihm das nicht passierte.

Die unzähligen Stunden der Gesprächstherapie hatten diesbezüglich nichts gebracht. Vielleicht waren der Wechsel im Job und der Umzug jeweils kleine Schritte, um sich von Sophie zu lösen. Dennoch hatte er das Gefühl, auf der Stelle zu treten. Eigentlich wollte er auch gar nichts verändern. Aber er wusste, so konnte er nicht weitermachen. Es war nur alles so sinnlos ohne sie.

Deprimiert ließ er sich auf eine Parkbank sinken. Nicht nur ihn hatte das herrliche Wetter zum Spaziergang animiert. Von hier hatte er einen guten Blick auf den Schlossgarten, in dem sich viele Spaziergänger tummelten. Für einen Moment setzte sein Herzschlag aus, als er eine Frau entdeckte, die Sophie zum Verwechseln ähnlich sah – ihr Gang, ihre Haltung, ihre

Größe. Unmöglich, sie konnte es nicht sein. Zum einen weil sie auf dieser verdammten Insel weilte, zum anderen weil diese Frau einen asymmetrischen Kurzhaarschnitt trug, der Sophie bestimmt auch gut gestanden hätte. Seit einer gefühlten Ewigkeit war das die erste weibliche Person, die Interesse in ihm weckte. Vielleicht hatten seine Freunde doch recht: Es dauerte nun mal, bis man bereit war, jemand Neuen kennenzulernen. War das der Wink mit dem Zaunpfahl? Sollte er auf sie zugehen und sie ansprechen? Bevor er sich jedoch zu einer Entscheidung durchringen konnte, war sie wie vom Erdboden verschluckt. Und mit ihr der winzige Sonnenstrahl, der sein Herz für ein paar Sekunden erwärmt hatte, verschwunden.

36.

Alles was ich will, bist du

Doro blickte ihr entgegen, als Sophie das Wohnzimmer betrat.

»Du bist spät dran«, wurde sie begrüßt. »War es schön?«

Sophie nickte und strahlte übers ganze Gesicht. »Ich habe heute gemerkt, wie sehr ich Wien vermisst habe.«

»Erzähl, wo warst du überall?« Doro legte ihr Buch zur Seite, in dem sie gelesen hatte. »Ist dir kalt? Du hast ganz rote Wangen. Möchtest du einen Tee?«

»Gern.« Sophie folgte ihrer Freundin in die Küche und nahm die Tassen aus dem Schrank, während Doro Wasser aufsetzte. »Am Nachmittag war es schön warm, aber es hat schnell abgekühlt. Das bin ich nicht mehr gewohnt. Auf Korfu saß ich um diese Uhrzeit noch mit Shorts draußen.«

Bald zog der aromatische Duft von Bratapfel durch die Wohnung. Sophie nahm die dampfende Tasse entgegen und erzählte von ihrem Ausflug nach Schönbrunn und in den Park.

»Ich bin mir absolut sicher, dass meine Sehnsucht nach Flo nichts mit meinem Heimweh zu tun hatte«, schloss sie ihren Bericht.

»Wieso?«

»Weil ich mir den ganzen Tag gewünscht habe, er wäre an meiner Seite. Ich vermisse ihn so sehr, dass es wehtut.«

Um Doros Augen bildeten sich Lachfältchen. »Auf die Gefahr hin, dass ich dich nerve: Ihn oder Loukas?«

»Ihn. Ich habe keine einzige Sekunde an Loukas gedacht«, bekräftigte Sophie. »Morgen ist Samstag. Wie stehen die Chancen, dass Flo zu Hause ist?«

Doro musterte sie intensiv. »Du bist dir also sicher, dass du zu ihm zurückwillst? Obwohl du gestern noch meintest, du willst nichts überstürzen?«

»Ich will ihn – mehr als alles andere auf dieser Welt. Da gibt es nichts mehr zu überlegen.«

»Na dann, finden wir's raus«, schlug Doro vor und schickte Jonas eine Nachricht.

***

Sophie war so nervös wie noch nie in ihrem Leben und verbrachte eine Ewigkeit im Bad. Sie wollte so hübsch wie möglich für das Wiedersehen mit Flo sein, aber nicht zu aufgemotzt. Allein die Frage des Outfits brachte sie zum Verzweifeln. Zu sexy sollte es nicht sein, zu leger wollte sie aber auch nicht auftauchen. Letztlich entschied sie sich für enge Jeans, dazu ein figurbetonendes, langärmeliges Oberteil. Ein Hauch ihres Lieblingsdufts durfte auch nicht fehlen. Ein letzter prüfender Blick in den Spiegel, dann gab es keinen Grund mehr, länger zu warten. Zudem hatte Jonas geschrieben, dass sie nach dem Training auf dem Weg zur Wohnung waren, und sie wollten es so einrichten, dass sie kurz darauf eintreffen würden.

Doro hatte angeboten, sie zu fahren. Ihre Freundin würde zehn Minuten im Auto warten, sollte es hart auf hart kommen und er sie achtkantig aus der Wohnung werfen.

»Obwohl ich mir das nicht vorstellen kann«, munterte Doro sie auf, als sie in den Verkehr einfädelte. »Wir sind auf jeden Fall zu Hause, und den Schlüssel hast du.«

Sophie nickte. Ihr Mund war trocken und das Herz schlug ihr bis zum Hals. Ihr Deo bestand den Härtetest, denn der Schweiß trat ihr aus allen Poren, so aufgewühlt war sie. »Ich habe eine Scheißangst«, gestand sie ihrer Freundin kleinlaut.

Doro griff nach ihrer Hand und drückte sie. »Das wird schon«, gab sie sich zuversichtlich.

Sie erreichten die Wohnhausanlage, Doro stellte den Motor ab und schickte Jonas eine Nachricht, dass sie hier waren. Sie hatten vereinbart, dass er so lange bei Flo bleiben würde. »Viel Glück, Bella«, wünschte sie ihr.

»Danke. Das kann ich gut gebrauchen.«

Ihre Beine fühlten sich wie weich gekochte Spaghetti an, als sie aus dem Wagen stieg. Im selben Moment verließ Jonas das Haus und hielt ihr lächelnd die Tür auf.

»Viel Glück, Sophie«, wünschte auch er. »Er hat keine Ahnung.«

»Danke, Jonas.«

Ihre Hand zitterte, als sie vor der Wohnung stand. Jetzt hieß es: Alles oder Nichts. Dann klingelte sie.

»Hast du was vergessen?«, hörte sie Flo von drinnen.

Beim Klang seiner Stimme zog sich ihr Herz vor Sehnsucht zusammen. Sie schluckte hart, denn sie spürte, wie sich Tränen in ihren Augen sammelten. Im gleichen Augenblick riss er die Tür auf und starrte sie ungläubig an.

»Soph? Was ...« Für einen winzigen Moment begannen seine leeren Augen zu strahlen, bevor er seinen Blick suchend den Flur entlangwandern ließ. »Was machst du hier?«

»Hi, Flo«, sagte sie leise und räusperte sich. »Darf ich reinkommen?«

Das Leuchten war einer eisigen Miene gewichen, die sich in seiner Stimme spiegelte. Er trat einen Schritt zur Seite. »Bitte. Ist ja auch deine Wohnung.«

Das begann gar nicht gut, dachte Sophie, als sie den Flur betrat und die Schuhe auszog, während Flo mit verschränkten Armen an der Wand lehnte. Bei seinem kalten Blick wurde ihr ganz flau im Magen.

»Können wir uns setzen? Ich muss mit dir reden.«

Er zog eine Braue hoch und ging voraus. Anscheinend besann er sich auf seine Manieren, denn er fragte: »Möchtest du etwas trinken?«

»Ein Glas Wasser, bitte.«

Etwas Hochprozentiges wäre ihr lieber gewesen. Ihr Herz verkrampfte sich, als sie das Wohnzimmer betrat. Hier war sie zu Hause, sonst nirgends. Dieses Gefühl, hierher zu gehören, überwältigte sie. Ihr Blick fiel auf ein Foto, das früher noch nicht auf dem Schrank gestanden hatte, und sie schöpfte ein kleines bisschen Hoffnung. Es war ein Bild von ihnen, welches Flo bei ihrem Ausflug auf Korfu gemacht hatte.

Flo stellte das Wasser vor ihr ab und nahm auf dem Sessel Platz, Sophie ließ sich auf dem Sofa nieder und verknotete die Hände. Wenn sie bloß wüsste, wie sie anfangen sollte.

»Das ist neu.« Sie zeigte auf das Foto.

Flo nickte und betrachtete sie, ohne die Miene zu verziehen. »Ich glaube nicht, dass du hergekommen bist, um mir das zu sagen«, brummte er.

»Stimmt, das bin ich nicht. Ich dachte, es wäre einfacher«, seufzte sie und versuchte es erneut. »Ich bin hier weil ... Ach Scheiße. Ich falle jetzt einfach mit der Tür ins Haus. Was empfindest du noch für mich?«

Flo wurde krebsrot. »Wie bitte? Sophie, was soll das? Ich werde nächsten Monat ausziehen, das habe ich dir geschrieben. Und du hast mir nicht einmal darauf geantwortet.«

»Ich weiß.« Sie wäre am liebsten im Erdboden versunken. »Es tut mir leid. Aber deine Nachricht hat mir einiges bewusst gemacht. Deswegen bitte ich dich noch einmal, mir zu sagen, ob du noch etwas für mich empfindest.«

»Das ist doch scheißegal«, presste er zwischen zusammengebissenen Zähnen hervor. »Wenn du dir die Wohnung alleine nicht leisten kannst, dann kündige sie. Von mir aus bezahle ich bis dahin die Hälfte noch mit.«

»Darum geht es doch gar nicht«, wandte sie verzweifelt ein.

»Nicht? Worum dann?« Flo stand auf und schenkte sich einen Whiskey ein – etwas, was er nur selten machte.

Gott, sie hatte nicht gewusst, dass er so kalt sein konnte.

»Kann ich auch einen haben?«

Flo riss die Augen auf. Das musste ihn überraschen, er wusste, dass sie so harte Sachen normalerweise nicht trank. Trotzdem kam er ihrer Bitte nach. »Also?«, wollte er wissen, als er mit dem Drink an den Tisch zurückkam.

»Bitte zieh nicht aus«, stieß sie hervor.

Flo, der eben von der goldenen Flüssigkeit genippt hatte, verschluckte sich und hustete. »Was zum Teufel ...?«, begann er, als er wieder Luft bekam.

»Hör mir bitte zu, Flo. Und dann entscheide. Aber lass mich ausreden.«

»Nun gut«, lenkte er ein und blickte sie mit einem Funken Interesse an.

Sophie wanderte unruhig auf und ab, wissend, dass er sie nicht aus den Augen ließ. Dann blieb sie vor ihm stehen.

»Ich habe Loukas verlassen und bin vorgestern zurückgeflogen. Nicht weil wir uns nicht verstanden hätten, sondern weil ich in der Zeit, in der ich mit ihm zusammen war, erkannt habe, dass ich dich nicht vergessen kann. Deine Nachricht hat mir den Boden unter den Füßen weggerissen und endgültig die Augen geöffnet. Ich war so geschockt, dass ich dir nicht antworten konnte. Mir wurde klar, dass ich nur einem Traum nachgejagt bin. Dafür habe ich den einzigen Mann aufgegeben, dem meine wahre Liebe gehört, nur habe ich das vor vier Monaten nicht gesehen oder hatte Angst, etwas zu versäumen. Das war ein riesiger Fehler, denn du bist mein Leben, Flo, ob du mir das nun glaubst oder nicht. So schön Korfu ist, heimisch wurde ich dort nicht. Als du mir geschrieben hast, wurde mir bewusst, dass es nicht darauf ankommt, wo ich lebe, sondern mit wem. Es ist nicht der Ort, sondern der Mensch, bei dem man zu Hause ist, und das bist du. Du machst den Ort zu meinem Zuhause. Mit dir würde ich bis ans Ende der Welt gehen.« Sie nahm einen Schluck Wasser, weil sie das Gefühl hatte, Sand in ihrem Mund zu haben, so trocken war dieser. »Ich wollte, dass du das weißt.« Vielleicht brachte es nichts mehr, aber einen letzten Versuch musste sie machen. »Ich wünschte, du könntest mir verzeihen. Ich wünschte, wir könnten von vorn anfangen. Aber das funktioniert nur, wenn du noch etwas für mich empfindest.« Ihre Stimme brach, denn nun brannten Tränen in ihren Augen. Leise fügte sie hinzu: »Ich habe so viele Fehler gemacht, die ich nicht bemerkt habe, aber der größte davon war, dich gehen zu lassen.«

Er starrte sie an, als säße ein Alien vor ihr. »Sag das noch mal«, bat er mit rauer Stimme.

»Ich liebe dich, Flo. Noch immer. Es war nur verschüttet, nie weg.« Zitternd ging sie vor ihm auf die Knie und legte ihre Hände auf seine Schenkel. Ihn zu spüren, gab ihr Kraft. Seine Wärme drang an ihre Handflächen. »Ich kann verstehen, wenn du nichts mehr von mir wissen willst, verdient hätte ich es allemal. Aber wenn dir noch ein klitzekleines bisschen an mir liegt, dann flehe ich dich an: Gib uns eine Chance.«

Vorsichtig blickte sie nach oben, nur um festzustellen, dass ihm die Tränen über die Wange rollten.

»Wenn du mich verarschen willst, ist das eine sehr schlechte Idee«, brach es aus ihm heraus.

»Ich meine es todernst, Flo. Ich will wieder mit dir zusammensein. Ich weiß jetzt, dass du schon immer der Richtige warst.«

Er schlug die Hände vors Gesicht. Sie hörte ihn schluchzen, und auch mit ihrer Beherrschung war es nun vorbei. Sie vergrub ihren Kopf auf seinem Schoß und brachte weinend hervor: »Es tut mir so leid, Flo. Ich war so blöd.«

Wenn doch die Zeit stehen bliebe! Dann könnte sie ihn für immer so spüren. Es mochten nur Sekunden sein, in denen er schwieg, und doch fühlte es sich wie die Ewigkeit an, die sie sich soeben gewünscht hatte. Doch dann unterbrach er die Stille.

»Das warst du, Soph. Ich bin die letzten vier Monate durch die Hölle gegangen, bin sogar in Therapie deswegen. Jeden Tag habe ich mir gewünscht, dass du zu mir zurückkommst. Auch ich habe Fehler gemacht ...«

Sophie fuhr wie von der Tarantel gestochen auf und blickte ihn aus tränennassen Augen an. »Heißt das, du liebst mich noch?«

Er nickte. »Und ob. Gestern habe ich eine Frau in Schönbrunn gesehen, bei der ich dachte, das bist du. Ich wusste ja nicht, dass du eine neue Frisur hast. Und für diesen einen Moment, als ich sie sah, empfand ich so etwas wie Glück.« Endlich war die Kälte aus seinem Blick verschwunden. »Der neue Look steht dir, macht dich um Jahre jünger«, fügte er weich hinzu.

»Schönbrunn? Ich war gestern dort. Ich musste herausfinden, woher mein Heimweh kam. Ob es an Wien oder an dir lag.«

Leise fragte er: »Nachdem du hier bist, hast du wohl deine Antwort gefunden?«

»Das habe ich, Flo. Sicher habe ich Wien vermisst. Aber nicht so sehr wie dich.«

Sie stand auf und konnte es kaum fassen. Auch er erhob sich und blickte ihr prüfend in die Augen.

»Haben wir eine Chance?«, fragte sie ängstlich.

Er zog sie in seine Arme und drückte sie so fest an sich, dass ihr die Luft wegblieb. Als wolle er ihr mit dieser Umarmung zeigen, wie stark seine Gefühle noch waren.

»Die haben wir, Krümel. Wir werden ein hartes Stück Arbeit vor uns haben, viel miteinander reden müssen, um die Fehler der Vergangenheit nicht zu wiederholen. Ich habe versucht, dich zu hassen, aber ich konnte es nicht. Ich habe nie aufgehört, dich zu lieben.«

Sophie strahlte, als wäre die Sonne in ihr aufgegangen, denn in seinen Augen lag die pure Wahrheit. Und endlich war auch dieses warme Leuchten darin wieder da, das sie so an ihm liebte.

Flo legte seine Hand an ihren Hinterkopf, zog ihr Gesicht an sich und besiegelte sein Versprechen mit einem langen, zärtlichen Kuss.

Sophie stöhnte leise auf und erwiderte diesen mit all ihrer Liebe. Sie war endlich zu Hause.

Epilog

Weihnachten – drei Monate später

Sophie grinste in sich hinein. Weihnachten in ihren eigenen vier Wänden mit dem Mann an der Seite, den sie über alles liebte, war wie ein Geschenk für sie. Flo und sie waren so glücklich wie nie zuvor. Nach ihrer Aussprache Ende September hatten sie es langsam angehen lassen, mit offenen Gesprächen ihre Fehler aus der Vergangenheit aufgearbeitet und eine neue Vertrauensbasis geschaffen. Sie hatte nicht länger das Gefühl, etwas zu versäumen, wenn sie nicht ausgingen, sondern zog mittlerweile einen Spieleabend mit Doro und Jonas vor. Flo hatte Tennisunterricht genommen, und nun spielten sie jede Woche einmal zusammen.

Sie hatte ihm alles über ihren Aufenthalt auf Korfu erzählt, nach und nach auch über die Beziehung mit Loukas. Da war ihre Liebe aber bereits so gefestigt, dass es ihm nichts ausmachte. Er hatte auch kein Problem damit, dass sie nach wie vor Kontakt hielten. Erst recht nicht, seit sie ihm das Foto gezeigt hatte, auf dem sich Loukas und Toni verliebt in die Augen blickten. Die Nachricht dazu war superkurz:

Ich hoffe, ihr seid genauso glücklich wie wir.

Nach drei Wochen hatten sie zum ersten Mal wieder miteinander geschlafen, und diese Nacht würde Sophie niemals vergessen. Es war wie nach Hause kommen, und doch gänzlich neu. Ihr Sex war genauso intensiv wie in ihrer letzten gemeinsamen Nacht auf Korfu, und daran hatte sich bis heute nichts geändert, im Gegenteil. Von wegen Pflicht – sie probierten neue Dinge aus und sie war schon gespannt, was er zu ihrem Weihnachtsgeschenk sagen würde, welches sie ihm allerdings unter vier Augen überreichen wollte. Morgen waren sie bei seinen Eltern eingeladen und sie wollte nicht wissen, wie die reagieren würden, wenn er die DVD mit Bondagepraktiken vor ihnen auspackte. Trotzdem war sie nervös, als sie in ihr Kleid schlüpfte, während Flo sich noch im Bad rasierte. Denn das war nicht das einzige Geschenk für ihn.

Flo und sie waren gemeinsam für das Abendessen in der Küche gestanden, auch ein neues Ritual, welches sie für die Wochenenden eingeführt hatten. Inzwischen konnte er recht gut kochen, und er hatte sich heute an Putenröllchen versucht, die im Backrohr brutzelten.

Sophie stellte die Kürbiscremesuppe auf dem Esstisch ab, als Flo aus dem Bad kam.

Bewundernd ließ er seinen Blick über sie gleiten. »Schade, dass das Essen im Ofen ist. Sonst würde ich dich zum Hauptgang vernaschen«, raunte er ihr im Vorbeigehen zu und entkorkte den Wein. »Der Christbaum ist wunderschön, Krümel.«

Auch sie konnte den Blick kaum von ihm wenden. Durch den regelmäßigen Sport hatte er sein Gewicht gehalten, aber eine muskulösere Figur bekommen.

»Lass uns essen, bevor es kalt wird«, bat sie.

»Oder verbrennt«, ergänzte er breit grinsend. »Guten Appetit.«

Suppe und Hauptgericht schmeckten hervorragend, aber Sophie saß auf heißen Kohlen und konnte das Ende kaum abwarten. Endlich war das Geschirr in der Spülmaschine verstaut und es wurde Zeit für die Bescherung.

»Frohe Weihnachten, mein Schatz«, sagte sie leise und überreichte ihm ihr Päckchen.

»Dasselbe für dich, Krümel«, sagte er und gab ihr einen Kuss, bevor er ihr sein Geschenk aushändigte.

Gleichzeitig packten sie aus, und Sophie lachte, als sie neben sexy Dessous ein paar gepolsterte Handschellen entdeckte, während Flo amüsiert die Augenbrauen in die Höhe zog.

»Wollen wir das heute noch ausprobieren?«, wollte er wissen.

»Vielleicht später«, antwortete Sophie. »Ich wollte da noch etwas klären.«

Flo blickte sie fragend an. »Habe ich etwas falsch gemacht?«

Sophie legte ihm den Zeigefinger auf den Mund.

»Florian Schultes«, begann sie mit feierlicher Mine. »Ich will dich nie wieder verlieren und deswegen frage ich dich: Willst du mich heiraten?«

Für einen kurzen Moment verschlug es ihm die Sprache, danach begann er zu lachen, bis ihm die Tränen aus den Augen liefen. Sophie blickte ihn unsicher an.

»Ist das ein Ja oder ein Nein?«, wollte sie wissen.

Er griff in seine Hosentasche, holte eine kleine Schatulle hervor und ließ sie vor ihrer Nase aufschnappen. Darin funkelte ihr der Stein eines Ringes entgegen. »Genau das wollte ich dich auch fragen, aber ich dachte, der Ring fällt dir entgegen, wenn du mich auspackst.«

Glücklich fiel sie ihm um den Hals, ihre Lippen fanden sich zu einem leidenschaftlichen Kuss.

»Und wo machen wir unsere Flitterwochen?«, wisperte sie an seinen Mund.

»Na wo wohl? Auf Korfu natürlich. Ich will all die schönen Plätze sehen, von denen du mir erzählt hast.«

»Ich liebe dich«, antwortete sie ergriffen.

»Ich dich auch, Krümel.« Zärtlich verwuschelte er ihre Frisur, bevor er mit einer Hand nach den Handschellen griff und mit der anderen den Reißverschluss ihres Kleides öffnete, welches auf den Boden glitt. Mit Strapsen, einem Slip, der kaum etwas verdeckte, und einem winzigen Büstenhalter, stand sie auf High Heels vor ihm und strahlte ihn an.

»Und jetzt: Runter auf die Knie und Beine spreizen«, befahl er mit einer Stimme, die keinen Widerspruch duldete und deren erotischer Ton sie völlig kirre machte. Ihre Brüste begannen vor Lust zu kribbeln und das winzige Stück Stoff zwischen ihren Beinen wurde augenblicklich nass.

Voller Vorfreude beugte sie sich über den Esstisch, während die Handschellen auf ihrem Rücken zuschnappten. Sie war mehr als bereit für ihn, aber man musste es ja nicht gleich übertreiben mit dem Gehorchen, dachte sie. Dann spürte sie seine Lippen auf ihrer nackten Haut, und sämtliche Gedanken fokussierten sich nur noch auf ihren zukünftigen Ehemann.

Danksagung

Am Ende einer Geschichte ist es Zeit, Danke zu sagen. Vor allem Dir, liebe Leseratte: Danke, dass Du Orangensommernächte gekauft und gelesen hast. Wenn Du mitgefiebert hast, Dir vielleicht die eine oder andere Träne aus den Augen wischen musstest, Du schöne Lesestunden hattest und Dir das Buch gefallen hat, freue ich mich über Dein Feedback. Was die Insel betrifft, kann ich aus eigener Erfahrung sagen: Korfu ist eine Reise wert.

Danken möchte ich ebenfalls dem dp-Verlag, der mir die Chance für einen weiteren Urlaubsroman gegeben hat. Egal welche Frage ich hatte – meine Projektleiterin Louisa Koch war während der ganzen Zeit über für mich da, immer freundlich und zuverlässig. Dafür möchte ich Dir aufs Herzlichste danken. Danke, dass ich Teil der dp-Familie sein darf.

Ein riesiges Dankeschön geht an die Grafikerin Nadine Most von MostlyPremade. Du hast mit dem wunderbaren Cover dem Buch den passenden Rahmen gegeben und weckst den Wunsch, sich in den nächsten Flieger zu setzen.

Daniela Pusch, meine Lektorin aus Olivensommertage, hatte auch jetzt wieder ein wachsames Auge über das Projekt. Danke für die erneut tolle Zusammenarbeit.

Bedanken möchte ich mich auch bei Mona Dertinger, die vorab einen Blick auf das Manuskript geworfen hat, und meinem Kollegen Andreas März, der mir bei Fragen rund um Rechtschreibung und Grammatik geholfen hat. Das Plusquamperfekt und ich werden wohl nie Freunde.
Ein riesiges Dankeschön geht an meine Testleserinnen Luisa und Sonja. Ihr habt mir tolle Hinweise gegeben und euer Feedback hat mein Herz erwärmt. Die beiden sind auch Bestandteil meines Bloggerteams, zu dem außerdem folgende Mädels gehören: Kathi, Melanie, Claudia, Becky, Tanja und Selina. Vielen lieben Dank! Ihr habt großartige Arbeit geleistet. Ohne Tanja würde ich die anderen Mädels gar nicht kennen – ich danke Dir für die tolle Idee mit der Wichtelgruppe im letzten Jahr.
Und wie immer möchte ich es nicht versäumen, mich bei meinen Eltern zu bedanken, die sich über meine Bücher genauso freuen wie ich. Nicht zuletzt geht mein Dank an meinen Schatz, der mir während des Schreibprozesses den Rücken stärkt und mir immer wieder Ideen für neue Geschichten liefert. Ich liebe Dich.
Vielen Dank. Ohne euch wäre Orangensommernächte nicht so toll geworden.

Instagram: @uhrmann.natascha
Facebook: Uhrmann Natascha

Das Bloggerteam:
@lulu.buchfee, @aditu.in.wonderland,
@laemmchens_lesewelt, @beckys_leselounge,
@diabooks78, @hexemel82, @kathiliest, @hinigebirn